EL PULSO DE LAS ESTRELLAS

XLIV PREMIO DE NOVELA FELIPE TRIGO

Carlos Erviti

EL PULSO DE LAS ESTRELLAS

FUNDACIÓN JOSÉ MANUEL LARA

Ayuntamiento de
VILLANUEVA DE LA SERENA

DIPUTACIÓN
DE BADAJOZ

JUNTA DE EXTREMADURA

Esta novela fue galardonada con el XLIV Premio Felipe Trigo, convocado por el Ayuntamiento de Villanueva de la Serena. Formaron parte del jurado, presidido por Jesús Carrasco, María Isabel Pino Tejada, Paqui Chaves Pérez, Liliana González Gugelmeier, Lucía Rodríguez, José Luis Bernal Salgado, Isabel María Pérez González e Ignacio F. Garmendia

Primera edición: abril, 2025

Avda. Reino Unido, 11, 1ª. 41012 Sevilla (España)

Edición al cuidado de Ignacio F. Garmendia
Maquetación y diseño: Manuel Rosal
Fotografía de cubierta: Anna Anikina. Shutterstock

Depósito legal: SE 163-2025
ISBN: 978-84-19132-54-3

Printed in Spain–Impreso en España

Para Eva y Mercedes: sal y luz.

La sociedad se parece a una bóveda que se desplomaría si unas piedras no sujetaran a otras, y solo se sostiene por el apoyo mutuo.

SÉNECA, *Epístolas a Lucilio*

1
EL CEMENTERIO

Los días de luna llena me gusta subir por el camino que lleva a la sierra y, desde la altura, junto al muro del cementerio, mirar el pueblo a mis pies, envuelto en una luz blanca de luna, en esa bruma lechosa que parece flotar y apenas deja perfilarse las formas de las fachadas y los tejados en el fondo azul marino de la noche. Cada vez que subo a esta atalaya, donde ahora estoy sentado observando las luces del pueblo, la abuela sale a recibirme: abre la verja entre un chirrido de bisagras oxidadas –reconozco su olor a lejía, el de siempre– y me invita a pasar. Así comparto su compañía y la de otros difuntos, algunas tardes del verano, cuando la luz se va apagando suavemente como el final de una canción.

Entré por primera vez en el cementerio de Achar de Lóquiz para el entierro de la abuela Javiera, la madre de mamá. Lo recuerdo bien: tenía entonces catorce años. La campana que había anunciado su muerte el día anterior reverberaba todavía en mi interior con un tañer espaciado, sobrio, pesado como el bronce, que parecía llamarnos a interrumpir la actividad, acallar los sonidos y hacernos recordar nuestra finitud. El aire quedó impregnado de recogimiento. A lo largo del día se me hizo presente a cada momento la imagen de la abuela Javiera junto a la cristalera del balcón, tejiendo calcetines azul marino al calor del brasero de la mesa camilla, con su rostro áspero, acanalado y duro como un terreno baldío, la sonrisa perpetua que forzaba su dentadura postiza, y una barbilla cuadrada, hombruna, con pelos negros y robustos que, cuando me besaba, pinchaban como escarpias. Allí, de pie junto a la tumba, a las seis de la tarde tras el funeral, con las últimas horas de la luz de octubre, mientras descendían el ataúd tensando las sogas a cuatro manos, e intercambiaban instrucciones los unos con los otros, ajenos al recogimiento, sentí por un instante que la abuela se había zafado de su cuerpo inerte y me pareció ver su figura desvanecerse como una sombra por entre los cipreses, ataviada con su habitual vestimenta negra, su moño canoso y tirante, como queriendo apartarse de aquella comitiva de vivos y observar su entierro discretamente desde la intimidad. Tan pronto como la tumba quedó sellada por las losas y se rezó el responso final, unos se volvieron hacia los otros, la comitiva empezó a dispersarse e inició el descenso al pueblo entre un murmullo creciente de conversaciones cruzadas. Apenas quedaba luz. Yo quise quedarme y recorrer aquel lugar nuevo para mí antes de regresar. Caminé entre las lápidas, los panteones y los cipreses con urgencia, leyendo los apellidos de las familias, determinando si me resultaban conocidas o no, si sus vidas habían sido largas o cortas, ricas o pobres, mientras miraba de reojo el portón abierto de la entrada. Entonces oí su voz, imperceptible al principio. Sentí que la abuela me llamaba por mi nombre; lo pude escuchar en mi interior, resonando en mi caja torácica junto al latido del corazón. «Daniel, no tengas miedo –dijo–, soy yo: la abuela. Aquí estaré para cuando quieras venir a estar conmigo».

Eso ocurrió hace ya veintisiete años. A partir de entonces no he dejado de visitarla.

Desde el cementerio me gusta contemplar el pueblo arropado por las lomas que lo rodean, como si lo guardasen en su regazo, acogiendo las casas una a una y arrullándolas, como cachorros de la misma camada, con el canto de una nana antigua: la nana del bosque, aquella con la que el pueblo nació y fue haciéndose fuerte. Por la noche, al contraluz de la luna, la montaña parece un gigante acostado con la cabeza reclinada sobre sus brazos: un inmenso titán abandonado a un sueño profundo y secular, compartiendo con los ecos lejanos de las entrañas de la tierra su pulso ralentizado: un latir pausado, solemne, que aparenta marcar el ritmo del tiempo y el compás de la vida.

No solo yo contemplo estas vistas únicas. También a Martín Gaveiras, el guardabarrera gallego, le gusta sentarse en el muro del cementerio y observar en las noches estrelladas cómo se mueve el firmamento, verlo girar. Al contraluz, la luna se desliza por el orificio que atraviesa su cabeza y un haz blanquecino, del diámetro de la posta que le perforó el cráneo por la frente, ilumina como una linterna allá donde posa su mirada. Gaveiras murió, según él mismo dice, por una confusión, sin haberle llegado la edad ni haber cometido errores de bulto en la vida. Con frecuencia se lamenta recordando su muerte prematura, tonta, y habla del día en que lo confundieron con un jabalí, entre los bojes tupidos de la sierra, cuando volvía de darse un baño en el torrente. Dos palmos más de altura le hubieran bastado para destacar entre el matorral con forma humana, y dos palmos más le hubieran permitido bailar con las mozas, sin complejos, año tras año en las verbenas de Santiago. No pudo ser. Fuera de las humedades de la tierra, se orea y se entretiene trazando líneas imaginarias de estrella a estrella, hasta dibujar una constelación: Lira,

Sagitario, Pegaso, en verano; Tauro, Perseo, Orión, durante las heladoras noches de invierno.

Martín Gaveiras, observando el firmamento repleto de estrellas, cae en la cuenta de su pequeñez dentro del cosmos, de su finitud. Dice que, al exponerse ante aquella inmensidad de astros, le invade un sentimiento de bienestar, quizá porque puede percibir empequeñecidas sus limitaciones y suavizada la aridez de sus desengaños, quizá también porque puede contemplar los aciertos y repasar en silencio sus destellos de plenitud. Asomado a ese balcón infinito, Gaveiras ordena los pensamientos y atempera el ánimo, como si mirando las estrellas saliese por un instante de sus lindes y pudiese tomar el pulso de lo que fue su vida.

Me habla de los difuntos de la Santa Compaña y recuerda el día en que aparecieron en la profundidad del hayedo. Se los encontró, dice, de sopetón, ya oscurecido, avanzando por la trocha que llevaba a las carboneras que tanto le gustaba visitar. El primero sostenía una gran cruz de madera con la que abría la procesión. A ambos lados, con túnicas grises, los difuntos, encapuchados, portaban faroles proyectando sombras entrecruzadas que oscilaban al ritmo solemne de sus pasos sobre las copas de los árboles y el lecho de hojarasca del camino. No supo huir. Atorado, los vio llegar sin poder apartarse, y quedó anclado al terreno en su sobrecogimiento, enraizado como un árbol más del hayedo. Cuando llegaron a su altura, el portador le entregó la cruz y se adentró en la oscuridad del bosque desapareciendo como una alimaña en su guarida. Aquella noche Martín Gaveiras marchó con la Santa Compaña de un cementerio a otro por las profundidades del bosque, recogiendo difuntos en los pueblos de alrededor: Miralbuena, Lainero, Vilarcollar, Salinas de Baigorri, y cuando amaneció, ya en su casa de la estación, de nuevo en el mundo de los vivos, supo que la muerte lo estaría esperando próxima y agazapada en algún rincón del camino.

Ahora, aunque dice no saber si aquello fue un sueño, aguarda sobre el muro del cementerio oteando el horizonte, buscando con los ojos entornados en mitad de la noche un reguero de luces que ascienda hacia el cementerio en que descansa y preguntándose, cada amanecer, si no será que se han olvidado de él. Liberado de otras responsabilidades, Martín Gaveiras guía ahora a los difuntos, los asiste en sus necesidades –las pocas que les quedan– y por encima de todo, vela para que aquellos deseos profundos que quedaron en el camino puedan, en último término, ver la luz.

Entrado este último invierno, la abuela Javiera interrumpió nuestra conversación al ver el resplandor del farol de Martín Gaveiras ascender zigzagueando por el camino del cementerio. Desde la atalaya, en medio de la noche estrellada, el firmamento parecía fundirse con el terreno; primero en el horizonte, y luego en sus campos más próximos, en la superficie del río, en los tejados ya oscurecidos. El resplandor del farol, como un cometa extraviado, se fue acercando hacia nosotros. Viendo las sombras, nos percatamos al poco de que Gaveiras subía al cementerio acompañado. A la abuela le vi entornar los ojos con curiosidad, y la imaginé tratando de acompasar su atención con el penduleo del farol, esperando que, en alguno de sus vaivenes, el rostro o la figura del visitante quedasen iluminados. No fue así. Tras las últimas revueltas, cuando por fin aparecieron los dos a nuestra altura, la luz nos deslumbró, y solo al dejar Gaveiras el farol sobre el suelo, pudimos reconocer al difunto que lo acompañaba. Era mi padre.

2
LUCÍA

Iturbe el Carbonero, mi padre, es un gran conversador y muy aficionado a la lectura. Ahora que el tiempo fluye sin medida, aprovecha para leer en el banco de entrada del cementerio, junto al farol, alguno de los libros que le quedaron pendientes cuando las neuronas, acusando ya el paso de los años, empezaron a transponer el presente y el pasado, a confundir las voces de los hijos con las de sus padres difuntos y a desconocer las sendas que tantas veces había transitado y que terminaron por engullirlo como un laberinto mortal. Se recrea con los clásicos rusos, entre otras lecturas que Martín Gaveiras le proporciona, al igual que se las proporcionó en vida cuando bajaba de la sierra un día por semana y visitaba al guardabarrera en su casa de la estación del ferrocarril.

Gaveiras, viéndolo leer hoy su viejo ejemplar de *Guerra y paz*, le pregunta si es de su agrado, y mi padre afirma cabeceando, mostrándole el canto del libro con el dedo índice apresado entre sus fauces de papel. No sabe decir cuántas veces lo empezó durante el último año de vida, cuando pasaba una página y ya había olvidado la anterior.

En la confusión de la muerte, el guardabarrera lo acompañó hasta el cementerio, y fue a su llegada cuando mi padre nos contó a la abuela y a mí que se desorientó en el hayedo y que no supo volver. El mismo hayedo que conocía palmo a palmo desde la infancia, desde que acompañara a su padre en las tareas del monte con diez años. Yo, al saber de su muerte por él mismo aquella noche, salí de mañana temprano camino de la sierra en busca del cuerpo, con la certeza de saber dónde encontrarlo. Así sucedió. Lo hallé en los alrededores de las ruinas de la borda que habitó durante su juventud, en actitud de paciente espera, rígido sin parecerlo, sentado sobre el musgo del tocón de un haya que él mismo podía haber talado hacía muchos años, con los codos apoyados sobre las rodillas y los dedos de ambas manos anudadas en un puño frente a él. Las gotas de rocío anidaban en su pelo canoso y en su bigote como polvo de estrellas, como si la Vía Láctea hubiese espolvoreado durante la noche un soplo mágico con destellos multicolores. Su cuerpo no pudo sujetar la vida por más tiempo. El cansancio y el frío de la noche lo apresaron igual que la trampa de un furtivo olvidada entre la hojarasca del bosque.

A la abuela Javiera la llegada al cementerio de su yerno la iluminó. Simpatizaban ya antes de emparentarse, desde que mi padre era pequeño y entraba y salía de casa de la abuela en sus juegos con otros niños, a su antojo, como gatos a través de la gatera de una puerta. Lo había comentado alguna vez en torno a la mesa, lo recuerdo bien. Luego, ya en su primera juventud, cuando llegaba al pueblo desde la sierra para el reparto del carbón, y tras atar las mulas a la argolla de la fachada y descargar en el umbral dos sacos para el brasero de la abuela, siempre subía a saludarla, conversaban un rato y continuaba su reparto sin dejarse invitar. Los domingos, mi padre bajaba temprano del monte con su macuto, ya sin las mulas y se detenía en la estación de tren para desayunar con Gaveiras. Allí echaba al correo los ejercicios resueltos del curso de contabilidad a distancia en que estaba matriculado y recogía el nuevo temario que había llegado a su nombre durante la semana. Tras despedirse del guardabarrera, subía al pueblo, se aseaba en la casa familiar, iba a misa, y a la salida alternaba en el bar con sus quintos hasta que se hacía la hora de comer. Luego, ya entrada la tarde, su hermana le preparaba una muda y subía de nuevo por el camino que lleva a la sierra con el macuto a la espalda. Durante la semana, por las noches, recogido en la borda al terminar la jornada de trabajo, se filtraban, como malos pensamientos, los aullidos de los lobos mientras estudiaba o leía a la luz de un farol de petróleo.

Ahora, sentados en el banco del cementerio, mi padre y su amigo Gaveiras rememoran los libros que mejor servicio les prestaron en vida: aquellos que siguen presentes hoy en su memoria, decantados por el paso de los años como pepitas de oro en la vasija de un garimpeiro, y que perduran entreverados ya en su propio ser. Son, dicen, los libros que mejor llenaron los resquicios de su soledad en la borda o en la casa vacía de la estación, los que ensancharon su mundo angosto y los que, por encima de todo, hicieron resonar algo en su condición humana, haciéndolos un poco más humanos. Les oigo mencionar el *Libro de las maravillas*, *Cuerpos y almas*, *Pedro Páramo*, *Los miserables* y *Los santos inocentes*. Escuchándolos hablar me pregunto cuáles han sido esos libros que me han hecho más humano mientras la abuela, a la que apenas vi leer, continúa haciendo punto con el ovillo de lana en su regazo, ajena a la conversación pero envuelta en el confort de sentirse acompañada por aquellos a los que quiere.

Fue Gaveiras el que hizo saber a mi padre que en la harinera estaban buscando un contable. Le dijo por quién preguntar. Para entonces ya había obtenido su titulación. Aquella noche de domingo la pasó en el pueblo y el lunes a primera hora se acercó a la fábrica. Un mes después, cargó las mulas con lo que tenía en la borda, dejó el trabajo de la sierra y volvió al pueblo, a la casa familiar. De aquella época permaneció intacta su querencia hacia el hayedo. Volvía a menudo, cuenta, para recorrer sus senderos solitarios y encontrar sosiego, para dejarse apaciguar por los rumores intermitentes de las ramas en su vaivén, por el fluir continuo de los barrancos. Se paseaba acariciando los troncos plateados, levantaba la vista a las copas de los árboles, quizás lamentando haber hecho de ellos tanto carbón. Al recrearse en la frescura del bosque, encontraba allí el sosiego que a menudo le faltaba en su nuevo mundo, aquel mundo que en ese instante apenas le parecía real. Luego visitaba los setales que fue descubriendo en su juventud, llenaba una cesta y evitaba así dar explicaciones al volver al pueblo.

En ese tiempo, mi padre no había iniciado todavía su carrera sin descanso por prosperar. Esto ocurrió al cabo de algunos meses. A las tareas de contabilidad en la harinera, añadió las del balneario y el taller mecánico, y cuando a los ahorros de sus austeros años en el monte, sumó otros trabajando como contable, decidió emprender un negocio propio: la panadería Iturbe. Pidió un préstamo, compró un local a la entrada del pueblo, una amasadora y un horno de segunda mano, y él mismo, con la ayuda de los gremios, fue haciendo la instalación. Por San Carlos Borromeo se inauguró. Aquel día regaló el pan y dulces a todo el que se acercó a comprar. Amplió la clientela vendiendo en los pueblos de alrededor con una furgoneta, también en el mercado de Pamplona. Se casó con la única hija de la abuela Javiera, que ya entonces era viuda, y desde ese momento los dos administraron el fruto de sus privaciones poco a poco, comprando con dinero prestado tierras de labranza y maquinaria: aquellas tierras que se vendían a bajo precio en los años de la emigración, cuando los jóvenes del pueblo marchaban a la capital para trabajar en las fábricas que iban instalándose allí. Entonces nos contagiaba su entusiasmo, la ilusión por cada proyecto que emprendía. A mis ojos resultaba un ser portentoso, invencible, pero dejé de verlo así en el verano del ochenta y dos, al poco de volver del internado.

–La tierra no se puede fabricar. Vosotros no la vendáis. Que la vendan otros si quieren –nos repetía a los hijos.

Desde que tengo recuerdo, mi hermano Ramiro, siete años mayor que yo, ya se ocupaba de cultivar nuestros campos con ayuda de mi padre en las épocas de más labor. Mis padres, los dos en la panadería, solos al principio, hasta que Lucía, mi hermana, dejó de estudiar y empezó a despachar con ellos. Tenía entonces diecisiete años; yo, catorce. Lo recuerdo bien. Para mí hubo otros planes. Me hicieron dejar pronto la escuela del pueblo para estudiar en el internado de los jesuitas en Tudela hasta finalizar el bachillerato. Entonces venía al pueblo solo en vacaciones. También vine cuando murió la abuela Javiera.

La brisa nocturna resulta hoy templada. Llega en ráfagas discontinuas, en vaharadas que se suceden de forma desordenada, sin voluntad aparente. La conversación entre mi padre y el guardabarrera ha continuado hasta bien entrada la noche, hasta que Gaveiras se ha incorporado por un instante para alisar con las manos la chaqueta azul de su uniforme de ferroviario y sentarse de nuevo en el banco perpendicular al nuestro.

–Iturbe, ¿y la niña? Nunca hemos hablado de lo que pasó.

Mi padre, al oírlo, se ha ausentado por un instante

elevando las cejas y soplando largamente, apaisando el bigote e hinchando los carrillos como lo haría un trompetista. Gaveiras deposita su sombrero de ferroviario sobre el banco para sentir la brisa nocturna y mesarse el cabello blanco, salpicado con mechas que amarillean como jaramagos. Mi padre mira al infinito largamente antes de tomar la palabra, con la vista desenfocada de quien mira realmente en su interior. Y entonces habla de un viajante que apareció por el pueblo a final de febrero, en el ochenta y dos; de la primera vez que entró aquel joven en la panadería, un jueves de marzo a media mañana, justo después de recibir el envío semanal de harina: él estaba en el interior terminando de limpiar la amasadora, mi madre había marchado a casa y Lucía despachaba en el mostrador.

Cuenta cómo sonó la campanilla al abrirse la puerta y se formó una corriente con el portón trasero del almacén que trajo envuelto su perfume empalagoso a loción de afeitado y, en un instante, lo invadió todo como un aluvión, superponiéndose al olor del hojaldre y la vainilla en toda la panadería. Oyó la voz de Lucía saludando, luego la suya sin llegar a entender lo que decía; a continuación, las risas de mi hermana que se intercalaban entre las frases del viajante. Él también reía. Finalmente, el tono de sus voces se amortiguó hasta que dejaron de oírse. Volvió a sonar la campanilla de la puerta y al poco la panadería recuperó el olor a hojaldre y a vainilla.

–¿Y qué vendía ese viajante? –pregunta Gaveiras.

–Vendía bombas hidráulicas para riego.

–Qué aburrido.

Mi padre tenía por Lucía una preferencia frente a Ramiro y a mí que no se esforzaba en disimular. Era, por una parte, el justo premio a su forma cariñosa de tratarle –siempre atenta, expresiva, vital– y, por otra, la atracción natural entre padres e hijas: esa especie de adoración mutua con la que no se podía competir haciendo méritos ni de ninguna otra manera, y que hacía que vivieran en un mundo exclusivo de complicidad.

Lucía tenía todavía diecisiete años. Despachaba con desparpajo, eligiendo las palabras adecuadas para cada cliente, sabiendo modularlas para interesarse por sus vidas con discreción, de modo que resultaba tan afectuosa y acogedora que recibía y guardaba para sí toda clase de confidencias.

Mi padre hace una pausa para ordenar los recuerdos y continúa con la mirada desenfocada en algún rincón de la sierra. Cuenta que el vendedor se había instalado en la fonda de la calle Mayor. Madrugaba, caminaba hasta la plaza donde tenía aparcado un Opel Kadett rojo junto a la iglesia y conducía hasta la panadería. Entraba a comprar algo y como era temprano todavía y no había clientes, se quedaba un buen rato de cháchara con Lucía. Un día mi padre salió al mostrador, solo para ponerle cara porque a esa hora estaba en plena faena. Lo vio bien plantado: moreno, con el pelo engominado hacia atrás. Saludó educadamente, contestó y volvió al interior. A Lucía se la veía alegre como un cascabel. Comenzó a acudir más arreglada a la panadería, con el pelo suelto y algo de maquillaje, y dejó de ponerse desde primera hora la bata blanca para despachar. Empezó a llegar tarde a casa por las noches. Los veían caminar juntos por el paseo que rodea la peña, sentarse en los bancos del mirador al atardecer, cenar y tomar copas cualquier día entre semana en los bares de la calle Mayor. Estaba entusiasmada. Dijo a mis padres que el viajante se llamaba Salvador Pinzolas y que era de Zaragoza. Tenía pensado quedarse todavía una semana por la zona. Le estaban yendo bien los negocios: hacía contactos, daba a conocer el producto, consiguió hacer las primeras ventas en las ferreterías, antes de lo esperado. A mis padres les pareció todavía pronto para decirle a Lucía que le invitase un día a casa a cenar. Tampoco ella lo propuso y lo dejaron estar.

Mi padre ha continuado hablando pausadamente, pero lo que ocurrió poco después lo conozco yo mejor que él. Se lo conté en su día a la abuela en el cementerio. A nadie más.

–Daniel, hijo, pero ¿qué te pasa? –me dijo al verme aparecer sofocado.

El día anterior había llegado al pueblo en el tren de la tarde para las vacaciones de Semana Santa. Era principios de abril y hacía calor. Aquella madrugada Vicente, mi amigo, el del taller mecánico, y yo nos dimos un baño en la piscina de la finca de los Elizari, los veraneantes, que ya la habían mandado limpiar preparando su llegada. Serían las dos de la mañana.

Cuando nos colábamos en la finca de los Elizari en verano, los frutales estaban a rebosar. Tenían sobre todo manzanos y ciruelos, también algún nogal y dos cerezos. Entonces, entrada la madrugada, si nos apretaba el hambre, teníamos mucho donde elegir, pero a comienzos de abril no había nada que echarse al estómago, así que decidimos pasar por la panadería a buscar algo de la bollería sobrante. No tenía llave, pero mi padre había instalado un tornillo junto al marco de la puerta del almacén que, solo con girarlo media vuelta, desbloqueaba o bloqueaba la puerta. Era casi irreconocible. Lo había pensado como medida de seguridad además de la cerradura, pero a la postre era lo único que utilizaban para cerrar el almacén. Nadie podía reparar en él.

Había luna, y en lugar de seguir la carretera iluminada por las farolas, preferimos acortar remontando el farallón y ascender por el sendero que sube zigzagueando desde su base, junto al puente de piedra, hasta la meseta inclinada que lo corona y sobre la que el pueblo parece estar a punto de deslizarse con todas sus casas en cascada, una detrás de otra, hacia el abismo. Íbamos en silencio, atentos al terreno, y continuamos luego calle abajo hablando en voz baja para no hacernos sentir. Cuando llegamos al final de la calle Mayor se vio el escaparate iluminado por la farola que cuelga de su fachada. Las letras azules de Panadería Iturbe lucían ahora de color gris sobre el fondo beis de la pared. Doblamos la esquina y caminamos junto al lateral hasta el final del edificio, donde quedaba la trasera y la puerta del almacén. Me adelanté y giré el cerrojo sin que Vicente se percatase de la maniobra. Luego entreabrí una de las dos hojas de la puerta. Entramos de perfil al almacén: primero yo; y luego él. Y la volví a cerrar con sigilo. El tragaluz del lateral del edificio dejaba el interior en una penumbra que no nos permitía ver. Esperamos un tiempo quietos, de pie junto a la puerta, oyendo el runrún de la cámara frigorífica, para que se nos acostumbrara la vista a la oscuridad. Empecé a buscar con la mirada el carro de ruedas con las bandejas donde mi padre solía dejar la bollería sobrante y, conforme los ojos se fueron acostumbrando, aparecieron a la izquierda, junto a la pared, apilados sobre palés de madera, uno sobre otro, los sacos de azúcar; enfrente, los de harina; sobre ellos, a ambos lados y a media altura, las estanterías llenas de diferentes envases, y al fondo, un fregadero y su grifo emergiendo de la pared.

–Yo te espero aquí –susurró Vicente.

Y al poco reconocí el carro de las bandejas, al fondo del almacén, junto al fregadero. Me acerqué. Había unos bollos suizos y dos ensaimadas. Hice un gesto con la mano a Vicente para que se acercase y cogiese lo que fuera. Él eligió la ensaimada. Yo, un bollo suizo.

Cuando nos dimos la vuelta para ir hacia la puerta y salir, el termostato se activó con un chasquido y el runrún de la cámara frigorífica cesó de repente. Mordí el bollo para liberar mi mano y abrir de nuevo la puerta para salir, pero entonces oí un ruido en el interior de la panadería, separada como estaba del almacén solo por una puerta batiente de doble hoja, con cristal a la altura de la vista. Me acerqué hasta el vidrio medio agachado para asomar solo los ojos. La puerta del despacho estaba cerrada y no llegaba iluminación del escaparate, tan solo la de la luz cenital del tragaluz que se proyectaba tenue desde el techo alto hasta la mesa que usaba mi padre para amasar. Al verme allí, Vicente me imitó y se puso a mirar a través del vidrio de la otra hoja de la puerta.

–¡Daniel!, ¿qué pasa? –susurró, haciendo un gesto con la cabeza hacia arriba.

Yo levanté los hombros y le indiqué con la mano que no se moviese. Volví a mirar a través del vidrio. Entonces una sombra se interpuso entre la luz que caía de la claraboya y la mesa de amasar y empezaron a oírse susurros alternados con risas contenidas. Vicente y yo nos miramos aterrados. Los ojos ya se habían hecho a la penumbra. Había dos personas en el interior y veíamos sus formas de perfil. Una mujer sentada, reclinada hacia atrás, con los codos apuntalando su espalda sobre la mesa y las piernas colgando, una a cada lado de la persona que tenía enfrente de pie. En seguida, las dos formas se fundieron en una y los susurros, cada vez más amortiguados, se fueron convirtiendo en ronroneos primero, luego en jadeos acompasados con el ir y venir de sus cuerpos adelante y atrás, y, conforme empezaron a moverse con más brío, los jadeos se transformaron en gemidos desacompasados. Debía haber algún saco de harina abierto sobre la mesa, porque con cada empentón se espolvoreaban partículas que flotaban pululando en la iluminación azulada del tragaluz.

Entonces reconocí la voz de mi hermana, de Lucía. No quise creer que fuera ella y busqué en el perfil de aquella cara, con la cabeza echada hacia atrás mirando al tragaluz, otro contorno que no fuera el suyo, el de su pelo rizado, la inclinación de la frente y el trazo de su nariz. Pero no había duda: era ella. Miré a Vicente. Él ya se había percatado y me hizo un gesto a un lado con la cabeza para marcharnos, pero yo me había quedado ahí, en cuclillas aturdido, mirando sin ver, con la vista atrapada en algún rincón del almacén. Me llevó hasta la puerta agarrado del brazo. Entonces se activó de nuevo el termostato de la cámara frigorífica y volvió a oírse su runrún. Vicente mismo giró la manilla y salimos los dos con más prisa, pero con el mismo sigilo con el que habíamos entrado. Ya fuera, me apoyó la espalda en la fachada solo el tiempo necesario para quitarme el bollo suizo que todavía seguía atrapado en mi boca. Se desprendió sin que yo lo sintiera, sostenido como estaba solo por los labios, y con el perfil de mis dientes impreso alrededor. El resto lo escupí camino de la calle Mayor donde nos separamos. Entre Vicente y yo fue como si aquello nunca hubiese tenido lugar: él jamás mencionó lo que presenciamos esa madrugada por respeto a mí y yo, por la desazón que me producía el recordarlo.

Mi padre continúa relatando lo que siguió a aquella noche, cuando Lucía quiso hablar con ellos al día siguiente tras cerrar la panadería. Los reunió allí mismo, de pie en la oficina angosta donde guardaban los libros de contabilidad, y empezó a hablar evitando cualquier rodeo.

–Quería deciros que Salvador me ha pedido que vaya con él a vivir a Zaragoza. Lo he pensado bien y eso es lo que quiero hacer. Le he dicho que sí, que iré. Resulta…

–¿Que le has dicho qué? –interrumpió mi madre–. ¡Pero qué nos estás contando! ¿Has perdido el juicio? –Se acercó hasta quedar a dos palmos de ella–. Pero vamos a ver, ¿a ti qué te ha dado?

Mi padre intervino:

–Hija… así no se hacen las cosas. A algo tan importante hay que darle su tiempo.

–Pues por eso, papá, porque con sus viajes casi no nos vamos a ver. Yo esperaré a que demos con alguien para sustituirme en la panadería.

–¡Si lo conoces hace cuatro días!

–¡Lo suficiente, mamá!

–Lo suficiente, ¿para qué?

–¡¡¡Para eso!!! –gritó.

Mi madre dilató los ojos en su rostro congestionado y la ira desbordó las esclusas que la contenían, y ya fuera de sí le sacudió una bofetada que estalló en ella como una fusta. Lucía se aplicó la mano al rostro solo el tiempo que duró su perplejidad, y luego marchó acelerando sus pasos cortos hasta salir de la panadería dando un portazo que dejó las campanillas repiqueteando un rato. Aquella misma tarde llamó a su novio desde la cabina del ayuntamiento, empaquetó las cosas y ya no atendió a razones. Por la mañana temprano, el Opel Kadett rojo atravesó la calle Mayor por última vez, con mi hermana en su interior. Mi madre se quedó en la habitación. Dejó que se fuera sin decirle adiós.

3
RETORNO AL PUEBLO

Subí al tren en la estación de Tudela a media tarde, después de batallar en la habitación del internado con la maleta, primero para cerrarla –atiborrada de ropa, libros y diversos objetos que nos habíamos intercambiado los compañeros a modo de despedida– y después para acarrearla por la calle, como un pecado mortal, desde el internado a la estación, interrumpiendo el paso para alternar una mano y la otra, como en un viacrucis, cuando la primera ya no se dejaba sentir.

Hacía el calor denso de las tardes de junio en las que el cierzo se apacigua y deja paso a bocanadas erráticas de un bochorno tórrido que se arremolina entre los edificios acechando en cada esquina. Avancé por las calles Herrerías, Yanguas y Miranda y cuando crucé la plaza de los Fueros, ya había roto a sudar sin remedio. Una vez quedó atrás el teatro Gaztambide, dejó de deslumbrarme el sol y enfilé, por fin, la calle Frauca hasta llegar a la estación.

–Un billete para Achar de Lóquiz, por favor.

–¿Ida y vuelta?

–Solo ida.

La estación olía a la impregnación oleaginosa de las traviesas y se oía ronronear las entrañas del motor diésel de la única máquina que aguardaba su partida, agazapada en la vía más distante del edificio. Me senté en el banco del andén que me correspondía para recuperar el resuello y pastorear la maleta frente a mí. El reloj de la fachada marcaba las cinco menos cuarto. Saqué mi cuaderno, el que ahora tengo entre las manos, y comencé a escribir en el diario de aquel curso de mil novecientos ochenta y dos: el diario en el que le contaba a la abuela Javiera las cosas que me pasaban y sentía y que no contaba a nadie más. «Si estás lejos o no puedes venir, escribe lo que quieras contarme, mi chico, que yo lo sabré», dijo la primera vez que la visité en el cementerio. Desde entonces siempre me sentí acompañado por ella.

Todos los años, cuando termina el curso en el internado, tengo una sensación muy rara, abuela: se juntan las ganas de volver al pueblo y la pena por separarme durante el verano de los chicos. Me pasa al despedirme de todos, pero en especial de Miguel, que es mi compañero de habitación, el de Elizondo. Ya te he hablado de él. Siempre tan alegre, tan divertido. Me ha regalado lo que le quedaba de la 'urrakin egiña' que le envió su madre en el último paquete. Es un chocolate relleno de avellanas que hacen allí. Yo le he dado uno de los abrecartas de sándalo que me envió el tío Julián desde la India. Le ha hecho ilusión, y ha cerrado los ojos para oler la madera antes de meterlo en el equipaje. También me ha dado pena despedirme de Lizarbe; otro chico de Tierra Estella, con el que más tiempo he pasado castigado en la sala de estudio; y de los del equipo de fútbol: de Ezpeleta, el de Carcastillo, de Lanuza, el Maño, que tiene la familia en Sádaba y miles de ovejas pastando por allí.

Este año no hemos ganado el torneo, qué le vamos a hacer.

El final del campeonato terminó, como siempre, el penúltimo sábado del curso con una pastelada. Lizarbe y yo estábamos castigados ese día en la sala de estudio haciendo problemas y oyendo el guirigay de la sala de al lado, y en eso, el hermano Cía abrió la puerta y apareció con una bandeja repleta de milhojas: «Podéis coger dos pasteles cada uno», dijo. El hermano Cía es un hombre especial, abuela, y ese detalle no lo olvidaré nunca. Él mismo nos había castigado por soplar polvo de tiza sobre la sotana del padre Alcoz cuando se paseaba por entre los pupitres. ¡Siempre que me junto con Lizarbe terminamos mal!

También tengo muchísimas ganas de ver a mi sobrino, no sabes la ilusión que me hace ser tío, aunque sea gracias a Ramiro. Me da mucha pena, eso sí, que no lo hayas podido conocer por tan poco tiempo. Acaba de cumplir año y medio. Ya te dije que al pobre le han llamado como a su padre. ¡Qué ocurrencia! Todo el día Ramirín por aquí, Ramirín por allá. Me parece tan horrible que me he inventado un nombre para él: es ese el que uso cuando estamos solos el crío y yo. La verdad es que si le vieras no dirías que es de Ramiro y Marisol. Parece de otros padres: regordete y rubio, con esas lorzas por el cuerpo y la nariz tan chata, tan diminuta que me entran ganas de morderla. Cuando lo cojo en brazos me gusta alborotarle la pelambrera, dejarle los pelos tiesos, electrizados, y se le queda una cara de lo más chistosa. Entonces me entra la risa y él, que se entera de la fiesta, sonríe, empieza a enredarme las orejas, la nariz y a chillar una y otra vez: «¡Gu! ¡Gu!», dando botes sobre mi antebrazo. Por eso le llamo así: Gu.

Gu tiene unos ojos enormes. Le gusta enseñar los dos dientecitos que le acaban de salir y que le han hecho llorar tanto. Por eso, cuando hay visita, se mete los dedos en la boca, para atirantar los labios y que se le vean, y no para hacer burla como cree mi cuñada.

No para un momento y, como todavía anda regular, me da miedo verle iniciar una de sus carreras calle abajo; no se sabe cómo van a terminar. Y es que, desde que aterrizó sobre una boñiga de caballo estando conmigo, Marisol no me deja llevarlo de paseo y, últimamente, me aburro un poco por las tardes si no estoy con él y no hay plan con los chicos del pueblo.

La megafonía de la estación, anunciando la llegada del tren por la vía uno, me devolvió al presente. Guardé el diario, recuperé la maleta y esperé junto al borde del andén, con el resto de los viajeros, a que terminase por detener su marcha ya ralentizada.

Era un tranvía austero, con asientos rígidos de escay granate y olor a tabaco. Me acomodé en dirección de la marcha, junto a una de las ventanillas por las que sabía que aparecería el pueblo al llegar. Siempre lo hacía así. Enfrente, un soldado me ayudó a acarrear la maleta para dejarla junto a su petate, sobre nuestras cabezas, antes de sentarse, y yo apoyé la mía en el cristal esperando oír el silbato del jefe de la estación y el clacla de las traviesas al avanzar. Siempre me ha apaciguado el traqueteo del tren. El vagón comenzó a moverse primero con un respingo, luego suavemente, acompasado con los otros coches, hasta que la estación quedó atrás y la velocidad de marcha fue aumentando junto al traqueteo, y se sucedieron los quejidos de las traviesas retorcidas al paso del tren. El soldado se había sentado enfrente, junto a la ventanilla. Llevaba la boina amarrada en la hombrera izquierda. Enseguida cerró los ojos, apoyó el cogote en el respaldo del asiento y se durmió. Al ver yo los movimientos de su cabeza, acomodada al vaivén de nuestro vagón, pensé por un momento que el espíritu que daba alma a ese tren se había apoderado de él habitando su cuerpo y que lo gobernaba integrado como un mecanismo más de la instalación, al igual que gobernaba la transmisión, los compresores o los bujes, moviéndolos a su antojo y haciéndonos avanzar.

Luego, con la parada en la primera estación, al imaginar las ruedas del tren deslizando sobre las vías, me visitó el recuerdo de la abuela Javiera en casa, sacando brillo a la cerámica granate del suelo, arrastrando con sus pies dos trapos impregnados en petróleo, de aquí para allá, dejando las baldosas relucientes y un olor a gasolinera por toda la casa que tardaba días en desaparecer. Entró en el vagón un hombre recio, sin equipaje, con manos gruesas y los brazos remangados. Miró al soldado dormido y para no despertarlo nos saludamos con un gesto de la cabeza. Se sentó a su lado, sudoroso. El tren retomó la marcha y el soldado, ya con la boca abierta, empezó a roncar, y sus ronquidos se acoplaron al ruido del resto de los mecanismos compartiendo partitura. Saqué el cuaderno de entre el cinturón y la espalda, donde lo había guardado para tenerlo cerca, y a partir de aquel momento alterné la escritura del diario con la contemplación del paisaje.

La máquina volvió a aminorar la marcha antes de entrar en la siguiente estación. Entonces el espíritu de aquel tren abandonó al soldado a su suerte y despertó justo a tiempo para apearse. Cogió el petate con premura, se despidió, y a través de la ventanilla lo vi desaparecer por el andén entre la gente. El señor de las manos gruesas esperó a que se enfriase el asiento antes de trasladarse junto a la ventanilla. Tenía los brazos tan llenos de pelo que apenas se le veía la piel.

Entró en el compartimento un hombre de mediana edad con mucho equipaje. Se esforzó en colocar los bultos sobre la repisa superior. Los botones de su camisa de cuadros rojos y blancos apuntalaban a duras penas la presión de su cintura y dejaban el ombligo al descubierto delante de mis ojos. Cuando bajó las manos vi que llevaba un libro. Saludó, se sentó junto a mí y comenzó, sin más, a leer. Me alegré de que ni el uno ni el otro diesen conversación. El tren retomó la marcha y yo, el diario.

Después de Semana Santa empezamos a escribirnos Martina y yo, abuela. ¡Qué largo se me hacía esperar hasta el verano para oír su voz! Pero ahora, resulta que, al leer sus cartas, es como si ella misma sonase dentro de mí, como si viera el movimiento de sus labios y los gestos que hace en cada frase que leo. Además, al abrir las cartas, la habitación parece que se llena de su olor a jabón de Marsella.

Ojalá a ella le pase algo así al leer las mías.

Le pedí su dirección del internado de Estella cuando nos despedimos al final de las vacaciones de Semana Santa. La apuntó en un papel y me la dio. ¡Aquello sí que era un tesoro! ¡Menuda ilusión! Lo primero que hice fue aprendérmela de memoria, por si acaso, y luego, en el tren de vuelta a Tudela, me pasé todo el viaje dándole vueltas a la cabeza, pensando qué podría contarle que fuera divertido, que le hiciese reír sin parar y, después, pensando en cómo le diría que me gusta muchísimo, que la echo de menos cuando no está. No tengo ni idea de si las cartas que he escrito le habrán divertido o no, de lo único que estoy seguro, es que no me he atrevido a contarle nada de lo que siento, ni siquiera que la echo de menos, y todo por miedo a precipitarme y chafarlo sin remedio.

Pero este verano te prometo que eso va a cambiar, abuela. ¡Ya verás!

Levanté la vista de mi diario para mirar a través de la ventanilla. El tren circulaba por un valle entre pinares muy densos que ganaban altura, primero suavemente y luego de forma abrupta, hasta bordear un macizo rocoso que coronaba la montaña con un estampado de franjas anaranjadas y grises, irisadas a esa hora por el reflejo del sol. Fijé la vista en la montaña mientras la rodeábamos, viendo cómo cambiaban sus formas hasta que quedó atrás y desapareció de la vista mostrando su semblante más escarpado. Al ver sucederse los pinos a la velocidad del tren, pensé en lo rápido que había transcurrido el curso, y al instante surgieron imágenes ante mis ojos, una tras otra, de diversos momentos y personas que parecían entremezclados con el paisaje.

El departamento comenzó a oler a tabaco. El señor de las manos gruesas estaba fumando y, cada vez que aspiraba el cigarro, dirigía la mirada al techo del vagón pare expeler la bocanada de humo como una locomotora, intentando no molestar. En el bolsillo de su camisa asomaba un paquete de Celtas sin filtro y los dos dedos que sostenían el cigarro estaban teñidos del amarillo de la nicotina.

Cuánta urgencia por ver a Martina, por volver a oír su voz más allá del recuerdo y oler de nuevo la estela de su perfume suave.

A partir de aquel momento dejé de escribir, y durante el resto del trayecto no hice otra cosa más que pensar en ella. Desde el tren, la imaginaba presente en el fondo móvil del paisaje con el vestido añil con el que solía bajar al río por las mañanas, el talle ceñido, dejando traslucir la figura sobre su entramado de flores silvestres, desde los muslos al pecho, como un trazo continuo, un escorzo que se remataba en el sombrero de paja y su lazo granate. Martina tenía la hermosura de lo sencillo, de lo que no necesita explicación porque es verdadero a la vista. «Claro, escríbeme –me dijo–; en el internado los meses se hacen largos». Y al morder la manzana los ojos se le achinaron igual que se le achinaban al sonreír. Después se retiró con una mano la media melena de un lado y se la puso por detrás de la oreja, dejando a la vista una perla pequeña que, aun siendo así, pequeña, resaltaba sobre su piel y su pelo moreno haciéndola a toda ella más de azabache.

Yo había ido a las gradas del frontón esperando encontrarla allá junto con las otras chicas, pero era casi la hora de comer y ya se habían marchado. Pensé que podía estar camino de casa, quizás en el Mirador de la Peña, que queda en lo alto del farallón sobre los campos de la vega del río. Así ocurrió. La encontré allí, apoyada sobre la barandilla, con la manzana en la mano, mirando el paisaje lleno de nubes arreboladas. Me alegré de que estuviese sola. Cuando oyó mis pasos sobre el cemento al llegar, volvió el cuello sin cambiar de postura, con los codos de su cazadora vaquera sobre el borde del mirador, y sonrió.

–¿Cuándo te vas? –preguntó.

–Tengo el tren a las cinco y diez. ¿Y tú?

–Me llevan mis padres en coche. Supongo que saldremos cuando termine mi padre la siesta. –Mordió la manzana.

–¿Pereza?

Tenía la boca llena y dijo que sí con la cabeza.

Quería pedirle la dirección del internado, pero estaba tan nervioso que la respiración se me había trastabillado y tuve que esperar para recuperar el compás y poder hablar sin que se notase. Mientras, ella masticaba la manzana ajena a mi marejada interior.

–Si me das la dirección del internado te escribiré –le dije, por fin.

Me volvió a mirar.

–Claro, escríbeme; en el internado los meses se hacen largos.

Tiró la raspa al vacío, apuntó la dirección en un papel que yo tenía preparado, nos despedimos con dos besos y se marchó. Entonces me quedé allí, con los codos en la baranda, mirando ahora yo las nubes arreboladas y sintiendo, sin saber ponerlo en palabras, la hermosura de la vida, que me traía como en un remolino de viento aquel arrebato de ilusión, llenándome por dentro sin dejar vacío un solo resquicio.

Al atravesarse el último túnel, Achar de Lóquiz emergía de sopetón, inesperadamente, con la prestancia de los pueblos aferrados a un altozano rocoso, a resguardo del río que formaba a su pie un meandro caudaloso, pero aparentemente inofensivo. El tren fue aminorando el ritmo y se vio aparecer el edificio de la estación junto a la ribera arbolada, separado del soto por la protección de una mota, mientras los frenos chirriaban de forma intermitente con un tono agudo, estridente, que penetraba en los oídos.

Desde la ventanilla vi a mis padres esperándome a la sombra del tejadillo, de pie en el andén. Se me apretó un poco la garganta al verlos, sobre todo porque no esperaba que mi padre viniese a recogerme, con todas las labores del campo que había en esa época del año. Al reconocerme, mi madre le hizo un gesto con la cabeza para que se acercarse a la parte del andén en la que iba a detenerse mi vagón y, en cuanto el tren abrió las puertas con su soplido de alivio, dio un paso al frente para ayudarme a bajar la maleta desde el estribo. Yo ya estaba preparado.

–¡Hijo, pero si pareces un quinqui! Vamos a cortar ese pelo ahora mismo, antes de entrar en casa.

Luego se acercó mi madre.

–¡Daniel, cariño, ven que te dé un beso! ¡Qué ganas tenía de verte! ¡Pero, chico, qué estirón has dado!

Mi padre cogió la maleta y fuimos saliendo con los otros viajeros: él, por delante, secándose el sudor del cuello con un pañuelo, medio descamisado, y abriéndose paso camino del Renault 8 que esperaba al sol pocos metros más allá de la entrada; mi madre, al lado, preguntándome esto y lo de más allá, sin darme tiempo a contestar.

–Abrid las puertas mientras cargo la maleta.

Aunque mi padre había dejado rendijas en las ventanillas de delante para hacer algo de corriente, el coche parecía el horno de pan de Iturbe y, hasta que arrancó el motor, nos quedamos fuera, ventilando con las puertas abiertas, al lado de una inmensa cosechadora verde que emitía el calor acumulado en sus chapas sobre nosotros.

El Renault 8 subió por las revueltas de la carretera resoplando como una caballería y, entre el resuello del motor a mil revoluciones y el viento que entraba a borbotones por las cuatro ventanillas, no se podía hablar. No me importó mucho, la verdad, porque iba la mar de a gusto mirando el paisaje, viendo alejarse el río y la alameda, y acercarse el hayedo de la sierra con las primeras casas del pueblo.

Pasado el ayuntamiento, al enfilar la calle Mayor, con el arropo de las fachadas, el aire que entraba en el coche era ya fresco. Yo, a esa altura, estaba pendiente de mi padre, mirándole los ojos por el retrovisor, tratando de leerle el pensamiento y preguntándome si continuaría recto hacia casa o cumpliría su amenaza. Pero llegando a la plaza, detuvo el coche junto a la puerta de la peluquería y se disiparon las dudas.

–Raquel, dejamos al crío aquí. Yo llevo la maleta a casa y vuelvo al campo con Ramiro. Que suba luego andando.

Se volvió a secar el cuello con el pañuelo, abrió la puerta dejando el coche al ralentí y me hizo un gesto con la cabeza para que bajara con él.

La peluquería del pueblo olía a Varón Dandy. Sobre la repisa, bajo el espejo, seguía a la vista la misma caja de ampollas contra la calvicie, color ámbar, que nadie usó jamás, navajas de afeitar, frascos de Floïd y esa maquinilla de acero para repasar el cuello que hacía cosquillas y siempre estaba fría. Cuando entramos, el peluquero, ataviado con su bata azul, cortaba el pelo a un cliente: clis, clis, clis, con las tijeras suspendidas en el aire, pensando en el siguiente corte.

–Buenas tardes. Marcos, aquí te traigo al pequeño. A este lo dejas como a un quinto, diga lo que diga.

Le entregó un billete de cien pesetas y se despidió.

Yo me senté en una de las tres sillas vacías que estaban detrás del peluquero. En la cuarta, Florentino Amézqueta, el pastor, sin intención aparente de cortarse el pelo, ojeaba y comentaba con el peluquero lo que leía en una revista ilustrada con fotografías de los jugadores de la selección de fútbol.

–Con Arconada atrás, Juanito y Santillana en la delantera, ganamos el mundial.

Marcos interrumpió los tijeretazos para mirarle.

–Tú eres más merengue que Luis de Carlos.

–¡Ojo! Lo he dicho también: Arconada, de la Real.

–Y Zamora ¿qué?, y López Ufarte ¿qué?

Mientras hablaban no hice otra cosa más que mirarme el flequillo en el espejo e imaginarme la frente llena de granos al descubierto y mis orejas, sin pelo alrededor, desplegadas como las velas de un barco. Marcos terminó enseguida de cortar al cliente. Le cepilló con mimo los hombros, el cuello y los brazos; luego le desató el babero azul y se lo retiró con una especie de media verónica por encima de la cabeza, y finalmente, después de cobrarle, se puso a barrer.

Cómo me gustaba el olor a Varón Dandy de la peluquería.

–Venga chaval, te toca –dijo todavía con la escoba en la mano.

Me senté de mala gana, como si fuera la silla del garrote vil. Marcos me anudó el babero azul después de sacudirlo en el aire, lo fue remetiendo entre el cuello y la camisa y retomó el clis, clis, clis de sus tijeras. Los mechones de pelo empezaron a caer sin remedio.

–¿Qué tal por Tudela, chaval? ¿Qué curso haces ya?

Clis, clis, clis, clis.

–He terminado segundo de BUP.

–¿Y cuánto te queda para acabar? –preguntó, concentrándose ahora en mi cogote.

Clis, clis, clis, clis.

–Dos años: uno más de BUP, y el de COU.

–Eso no es nada. Ya verás lo rápido que pasa la vida cuando tengas mi edad.

Me fue desmochando el lado derecho y luego el izquierdo.

–Oye, Marcos, yo creo que ya está bien así.

–Cumplo órdenes.

Marcos se puso frente a mí, colocó una mano sobre mi cabeza; y luego empezó a girarla de aquí para allá, comparando el lado izquierdo y el derecho, hasta que volvió al ataque esgrimiendo el peine y la tijera y le dio al corte otra vuelta de tuerca: ya no quedaba oculto ni un ápice de la frente. Así que, llegados a ese punto, me dio todo igual.

–Bueno, chaval, ya estás despejado para una temporada.

Me miré al espejo por última vez, y sentí el horror y la rabia de saber que me iba a convertir en el hazmerreír de los chicos del pueblo.

Luego, fuera ya de la peluquería, encaré la cuesta que sube desde la plaza hasta casa apretando el paso y sin ningún aplomo, con la vista en el suelo para no cruzarla con nadie. Tenía en el bolsillo la última carta que había recibido del tío Julián en el internado. Al sentir su sobre doblado en el muslo, pensé en los asuntos de los que nunca podía hablarse en casa. ¿Por qué era así? Deseaba hablar al resto de la familia del tío, de lo que contaba en sus cartas, de su vida singular, de mi vínculo con él, pero temía que aquello resultase un atrevimiento. ¿Sería porque a mi edad no debía saber ciertas cosas o porque simplemente no se debían saber? Y entonces pensé que ya había llegado la hora de que algo cambiase.

–¡Aquí tenemos al estudiante! –Al verme llegar, mi cuñada dejó de cortar la cebolla que tenía sobre el mostrador, se frotó las manos en el delantal y me dio dos besos.

Ella y mi madre cocinaban la cena y la comida del día siguiente, para que mi padre y Ramiro se la llevasen al campo por la mañana.

–¿Qué tal el viaje? –preguntó Marisol.

–Muy bien. Me encanta viajar en tren.

A Marisol le tenía mucho aprecio; era cariñosa y siempre procuraba agradar. A veces la miraba con disimulo preguntándome qué habría visto en mi hermano para casarse con él.

Se volvió a atender los pucheros.

–¡Ah, Daniel! –dijo de espaldas–, Ramirín está ya durmiendo. Si quieres entrar a verlo, ándate con tiento, no lo vayas a despertar, que nos da la cena.

–Sí, claro.

Algo me rechinaba cada vez que les oía llamarlo de ese modo.

Fui a su habitación y entré dejando la puerta entreabierta para iluminarla solo desde el pasillo. Allí estaba Gu, bocarriba, en la penumbra, con las sábanas cubriéndole los brazos, dejándole asomar tan solo sus manos diminutas cerradas en puño, con sus carrillos regordetes, sus caracoles rubios y un aspecto de paz infinita, como si fuese ese, la paz infinita, el material del que estuviese hecho. Al marcharme le di un beso, se revolvió en la cuna y luego cerré la puerta con sigilo, dejándolo allí envuelto en el olor dulce a su colonia de bebé.

El pasillo, en la fachada norte de la casa, aun con las ventanas abiertas de par en par seguía oliendo a humedad. La habitación estaba casi igual que cuando la dejé al marcharme de vuelta al internado tras las últimas vacaciones: la cama, en la esquina derecha frente a la puerta; sobre la cabecera, un cuadro de Jesús sentado por la noche en el Monte de los Olivos, mirando entristecido las luces de Jerusalén; al lado, el armario ropero de pino sin pintar; enfrente, la mesa de formica marrón, y sobre ella, el flexo y una estantería. Vacié los bolsillos sobre la nueva colcha de cuadros que había comprado mi madre en el mercadillo y empecé a deshacer el equipaje y a ordenarlo hasta que se hizo la hora de la cena.

Ramiro llegó a mesa puesta, cinco minutos tarde, cuando estábamos ya sentados cada uno en su sitio. Mi padre nunca esperaba para empezar a cenar. Eso era sagrado para él. Ocupaba la cabecera de la mesa con mi madre a su derecha y Ramiro a la izquierda, Marisol junto a él y yo, enfrente de ella. Cuando vivía la abuela Javiera se colocaba en la cabecera opuesta, enfrente de mi padre, junto a mí. Ella era la que me servía un chorrito de vino en el vaso de agua al comienzo de cada comida. Lucía ocupaba un sitio a la derecha de la abuela. A pesar de que ese verano ya no estaba con nosotros, en vez de comer más espaciados, mi madre seguía respetando su hueco, y aunque el plato no estuviese, resultaba que cada día nos hacíamos conscientes de su ausencia. Sonaba el reloj de pared y, sin esperar al último tañido, se bendecía la mesa y mi madre comenzaba a servir. Primero a mi padre, luego a Ramiro, a la abuela Javiera, a Marisol, a Lucía y, finalmente, a mí. Siempre por ese orden, mientras estuvieron todos, dejando patente la jerarquía que regía en esa casa.

–Bueno, Daniel el Pitagorín. ¿¡Qué tal estás!? –me preguntó Ramiro, más bien afirmando, sin esperar respuesta y sin dejar un instante de pausa antes de continuar–. Traes la cara echa una paella. ¿Te has mirado al espejo?

No contesté.

–¿Y qué cuentan los jesuitas? ¿Te han enganchado ya para el noviciado?

Ramiro miró a mi padre buscando complicidad.

–¡Pues no! –dije–. Ellos te hubiesen querido enganchar a ti, que eres el listo de la casa, si hubieses estudiado, claro. Pero como te has casado, y no has visto un libro en tu vida…

Mi padre golpeó el vaso con un cubierto una sola vez y volvió a bendecir la mesa. Era su forma de interrumpir las discusiones sin enfadarse y enrarecer el ambiente. Todos lo entendíamos. Significaba que esa conversación había llegado a su fin.

–He estado viendo cosechadoras de segunda mano –continuó Ramiro dirigiéndose a mi padre–. Hay una que tiene cuatro años y está como nueva. Una John Deere. La dejan a buen precio y creo que algo todavía se podría rebajar.

Mi padre asintió con la cabeza.

–Dile a Vicente que la revise y ya hablaremos.

Vicente era el dueño del taller de maquinaria y padre de mi amigo Vicente. Me pareció que, con la sentencia de mi padre, el tema quedaba zanjado de momento, y continué:

–En mayo recibí en el internado una carta del tío Julián. Sigue embarcado. El barco se llama Untesweshari Mata. Escribía desde México, desde el puerto de Tampico. Dice que a final de junio atracará en Bilbao y vendrá al pueblo a pasar parte del verano.

Todos miraban a sus platos en silencio. Solo Ramiro levantó la vista un instante para mirar a nuestra madre y luego volvió a esconderla en el plato.

–Cuenta cómo es la vida en el barco, su trabajo y también habla de esa parte de México desde donde escribe. Tengo aquí la carta. No es muy larga, la puedo leer.

Saqué el sobre doblado del bolsillo y entonces mamá reaccionó de forma tajante:

–¡Guárdate esa carta para ti!, ¿quieres? ¡Estamos comiendo!

Ramiro salió a su rebufo:

–Se podía quedar allá para siempre. No sé cómo todavía tiene vergüenza de volver al pueblo. Y tú, lo que deberías hacer es mandarle a paseo de una vez.

No dije nada para no obligar a mi padre a bendecir la mesa por tercera vez. Guardé la carta y continué comiendo.

–¡Tú, Ayala! –me dijo Ramiro–, pasa la botella de vino, anda.

Ayala era uno de los melenudos que jugaban en el Atlético de Madrid. El otro se llamaba Heredia. La botella estaba a su alcance, y lo que hice fue alejarla.

–¿Pero queréis parar ya los dos? Con vosotros no se puede tener una comida tranquila –dijo mi madre con las dos manos en puño sobre la mesa y los cubiertos apuntando al techo.

Luego quedamos un tiempo todos en silencio, con el sonido del golpeteo de los tenedores y cuchillos en el plato.

Mi padre seguía pensando en la cosechadora.

–¿Quién la vende?

–Los Armendáriz, de Salinas de Baigorri. Venden la tierra, la maquinaria y se van.

Asintió con la cabeza como si los conociera.

–Mañana mismo que la mire Vicente. Si está todo en orden, la compraremos. Yo iré al banco para pedir el dinero y volver a hipotecarnos.

En cuando terminamos el postre, pedí permiso para levantarme y fui a la habitación. Allí encontré sosiego y continué un rato escribiendo en el diario.

Mamá dice que el tío Julián es un vagabundo porque no tiene profesión ni domicilio fijo, porque todo lo que ha conseguido en la vida le cabe en su macuto de cuero, que huele a tabaco, y bebe más de la cuenta.

Piensa que es la oveja negra de la familia.

A mamá el tío Julián no le gusta un pelo, abuela. Cree que me llena la cabeza de pájaros con las historias de sus viajes y todas esas cosas, y que terminaré por dejar de estudiar si paso más tiempo con él.

Si le conociese de verdad, no diría eso.

No sé, yo creo que le tiene miedo, o por lo menos le pone nerviosa: eso seguro. ¿Por qué? No lo sé, pero el verano pasado, en cuanto lo veía asomar por la calle, ponía tierra de por medio y las pocas veces que se habla de él durante alguna comida, siempre cambia de conversación.

El tío Julián lleva tatuado un dragón en el brazo. Eso a mamá también le parece mal. Dice que llevar tatuajes es cosa de gente de mala vida, de presidiarios y personajes así. Pero eso no es cierto, abuela, tú ya lo sabes porque conociste al tío.

A mí, el tío Julián me parece muy educado, es atento y siempre está de buen humor. Además, tiene una fortaleza descomunal que no tiene ningún otro hombre del pueblo. Es como un mastín del Pirineo, tan fuerte que no necesita demostrarlo. Solo es que ha elegido vivir de otra manera: sin quedarse en un lugar para siempre, sin formar una familia y todo eso. En casa no se puede hablar de él y no sé por qué, abuela. Ya me gustaría que me lo dijeras tú algún día, si es que lo sabes. Yo estoy deseando que llegue de sus viajes porque siempre tiene mil cosas que contar. Por eso y porque es el único que me trata como un mayor. Bueno, tú también.

Mañana, cuando suba al cementerio, verás qué cara se me ha puesto. Tengo la frente llena de granos, como un puchero en ebullición. Ya no sé qué hacer con ellos. En el internado me daba igual, pero aquí no es lo mismo: no sé cómo voy a gustar a las chicas con esta pinta. Bueno, no sé cómo voy a gustarle a Martina, el resto me da igual. Se va a hacer todo muy cuesta arriba. Ni Vicente, ni Sergio, ni Martina, ni la Bruji, ni las Elizari tienen un solo grano, ya ves, y somos todos de la edad, más o menos. ¿Te lo puedes creer? No sé por qué me ha tenido que tocar a mí esta cruz.

Mi hermano abrió la puerta de mi habitación sin llamar y asomó medio cuerpo desde el pasillo.

–Oye, Pitagorín, el sábado saldremos Marisol y yo a cenar y a tomar algo por el pueblo. Vente a casa a eso de las nueve y te quedas a dormir con el crío. Buenas noches.

Y cerró la puerta sin más.

4
EL RÍO Y JOÃO

Cada sábado del verano que dormía en casa de mi hermano, los vencejos se encargaban de despertarme. Revoloteaban alrededor de la torre de la iglesia recreándose en un juego: ascendiendo, dejándose caer y emitiendo un sonido que reverberaba formando ecos entre las fachadas de las casas. A esa hora temprana no podía imaginar todavía cómo iba a discurrir aquel día ni que los vencejos, a tenor de lo vivido, pudiesen resultar a la postre aves de mal agüero.

En la plaza, las campanas también se desperezaban repicando y, al abrir los portalones del balcón, la habitación respiraba el bullicio que invadía con la luz todos los rincones de la casa.

Cada mañana que amanecía en casa de Ramiro y tenía que ir con urgencia al baño, me encontraba la puerta cerrada a cal y canto. Oía el sonido apresurado de un grifo abierto llenando la bañera: esa bañera en la que mi cuñada, Marisol, se recreaba como Cleopatra. Me la imaginaba entre sales y espumas mientras yo, que me retorcía por las ganas de hacer pis, subía al desván dando zancadas para recuperar el orinal del abuelo, ese que mi cuñada detestaba y que yo guardaba como un tesoro, escondido en una vieja mesilla. Luego, en cualquier momento, Gu despertaba, se incorporaba en la cuna agarrado al borde, agitando el cuerpo adelante y atrás y balbuceando cada vez con más fuerza hasta que lo tomaba en brazos, y salíamos al balcón para refrescarnos con la corriente de la mañana y para ver desperezarse el día.

Asomado allí, miraba las pequeñas nubes blancas extraviadas en el cielo. Eran fragmentos de esas que parecen merengue y son ligeras como un suspiro. Avanzaban despacio, con monotonía y dejadez, sin la furia de los nubarrones y con la desgana que les producía saberse inútiles. Se retiraban con el ritmo cansino de la derrota, ignorándose unas a otras, desfilaban mirando al frente, sin fijarse en lo que dejaban tras su avance y luego, con discreción, se apagaban en el horizonte.

–Gu, gordito, ¿verdad que quieres dar un paseo con el tío? ¿A que sí? ¡Marisol! ¿Me oyes? ¡Que me llevo al crío a dar una vuelta! ¡Volveremos para comer! –grité desde el otro lado de la puerta.

Se cerró el grifo de la bañera exhalando un gemido de esfuerzo.

–¡Espera! ¿A dónde lo llevas? –vociferó.

–¡No sé, hacia el río!

–¡No se te ocurra subirlo a la bicicleta! ¡Coge agua y galletas! ¿Me oyes?

–¡Sí!

–¡Lleva la mochila con sus cosas y que no se te olvide ponerle el gorro! ¡No lo tengas mucho rato al sol y...!

–Vamos, gordo, que no acaba.

A Gu le encantaba la velocidad, que el viento le despeinase y le rodaran lagrimones por las mejillas. Ver pasar tan rápido las cosas era como si las domináramos y estuviesen a nuestro capricho. Una gozada.

–¡Agárrate fuerte al manillar! ¡Y cierra la boca, que te tragas los mosquitos!

Descendimos en bici por las revueltas del sendero, con discreción, hacia el puente de piedra. Gu viajaba sujeto a mi pecho envuelto en una tela que me anudada a la espalda; mirando al frente y asomando los brazos como una cría de canguro: así disfrutaba del paisaje y la velocidad.

A lo lejos, junto al soto, vimos al chico portugués de la barraca de las carabinas y del cine de verano. Pedaleaba sobre una GAC desvencijada sin rumbo aparente. El chico portugués merodeaba a menudo por el pueblo con su bicicleta. Solía acercarse a donde estábamos jugando al fútbol o a pelota y se quedaba mirándonos un rato desde la distancia. Luego daba media vuelta y desaparecía.

Entre el puente y el guindo enfermo, la trocha se libraba de la espesura para abrirse en una pequeña playa de cantos rodados, a cuya vera el río discurría con sigilo y suavidad. Junto a la playa, donde comenzaban las primeras robadas del regadío, surgía autoritario un nogal voluminoso cuya sombra generosa agradecíamos, sobre todo en los días de verano. Gu disfrutaba metiendo los pies desnudos junto a la orilla, donde los cantos rodados se cubrían de algas verdes que le acariciaban las plantas haciéndole cosquillas. Sentado, con las pantorrillas sumergidas, miraba al agua y a las madrillas diminutas que caracoleaban a su alrededor. Quería cogerlas a dos manos, pero se escabullían, alejándose solo lo justo, como si supieran que él era inofensivo y no hacía falta ir más allá. Entonces golpeaba el agua contrariado y, al poco, los peces volvían a rodearle de nuevo.

Yo, en cambio, prefería darme un rápido remojón y tumbarme en la hierba, bajo el nogal, a echar la siesta con la fresca. Por eso sacaba de la mochila un pequeño flotador rojo que tenía mi sobrino, lo hinchaba y, embutido en él y en su gorro, lo dejaba junto al agua con dos puñados de cascajo. Así se entretenía un rato chapoteando en la orilla y arrojando piedrecitas que el agua engullía con un chasquido sordo y seco.

–¡Gu, gordito, quieto aquí, en la orilla!

Cuando me tumbaba en el regazo del nogal, cerraba los ojos y me dormía escuchando los mil sonidos del río, de sus plantas, de sus animales, del viento, y todo lo demás parecía desvanecerse dentro de mí sin dejar rastro.

Pero aquella mañana abrí lo ojos sobresaltado. Sentí repentinamente que me faltaba el chapoteo de Gu y el engullir sordo y seco del río. Me incorporé atropelladamente y vi que no estaba allí. Busqué a izquierda y derecha aterrorizado, corrí hasta meterme en la mitad del cauce, mirando al río aguas abajo, pero tampoco lo veía. Los pilares del puente me ocultaban en parte la visión. Volví a la playa y corrí a lo largo de la orilla hasta que lo impidió la vegetación. Desde ahí no alcanzaba a ver a mi sobrino. Entonces comencé a gritar angustiado, girando sobre mí, llamándolo aun sabiendo que hacía algo inútil. Alcé la vista. Al otro lado del río, sobre la mota, vi al chico portugués de la barraca de las carabinas en su bicicleta. Había echado un pie a tierra y observaba mi ir y venir, sin comprender. Entonces le hice gestos: alargué el brazo señalando la dirección del río.

–¿Ves algo rojo en el agua? –grité.

Giró la cabeza hacia donde le indicaba. No me contestó. Tampoco supe si me había entendido.

–¡Rojo! ¿Ves algo rojo? –grité otra vez, volviendo a señalar aguas abajo.

Le vi pedalear sobre la mota, paralelo al río, hasta que me eché al agua y lo perdí de vista. Entonces empecé a nadar con todas mis fuerzas río abajo, pero estaba tan sofocado por los nervios que me atragantaba a cada momento y sentía que me ahogaba. Avancé unos metros y volví a mirar la superficie del río buscando a mi sobrino.

En el lateral, por delante, el chico portugués seguía en la bicicleta avanzando sobre la mota. De repente, se lanzó terraplén abajo a toda velocidad y, sin dejar de pedalear, entró en el río hasta que el agua frenó en seco la bicicleta y él voló por encima del manillar. Luego comenzó a nadar y ya solo vi los salpicones de sus brazadas peleándose con el agua. Nadaba hacia el centro, hacia un grupo de carrizos que emergía en mitad del cauce. Yo estaba todavía lejos. Él se detuvo allí solo un instante y volvió a nadar en dirección a la orilla. La corriente nos acercaba. En ese momento vi el color rojo del flotador asomar sobre el agua junto a la cabeza del chico y volví a gritarle preguntando por Gu, pero él siguió nadando sin contestar y entonces empecé yo también a bracear hacia la orilla para ir a su encuentro. Comprendí que la corriente lo había llevado hasta los carrizos y allí quedó enganchado por la vegetación en un remanso de la divisoria del río.

Cuando salí del agua y pisé el cascajo, apenas podía tenerme en pie: me temblaban las piernas y tenía la respiración tan agitada que no podía hablar. Ahí estaban los dos, sentados sobre los cantos rodados. Gu, todavía con el flotador puesto, estaba llorando; sus ojos desmesurados me buscaban con una mirada de urgencia y confusión. Yo caí de rodillas junto a él, boqueando como un pez fuera del agua. Luego lo cogí y, al sujetarlo en mis brazos, se me abrazó al cuello con todas sus fuerzas. Lloraba calladamente, como él lo hacía, enseñando dos dientecitos. No sé cuántas veces le besé los carrillos. Le retiré los pelos empapados que le cubrían los ojos y así, sentados en la orilla, esperamos a que se nos pasara el sofocón.

Me costó varios días zafarme del susto y algunos más, dejar de soñar con aquella escena. La mera idea de regresar al río con él me angustiaba. Solo pude volver a hacerlo semanas después y, cuando eso ocurrió, ya no le perdí de vista un solo instante: chapoteábamos juntos en la orilla, lanzábamos piedras y luego, tumbados en las toallas, bajo el nogal, dejábamos pasar el tiempo, entre algunas historias, el bochorno y el fluir sereno del río.

Cuando me volví hacia el chico portugués, ya no estaba allí. Después de recuperar la bicicleta del cauce, se había escabullido sin que yo lo sintiera marchar.

De vuelta en la playa, recogimos las cosas y salimos camino de casa oyendo a las campanas tañer el cuarto. Eran pasadas las dos. En casa de Ramiro tenían por costumbre comer a las tres en punto, después de que lo hiciera Gu y quedase acostado para la siesta. Pedaleaba pensando en el chico portugués: me hubiese gustado darle las gracias de no haberse marchado de esa manera. Hasta entonces no recordaba haber sentido un agradecimiento así, tan denso. Tampoco me había tocado vivir nada que se pareciese a aquello. Pero, entonces, al llegar al puente, oí gritos a mi espalda y me giré. Cerca del crucero medieval lo vi acercarse a mucha velocidad, precisamente a él. Pedaleaba con todas sus fuerzas hacia nosotros, porque lo perseguían en bicicleta cuatro chavales de Salinas de Baigorri. Gritaban y le arrojaban piedras al mismo tiempo, y él esprintaba de pie, volviendo la cabeza una y otra vez hasta que, en una de las pedaladas, mirando hacia atrás, se le torció el manillar y fue a parar al suelo. Los de Salinas, con él indefenso sobre la pista, aprovecharon para coger más piedras. Y entonces esprinté yo hacia ellos, gritándoles:

–¡Ehhh! ¡Vosotros! ¡Quietos!

Para cuando los alcancé, le habían arrojado ya todas las piedras y, estando el chico en el suelo, todavía echaron pie a tierra para insultarlo.

–Pero, ¿¡qué hacéis, imbéciles!?

Interpuse la bicicleta entre ellos y el chico. Los conocía de vista; eran algo más jóvenes que yo.

–¿¡Y a ti qué te importa!? ¿Quieres tú también o qué? Es un gitano.

Me agaché para coger un canto del suelo y abrí el brazo amenazándoles.

–¡Largo de aquí! ¡A vuestro pueblo!

Miraron todos al cabecilla y, cuando lo mandó, dieron media vuelta.

Hubiese hecho cualquier cosa por defenderlo.

El chico portugués quedó sentado sobre el todo uno de la pista. Le caía un reguero de sangre desde la cabeza hasta el mentón. Saqué un babero de la mochila y le hice mantenerlo apretado sobre la herida.

–¿Cómo te llamas?

Él escondía la cara en el otro brazo, apoyado sobre las rodillas. Le temblaba todo el cuerpo. No quería que le viese ni que le oyese llorar. Luego, tomó aire en medio del hipo y sorbió los mocos.

–João –dijo, por fin.

–Tienes una brecha. Vamos a que te curen.

Recogí las dos bicis del suelo y él se levantó sin dejar de apretar la herida. Tomó su bicicleta por el manillar.

–¿Por qué te has ido tan rápido antes, en el río? No te he podido dar las gracias.

–*Não fiz nada para o merecer* –dijo.

–¡Ya lo creo que sí!

Continuamos a pie, camino del balneario, empujando las bicicletas casi sin hablar, oyendo el crujido de nuestros pies y del rodar de las ruedas sobre el cascajo.

Al pie del roquedo, junto al río, pasado el puente desde el pueblo, había un pequeño balneario rodeado de jardín hasta la orilla, salpicado de árboles frondosos y paseos entrecruzados con enredaderas sombreando el paso. Estaba en frente de la finca de los Elizari, al otro lado del río. En el centro del jardín sobresalía un quiosco de música hecho de forja y pizarra, donde hacían escala las palomas en su ir y venir. El balneario distaba apenas quinientos metros de la estación de tren por el este y, por el oeste, de unas salinas que, en verano, emitían destellos tornasolados al atardecer y que pertenecían también al pueblo colindante: Salinas de Baigorri.

En cuanto rodeamos el perímetro enrejado de la forja que envolvía al balneario y entramos por el portón principal, vimos la fachada de piedra del edificio asomar entre la vegetación, con el escudo de armas y una fecha del siglo dieciocho grabada sobre la entrada principal, ancha y en forma de arco, que permanecía siempre abierta de par en par ofreciendo acogida.

João parecía estar allí por primera vez y miraba a un lado y al otro sin dejar de sostener el babero sobre la cabeza. Se había serenado y andaba más erguido. Entonces me fijé mejor en su cara y el moreno de la piel me recordó al de Martina. Se dio cuenta de que le observaba y, cuando cruzamos la mirada, sonrió de forma algo forzada. Entonces los dientes blancos se hicieron más blancos con el fondo oscuro de su piel. También eso me recordó a Martina. Me fijé en que se le habían quedado marcados en las mejillas los surcos con el salitre de las lágrimas. Al llegar al edificio, dejamos las bicicletas en un lateral y entramos al balneario.

–¡Madre mía!, pero ¿qué os ha pasado?

La recepcionista se asomó a la cabeza de João, con un rictus de repugnancia o de miedo.

–Venid –dijo tajante.

Se puso a caminar con pasos cortos y ligeros. A João le goteaba ya la sangre por el codo y dejaba sobre la cerámica del suelo un reguero de puntos rojos a su paso. La recepcionista se movía con nervio y el uniforme gris claro le daba un aire todavía más marcial.

Golpeó con los nudillos sobre la puerta del despacho médico y una voz nos hizo pasar.

–Doctor, mire lo que le traigo.

El doctor se levantó de la silla del despacho sin urgencias, se alisó la bata blanca de arriba hacia abajo con las dos manos, aunque estaba ya atirantada por la presión de su barriga, y rodeando la mesa se acercó a nosotros. A João le hizo sentarse en un taburete y comenzó a inspeccionarle la herida, luego fue a por el material del botiquín, le recortó un corroncho de pelo alrededor y fue cosiendo minuciosamente con una mano mientras mantenía la herida cerrada con dos dedos de la otra. El médico intentaba distraerlo haciéndole preguntas.

–¿Cómo te llamas, chico?

–João Ferreira.

–Hum… –asentía con la cabeza–. ¿Cuántos años tienes?

–Vou fazer quince anos em setembro.

–¿Te duele?

–Dói-me um pouco.

–Hum... Eres portugués, ¿no? ¿De qué parte?

–Sou de Castelo Branco.

Gu empezó a protestar. Tenía hambre. Hacía un rato que se le había pasado la hora de comer y yo no había cogido galletas al salir de casa. Solté la toalla, saqué a Gu de su envoltorio para distraerlo mejor y empecé a jugar con él.

Cuando terminó la cura, el doctor nos acompañó a la puerta (a João le advirtió de que no debía mojarse la herida en unos días) y luego nosotros, esta vez solos ya, buscamos la salida por el mismo camino que habíamos recorrido al entrar. Una chica de la limpieza frotaba las manchas de sangre que quedaban sobre el suelo, indicando el trayecto hacia la puerta del balneario.

Fuera, João cogió las dos bicicletas por el manillar. Yo llevaba a mi sobrino en brazos, dándole palmadas en la espalda porque había roto a llorar sin consuelo. Ya no sabía qué hacer para que se calmase. Salimos del recinto y empezamos a caminar por la pista en dirección al puente, y enseguida vimos venir un coche rojo que conducía a toda velocidad. Pasó de largo, pero al poco lo oímos frenar en seco levantando una nube blanca que llegó hasta nosotros y nos envolvió. Tuvimos que cerrar los ojos. Yo me disponía a amarrar a Gu de nuevo a mi pecho para montar en la bicicleta, cuando me di cuenta, al disiparse el polvo, de que era el coche de Ramiro. Su Seat 127. Entonces dio marcha atrás y volvió a parar en seco, esta vez a nuestra altura. Abrió la puerta y salió sin apagar el motor. Gu lloraba con todas sus fuerzas, retorciéndose en mis brazos con desesperación.

–¡Llevo buscándoos una hora! ¿Se puede saber dónde estabas? –Hizo una breve pausa y continuó bajando algo el tono–. No tienes arreglo ¡Mira cómo tienes al crío!

Cogió a Gu de mis brazos con malas maneras y dio media vuelta.

–¡Anda, quita de mi vista! –dijo ya de espaldas a mí, sacudiendo un brazo en el aire.

No me dejó hablar. Se sentó en el coche con el niño sobre las piernas, cerró con un portazo y condujo hasta el acceso del balneario para dar la vuelta. Luego pasó de nuevo a nuestra altura con el coche revolucionado, sin mirarnos y dejando una tolvanera tras de sí.

Ese día estaba previsto que comiese con ellos, pero después del incidente, decidí no subir a su casa. Nos montamos en la bicicleta y pedaleamos en dirección al puente de piedra. Allí vi a los portugueses acampados en esa parte del soto. Salía humo de entre los árboles y la familia estaba alrededor de una hoguera. Le tendí la mano a João para despedirnos y me preguntó si quería quedarme a comer con ellos. Olía bien.

–*Vem!* –dijo–. *Vamos comer agora!* –Y estiró de mi mano.

Le seguí ribazo abajo hasta el pie de la mota. Dejamos las bicis apoyadas en un chopo y nos unimos a su familia en torno a la hoguera.

Tenían atravesado en un pincho un pollo enorme asándose cerca de las brasas. João me presentó primero a su padre, Nuno Ferreira; luego a su madre, Margaida, que estaba embarazada y que, con su vestido negro y su moño tirante, me recordó a la abuela Javiera, y por último, a su hermana Fátima, una niña menuda de ocho años tan delgada como los chopos que nos rodeaban.

Al pronunciar mi nombre me percaté de que también se lo decía a João por primera vez. Él les contó a sus padres lo que había pasado con los chicos de Salinas para explicar mi presencia allí, y compartimos los cinco el pollo y una sandía que tenían refrescándose en el río.

–¿Y qué película vais a echar el jueves en el frontón?

–*El regreso de Fu Manchú.*

Me invitaron a ver la película sin pagar y, además de ese día, me dejaron entrar gratis el resto del verano, hasta que ocurrió la desgracia con la que todo aquello acabó.

5
EL TÍO JULIÁN

La noche anterior a la llegada del tío Julián, acosté a mi sobrino hablándole de él, contándole historias suyas, las que conocía de sus viajes, de sus aventuras en la Legión. En su última carta me había anunciado que esa noche atracaría en Bilbao con el Unteshwari Mata: un barco indio de transporte de grano donde trabajaba como mecánico encargado del mantenimiento de los motores y en el que se había enrolado tras abandonar la Legión. Tenía prevista su llegada al pueblo por la tarde del día siguiente, escribió. La víspera no podía pensar en otra cosa que no fuera en el tío, ni hacer otra cosa más que esperar su llegada. Desde que la abuela faltó, en casa ya solo podía hablarle de él a Gu.

El tío Julián llegó en tren con el último atardecer de junio. Debió adelantarse, porque yo iba camino de la estación para recibirle cuando lo vi asomar en la lejanía, junto al crucero medieval, confundiéndose como una sombra más entre los claroscuros del sendero. Reconocí en la lejanía su figura descompuesta acercándose con grandes zancadas, las zancadas de siete leguas del que pisa terreno propio. Llevaba una blusa amplia, blanca, con los brazos remangados, la barba asilvestrada y su sombrero de cuero con ala ancha cubriendo la frente hasta los ojos. Al reconocerme, después que yo a él, soltó una carcajada áspera que más que de la garganta pareció emergerle de las entrañas. Se detuvo, dejó caer el petate en el camino y abrió los brazos de par en par para recibirme, porque vio que ya había echado a correr al encuentro. Cuando llegué a su altura, me encaramé en su cuello con un brinco para abrazarlo. Él se mantuvo firme, anclado al sitio sin desplazarse un ápice, al igual que si formase parte del terreno y emergiese de él, con su porte de titán, como un álamo más en el soto. Yo me quedé así un buen rato, fundido a su humanidad, regocijado, dejándome apretar por la fuerza primitiva de sus brazos, y rememorando el último abrazo que nos dimos al partir la última vez con el languidecer del verano. Cuando me soltó y pude respirar de nuevo, recogió el petate, me pasó el brazo por el hombro y caminamos juntos el resto del camino que lleva de la estación al puente de piedra. Yo hablaba atropelladamente, queriendo recuperar el tiempo perdido y él me miraba a los ojos sonriendo, sin intervenir. Luego se dio cuenta de que perdía el resuello y aminoró el ritmo de sus zancadas hasta que pude recuperar el compás al hablar.

–¿Cómo es México, tío?

–Picante, ya lo verás. –Palmeó el fondo de su petate–. ¿Te apetece un chapuzón?

Hacía calor. Imaginé que querría asearse antes de aparecer en el pueblo y enseguida tomamos desde el puente de piedra el camino que desciende hasta el lecho de cantos rodados. Un poco más allá de la playa, en la alameda, volvimos a ver el campamento de los gitanos: la madre, con un barreño de ropa a su pies, tendía de árbol a árbol la colada; el carromato estaba situado a la sombra de un toldo granate y de los álamos, y los niños chapoteaban en el agua gritando, riendo y dando volatines.

Al llegar al primer ojo del puente, el tío Julián dejó el petate sobre el cascajo, el sombrero de cuero, al lado y luego, se quitó el blusón por la cabeza, dejando a la intemperie su espalda. Tenía una cicatriz que subía del costado izquierdo a media altura de la espalda, cosida groseramente, y en el antebrazo, casi a la altura del hombro, un dragón tatuado que se revolvía sobre sí y lanzaba una llamarada de fuego por la boca. Finalmente, nos zambullimos en el agua para engañar al calor y allí, braceando y dejando asomar nuestras cabezas por encima de la corriente, continuamos la conversación mientras veíamos fluir el río a nuestro alrededor, manso y complacido.

–Y dime, ¿qué ha sido lo mejor que te ha pasado este año? –me preguntó el tío braceando de espaldas mientras se alejaba aguas arriba.

Yo me quedé pensando un instante mientras trataba de mantenerme a flote tumbado, mirando al cielo.

Los pájaros iban y venían de una margen del río a la otra. Se oía un intercambio de trinos a ambos lados de la ribera y el rumor del agua acelerándose entre las piedras por el desnivel del lecho, exhalando un gorgojeo que reverberaba en el interior del puente de piedra.

–Pues... que me he enamorado, tío.

–Hombre, eso está muy bien. Sí, señor. ¿Y de quién?, si se puede saber –dijo mientras me miraba y se acercaba, ahora sin bracear, dejándose arrastrar por la corriente.

–Se llama Martina. Es de los del ultramarinos. –Ya a mi altura, me frotó cariñosamente la cabeza desmochada con la mano.

–No le pongo cara. ¿Y qué piensa Martina del asunto? –me preguntó, volviendo a bracear aguas arriba.

–Del asunto, hasta la fecha, no sabe nada. Es que lo veo aún verde.

–Tú sabrás –continuó–, a veces hay que arriesgarse. El mundo no se acaba por unas calabazas.

–El mío sí, tío.

Luego, sumergió la cabeza para peinarse el pelo hacia atrás y fue nadando ya hacia la orilla y, cuando hizo pie en el lecho de cantos rodados, su figura fue emergiendo paso a paso, con un porte y una solemnidad no intencionada, que podría asemejarse al nacimiento de un ser venido de las aguas que se incorporaba al mundo. Yo le seguí. Dejamos atrás el cascajo de la playa y nos tumbamos en la hierba del soto, desnudos al pie de los álamos, para secarnos allí, envueltos en el olor acre del limo del río.

–Y ¿tienes un plan?

–Alguna idea tengo: ya te contaré.

La idea se me ocurrió el día anterior tomando vahos de manzanilla. Por la noche mi madre me había preparado una infusión. Ella insistía en que eran buenas para abrir los poros, limpiar la piel y reducir los granos de la cara. Yo no estaba convencido porque, cada vez que metía la cabeza en los vahos dichosos, la cara se me quedaba arrebatada y los granos parecían resaltar más en mitad del rubor. Mi madre se puso a la faena en la cocina y, cuando la infusión estuvo preparada, apagó el gas, la vertió del puchero en una jofaina y me dio un trapo. Ahí mismo, en la cocina, me senté junto a la mesa, acerqué la cabeza a la superficie del agua humeante y me cubrí con el trapo para retener los vahos y dejarlos hacer. El caso es que, estando con la cabeza sumergida en los vapores, recordé que Martina, en una de sus cartas, me habló del grupo de teatro del internado. Contaba que se había incorporado a él y que estaban preparando una obra para representarla a final de curso. Yo sabía, además, que a Martina le gustaban mucho los chiquillos: siempre les prestaba atención, los cogía en brazos y les hacía alguna fiesta. Así que pensé en combinar las dos cosas y proponerle organizar juntos una representación de teatro para los niños durante las fiestas del pueblo. Me pareció una excusa inmejorable para pasar tiempo con ella en los ensayos (a ser posible a solas) y decirle a través de mi personaje lo que no me atrevía a decirle yo. Debía tratarse, además, de una obra llena de buenos sentimientos, que resultase aleccionadora para los niños y en la que surgiera el amor entre el personaje de Martina y el mío, de modo que aquel amor quedase sellado, finalmente, con un sutil beso en los labios. Ese era el plan. Me era difícil imaginar quién estaría dispuesto a participar de entre las chicas, y mucho más del grupo de mis amigos, pero estaba seguro de que, si conseguía convencer a Martina, a lo demás le encontraría encaje.

Tenía que pensar, además, qué obra representar.

–Nos enseñaron en matemáticas una cosa que se llama «la propiedad conmutativa». Resulta que el orden de los factores no altera el producto. Vamos, que cuando un número va delante o detrás al multiplicar, el resultado es el mismo. He estado pensando en aplicarlo con Martina.

El tío Julián se incorporó apoyando los codos en el terreno y giró la cabeza para mirarme con gesto de curiosidad.

–Verás. Si tienes una novia, lo normal es que pases mucho tiempo con ella y estéis a gusto. Según la propiedad conmutativa, si pasas mucho tiempo con una chica y estáis a gusto, terminas por tener una novia. Así que, en primer lugar, tengo que apañármelas para pasar tiempo con ella.

–¿Y ese es todo el plan que tienes? –dijo echando la nuca hacia atrás–. Me parece un poco abstracto.

–Es que tú eres un hombre de acción. Yo, tío, soy más de ir paso a paso.

–Ya. Tú, por lo que se ve, eres una lumbrera, sobrino, pero no sé si te vas a comer una rosca.

Después de secarnos, el tío Julián cogió una muda del petate y se vistió. Caminamos juntos de vuelta hasta cruzar el puente y luego él acortó la subida al pueblo por el sendero. Yo continué adelante con la bicicleta, remedando las revueltas de la carretera, dejando las casas atrás, camino del cementerio. Sentía la necesidad apremiante de hablar con la abuela esa misma tarde sobre algo que me desasosegaba y de lo que no me podía zafar. Así que, a pesar de que ya estaba cansado del ir y venir aquel día, pedaleé con determinación por la pista hasta llegar a la explanada del cementerio casi sin resuello.

El sol estaba ya de caída. A esa hora sus rayos templados llegaban atravesados, deslumbrando con una luz laxa y blanquecina. Avancé entre los matojos florecidos de lavanda hasta al banco exterior, junto al farol. No había nadie allí. Apoyé la bicicleta sobre el muro y abrí la verja para entrar al cementerio en busca de la abuela. El viento estaba quedo y olía a tomillo. Caminé sin prisa por entre las lápidas y los panteones, oyendo solo mis pasos y el ulular de algún autillo, hasta que la encontré al fondo, junto al muro. Estaba allí, en un rincón, alejándose por uno de los pasillos como una sombra más entre las lápidas, como una de las sombras alargadas del atardecer, con el moño canoso resaltando en su fondo oscuro y las manos anudadas atrás. Al sentirme, dejó de andar, me esperó y volviendo la cabeza, hizo espacio a su lado para seguir caminando el uno junto al otro.

–Abuela, vengo a hacerte una pregunta.

Hice una pausa para elegir las palabras.

–Dime: ¿qué pasa en nuestra familia con el tío Julián? ¿Por qué no se puede hablar de él y por qué nunca viene a casa cuando está en el pueblo?

La abuela giró el cuerpo para mirarme y sonrió antes de contestar, superponiendo su sonrisa sobre la sonrisa perenne de la dentadura postiza.

–Daniel, mi chico, se conoce que nadie te lo ha contado. Julián fue novio de tu madre durante dos años, tanto que planificaron la boda: vestido, traje, banquete y las invitaciones que enviaron a más de doscientas personas. Pero diez días antes, Julián desapareció.

Dejamos de caminar y continuamos la conversación parados uno enfrente del otro.

–¿¡Cómo!? ¿Se fue sin más?

–Dejó una nota a tu madre diciendo que era mejor así para los dos y que le perdonase por no haberlo sabido antes.

La abuela volvió sobre sus pasos y yo la seguí.

–Julián no era para tu madre, mi chico, me di cuenta enseguida. Él era diferente, estaba hecho para otra vida.

–¿Y mamá?

–Al poco, tu padre se casó con ella. Con él ha sido feliz.

Seguimos caminando un tiempo por las calles del cementerio, dispensados de la obligación de hablar, hasta que me acompañó a la puerta.

–Gracias, abuela. No sé si algún día dejarán de tratarme como a un crío.

Cuando salí, me quedé mirando el paisaje. El sol ya apenas asomaba en los alcores del oeste como a hurtadillas y, al verlo despedirse así, resignado, dejando un aliento tornasolado de melancolía en el horizonte, me pareció que la tristeza que sentía dentro de mí se confundía con la del atardecer.

6
REENCUENTRO EN EL RÍO

A final de mayo, en puertas ya del verano, recibí la última carta de Martina en el internado. Encontré su envoltorio azul celeste al entrar en la habitación, sobre el suelo del umbral, a donde habría llegado arrojado de cualquier manera por la rendija de la puerta.

Siempre me sobrecogía recibir sus cartas y, antes de abrirlas, buscaba el momento apropiado de sosiego y un rincón de la habitación donde acurrucarme para aplicar todos los sentidos en su lectura. Lo hacía a menudo con la respiración alborotada y tratando de no acelerarme, de modo que pudiese alargar en lo posible aquellas cartas que siempre se me hacían demasiado cortas. Luego las releía una y otra vez, buscando entre líneas algo que se me hubiese escapado, algún destello de confidencia o de complicidad, cualquier expresión cariñosa, por pequeña que fuera, donde recrearme. Así, como quien caza mariposas, salía en busca de cualquier indicio de algo único, exclusivo para mí, que me ayudase a seguir manteniendo vivo el rescoldo de la ilusión.

En aquella ocasión Martina contaba algún episodio de la vida rutinaria en el internado, su actividad en el grupo de teatro, la última excursión en la que las habían llevado a la sierra de Leire y al castillo de Javier. Luego escribió sobre lo que le gustaría hacer en las vacaciones, y así dejó caer que iba a trabajar en el balneario como ayudante de cocina los fines de semana, para ganar algún dinero y no tener que andar siempre pidiéndolo en casa. Al toparme con aquella frase, paré en seco la lectura y pensé que yo debía de estar allí donde estuviera ella y que, si iba a trabajar en el balneario, yo también.

En cuanto terminé de leer su carta, cogí papel y bolígrafo para contestar y, sin más, me aventuré a anunciarle la sorpresa que me había llevado al saber que iba a trabajar en el balneario durante el verano. ¡Qué casualidad! ¡Yo también! Resultaba que la dueña, la señorita Rebeca, a la que la familia conocía bien desde la época en la que mi padre le llevó la contabilidad, me había contestado dos días antes de que recibiera su carta para que me incorporase a trabajar también los fines de semana. No sabía decirme aún, eso sí, dónde –si arreglando el jardín, sirviendo las mesas en el comedor o en la lavandería–, pero allí iba a estar.

Inmediatamente empecé a escribir otra carta: esta, dirigida a la señorita Rebeca para pedirle trabajo. Le expliqué la ilusión que me haría trabajar en su balneario como lo había hecho en el pasado mi padre, hacer algo de provecho durante las vacaciones y ganar algún dinero fuera de casa. Que tendría que ser en fin de semana porque el resto de los días estaría pendiente de las tareas en la panadería y de lo que fuera surgiendo en las labores del campo con mi hermano.

A los diez días me llegó su contestación en un sobre con el logotipo del balneario y una caligrafía tan llena de extensiones hacia arriba y hacia abajo, que parecían lazos de un regalo. En la carta hablaba maravillas de mi padre y me daba instrucciones para, que a mi llegada al pueblo, fuera sin falta al balneario para hablar con la gobernanta (ya estaba avisada) porque, aunque el personal del verano estaba ya contratado, a menudo surgían necesidades de última hora.

Así lo hice. Al día siguiente de mi llegada, me presenté a primera hora en el balneario bien vestido, con la ropa del bautizo de mi sobrino: mocasines, pantalón azul y camisa blanca. Era miércoles. Junto a la puerta principal había una chica en silla de ruedas mirando hacia el jardín. Llevaba un sombrero de paja y no le vi la cara. La saludé y me respondió con una voz aniñada.

Enfrente, desde el arco de acceso, se veía la amplia escalinata de piedra cubierta con una alfombra roja desdoblándose a derecha e izquierda con elegancia. En el vestíbulo, de techo alto, pendía una lámpara voluminosa con lágrimas de cristal y dos grandes espejos que, colgados en la fachada oeste, sobre el papel pintado de la pared, junto a grupos de butacas y sillas tapizadas en terciopelo granate, multiplicaban el espacio. Frente a los espejos, el mostrador de la recepción y una puerta mimetizada con el papel pintado que daba acceso a las oficinas.

Estaba muy nervioso.

En el vestíbulo pregunté a la recepcionista por la gobernanta. Descolgó el teléfono para avisarle y al poco salió del despacho de al lado, entreabriendo la puerta mimetizada con el fondo granate del papel pintado de la pared, como si fuese un espectro.

–¡Ah! Tú debes ser el de Iturbe. Tienes un aire, sí.

Y me hizo pasar.

El despacho era amplio, con una mesa de madera al fondo y las paredes repletas de archivadores ordenados escrupulosamente y etiquetados con el año correspondiente en el lomo. La gobernanta tenía el pelo teñido de rubio y peinado con una permanente aparatosa que hacía del tamaño de su cabeza algo desproporcionado con el resto del cuerpo. Llevaba el mismo uniforme gris que la recepcionista, pero incorporando en los bordes del cuello unas franjas que parecían galones anunciando un rango superior. Olía a cartón y a la laca de la gobernanta.

–Siéntate, Daniel –dijo desde detrás de su mesa, mostrándome la silla donde debía hacerlo.

–Así que eres hijo de Iturbe. –Sonrió suavemente.

Y se remontó brevemente a los años en que se conocieron cuando el balneario apenas había echado a andar tras la reconstrucción.

–¿Y qué experiencia tienes? Cuéntame.

–Sé hacer un poco de todo. En casa ayudo en la cocina. Se me da bien.

–¡Ay, qué pena! Hace poco hemos contratado a una chica de tu pueblo para ayudar precisamente ahí, en la cocina. Se llama Martina. ¿La conoces?

–Y en fin de semana, ¿no hará falta otro pinche más? –insistí.

–No.

Se quedó un momento pensativa mientras pasaba las páginas de un cuaderno en el que parecía hacer la planificación del personal.

–Pues no sé si va a haber algo...–dijo avanzando una hoja y luego otra.

Conforme veía pasar las páginas, me iba sobrecogiendo más.

–Tenemos una vacante en mantenimiento..., pero eso no es para ti.

Pasó todavía otra página y luego la volvió atrás. Señaló sobre el papel y entonces me preguntó si sabía servir la mesa, enumerando una serie de cuestiones de las que no había oído hablar jamás: el orden y tamaño de los cubiertos para cada plato, el orden de las copas, la posición de la panera, el lado por el que se debe servir, la retirada correcta de la vajilla, el uso de la bandeja y otros. Traté de memorizarlos todos.

–Sí, sí, claro. Todo eso son cosas que en casa sabemos –dije moviendo una mano de arriba abajo.

Asintió y el movimiento repetido de su cabeza arriba y abajo trajo, como un botafumeiro, el olor intensificado de la laca.

–Muy bien, pues entonces te haremos una prueba el viernes para confirmar. Vente por la tarde.

Atravesé la puerta del balneario exultante, con ganas de echar a correr. La chica del sombrero de paja ya no estaba allí. Cogí la bici del lateral de la fachada donde la había dejado al llegar, calcé la pernera con el calcetín y pedaleé hacia mi casa pensando si, en la enciclopedia *Monitor* que había en el mueble del salón, encontraría algo de lo que tenía que aprender antes del viernes, o si la abuela Javiera, que de niña había servido en el señorío de Equisoain, donde se comía con cubiertos de plata, según contaba, podría aleccionarme. Quería ir al río cuanto antes para saludar a los amigos –a todos, pero sobre todo a Martina– por primera vez en el verano y pasar el resto de la mañana allá con ellos.

Bajé en la bicicleta de nuevo hasta el puente y allí continué por la revuelta del camino de tierra que descendía hasta el cauce. Se había formado una nube de polvo con las maniobras de los vehículos al aparcar. El acceso estaba repleto de coches ocupando los laterales desnivelados, aparentando ser objetos varados en el descampado de un desguace. En la parte sombreada de la playa, se arremolinaban grupos de familias ataviadas con sillas, hamacas, sombrillas y neveras. Envuelto en el viento sur, llegó un guirigay de voces entrelazadas. Vi a Marisol con sus amigas y los hijos, a los padres de Martina, también a João, algo alejado, con su hermana en la orilla. A mis amigos los encontré debajo del nogal sobre sus toallas: a Sergio, a Vicente, a la Bruji y a Martina. Las Elizari tenían previsto llegar de Bilbao por la tarde.

La Bruji fue la primera que me vio aparecer y se levantó para saludarme con un respingo, como si la hubiesen pellizcado.

–¡Buah! ¡Qué pinta traes, macho! ¡Qué pelada! ¡Déjame que toque!

Y me pasó la mano por la cabeza, de adelante atrás. Agradecí que no mencionase los granos. Se había cambiado el peinado. Lo hacía a menudo, imitando a las modelos de las revistas que llegaban a la peluquería de su madre, en la que peinaba también algunos sábados durante el curso y muchos días en verano. Ahora llevaba el pelo cortado a lo chico, con gusto, y un bañador violeta de una pieza que estilizaba su cuerpo, de por sí algo ancho de caderas. Me dio un abrazo y sentí la presión de sus pechos mullidos y un olor agradable a algún producto de peluquería.

La Bruji se llamaba Adriana, pero los chicos la llamábamos Bruji porque solo con mirarnos a los ojos sabía lo que estábamos pensando. A veces daba miedo, la verdad. También porque casi siempre se acordaba de los sueños al despertar. Las chicas no, ellas la llamaban por su nombre, aunque a la Bruji no parecía importarle tener un apodo.

–¡Qué bien! Ya vais llegando todos –dijo–. Tendremos que organizar un guateque en cuanto aparezcan las Elizari. Vicente, ya puedes ir haciendo sitio en el taller.

Martina, que se había puesto también de pie para saludarme, se acercó. Llevaba esos pequeños pendientes de perla con los que siempre la recuerdo, acompañando su belleza sobria con un destello de luz. Mesó al mismo tiempo su media melena hacia atrás y la sujetó en una coleta plegada sobre sí misma con dos vueltas de goma. Vi que se había zafado un mechón y le colgaba sobre la mejilla. Al llegar a ella, lo aparté detrás de la oreja y, sobre ese espacio libre le di el primero de los dos besos con los que nos reencontramos, tratando de alargar el contacto hasta el límite de lo natural y llenando los pulmones del aroma a limpio que emanaba para retenerlo, como si lo necesitase para sobrevivir.

–Me tienes que contar en qué ha terminado lo del balneario –dijo sonriendo y enseñando los dientes blancos.

–Claro.

De los demás no había tenido noticias desde Semana Santa. Saludé a Sergio y luego a Vicente con sendos abrazos, los dos ruidosos, haciendo sonar las palmadas en nuestras espaldas exageradamente, como tambores al redoble, y después volvimos todos al círculo donde estaban las toallas para sentarnos y conversar.

–¿Habéis venido todos? –le pregunté a Sergio.

Se tomó algún tiempo para contestar.

–¡Qué va! Solo yo. Mi padre me soltó ayer en la estación de Sans con las maletas. Dice que tiene mucho trabajo, que vendrán en unos días. Tampoco sé cuánto se quedarán, si es que aparecen. Así que estoy con mi tía.

La tía Maru era la dueña de la fonda de la calle Mayor: la fonda Mediodía, que también era hostal y que, en otro tiempo, fue el negocio familiar. Sergio se alojaba con ella, hasta que llegaban sus padres en algún momento de las vacaciones y se mudaban al chalé.

La verdad es que a lo siguiente que dijo no le presté casi atención: dio explicaciones de por qué el tren se había parado no sé cuántas horas en los Monegros, creo, porque mientras él hablaba, yo dibujaba con un dedo figuras geométricas en la toalla y miraba a Martina de soslayo.

–¡Chicos!, hay que poner fecha al guateque que si nos descuidamos se nos va el verano.

La Bruji, con su insistencia, nos hizo sonreír. Vicente levantó la mano.

–¡Ojo! El viernes no, que hay partido del mundial: España contra Alemania.

Veíamos siempre los partidos de fútbol en la fonda de la tía de Sergio.

Martina quedó en hablar con las Elizari, cuando llegasen, para lo del guateque, y yo me lancé a contarles que iba a trabajar los fines de semana en el comedor del balneario, pero que antes tenía que pasar una prueba con la gobernanta y que más me valía practicar hasta entonces en casa, transportando de aquí para allá vasos, botellas o lo que fuera en una bandeja. Le pedí a Sergio que hablase con su tía para ver si podía prestarme una de la fonda hasta entonces.

Martina tomó el relevo:

–Pues yo también voy a trabajar los fines de semana en el balneario, pero de ayudante de cocina.

Y entonces, para no cruzar la mirada con la Bruji y que me radiografiara el cerebro, continué dibujando con el dedo índice geometrías irreconocibles sobre la toalla mientras escuchaba.

Martina sacudió con la mano un saltamontes que se había posado sobre su pierna.

–¿Y tu hermana? –me preguntó–. ¿Sabéis algo?

–¡Qué va! Nada.

Al decirlo, me invadió el lastre de un cansancio del que no era tan consciente como de la tristeza que se me arremolinaba en las tripas cada vez que me acordaba de ella.

–No contesta ni a las cartas ni a las llamadas.

–Vaya…

Me pregunté si el cansancio se aferra a la tristeza como una sombra de la que no se puede zafar. Nos quedamos en silencio un momento y la Bruji le preguntó a Martina si le apetecía darse un remojón. Habían comprado un gran balón de playa con la forma del Naranjito. Se levantaron, lo cogieron y fueron al agua dejando tras sus pasos el crujido de las sandalias de río sobre los cantos rodados al caminar.

Continuamos hablando del mundial de fútbol, de la decepción del partido inaugural contra Honduras. Sergio había estado en el Nou Camp con un amigo y su padre, directivo del club. El viernes comenzaba la siguiente fase. Viendo que estábamos solos los tres, me pareció que era el momento propicio para hablarles de la obra de teatro que tenía en mente e intentar convencerles para que se sumasen al plan.

–Queda un mes para Santiago –dije–. El caso es que he estado pensando que estaría bien participar en la preparación de las fiestas, ¿no? Tener iniciativa, organizar alguna cosa por nosotros mismos que no se haya hecho…, pero sin demasiada complicación.

Sergio estaba sentado con las piernas cruzadas, los codos sobre las rodillas y la barbilla apoyada en los puños. Me miraba a través de la rendija de sus párpados semicerrados, con el engranaje de su cerebro activado, tratando de entender a dónde iba a parar.

–Se me ha ocurrido que podríamos preparar con las chicas una obra de teatro infantil y representarla en fiestas, el día del niño. Una fácil, no os vayáis a pensar, sin mucho texto, para no andar memorizando de más, sin líos de vestuario ni nada. Sencillo, vaya.

Vicente tenía las piernas estiradas sobre la toalla. Levantó uno de los brazos con los que apuntalaba la espalda sobre el suelo y comenzó a hablar con el dedo índice negando en el aire:

–¡Puff…! ¡Para, para! A mí no me líes. Tú haz lo que quieras. Yo, para esas cosas, no.

–¡Chico, que es fácil! A los niños todo les parece bien y además será divertido prepararlo. He pensado decirle a la Bruji que se encargue de pintar el fondo del escenario, tiene buena mano con las pinturas, y a...

–¡Que no! Que conmigo no cuentes –me interrumpió–. A mí eso me da vergüenza.

Sergio, que hasta entonces no había dicho nada, tomó el relevo:

–A mí me da pereza, la verdad. No me apetece nada ese plan –sentenció–. A ver qué te dicen las chicas. Y si faltan hombres que se vista alguna de maromo.

–¡Joder, qué tíos más *aplatanaos*! ¿Sabéis qué os digo? Que aquí os quedáis. Yo me voy también al agua.

João, el niño portugués de las carabinas, estaba bañándose con su hermana en un lateral de la playa. Al ver que me acercaba, salió hasta la sombra y de camino se puso una camiseta que había dejado arrebujada sobre los carrizos. Su hermana continuaba en el agua dando volatines. El corroncho rasurado de la herida sobre su cabeza se reconocía desde la distancia.

–No debía mojarse, ¿no? –le dije mientras nos saludábamos–. La herida, digo.

–Psss. –Se encogió de hombros.

Nos sentamos uno junto al otro mirando al río. Vicente y Sergio se habían unido a las chicas y jugaban en círculo, golpeando el balón, haciendo por mantenerlo en el aire. A esa hora, el guirigay de la playa se iba amortiguando y las familias recogían para marchar.

–*Eu tenho uma coisa* –dijo.

Se encaminó a donde había dejado el resto de la ropa y volvió con ella en la mano, rebuscando al mismo tiempo en los bolsillos del pantalón. Aparecieron dos puros envueltos en celofán transparente, de esos que usaban como diana, pinchados en un palillo, en la barraca de las carabinas. También sacó un mechero de yesca y comenzó a darle cachetes a la rueda hasta que las chispas prendieron la mecha y se formó una brasa incipiente que luego fue avivando con largos soplidos. Cuando vio que tenía el puro fuera del celofán, me dio el mechero y lo encendí. Él hizo después lo mismo y nos tumbamos de espaldas sobre la hierba a ver moverse las copas de los árboles, a ver el vaivén solemne y acompasado de los chopos lombardos, como el baile de los gigantes al son de una dulzaina.

João hacía aros de humo que ascendían despacio, unos dentro de otros, aumentando de tamaño y desfigurándose conforme ganaban altura.

–Oye, João, ¿tú te has enamorado alguna vez? –dije.

Me sorprendí a mí mismo haciendo semejante pregunta, pero ya no había vuelta atrás.

Estaba aspirando el puro y, al escucharme, expulsó el humo con velocidad, ahora sin hacer figuras, como queriendo anticipar la contestación.

–*É impossível!*

–¿Por qué es imposible?

–*Estou sempre daqui para lá.*

–Eso no tiene nada que ver. Uno se puede enamorar de una locutora de televisión.

–*Não temos televisão.*

–Pues de una actriz de cine, que de eso si tienes.

–Psss. –Y sopló una serie sucesiva de aros de humo que jugaron otra vez a perseguirse.

–Oye, ¿y a ti te gusta el teatro? Porque vamos a hacer una obra... y tú podrías...

–*Teatro? Eu sou de cinema.*

–Pero se puede ser de las dos cosas, ¿no?

–*Eu sou de cinema.*

–Pfff...

7
FU MANCHÚ

¡Estoy harto de las caras de quitagustos de mamá! Desde que se fue Lucía, está siempre de mal humor: que si entro y salgo sin dar explicaciones, que si para mí no existen los horarios, que ya podía guardar algo de simpatía para ellos. Así a todas horas. Hoy en la comida, erre que erre. Cuando he llegado, papá y Ramiro seguían todavía en el campo y hemos comido solos ella y yo, uno enfrente del otro. ¡Otra vez igual! Enseguida he visto que no estaba por hablar. ¡Y luego dice que soy yo el que no cuenta nada!

Había una bandeja redonda en un extremo de la mesa y, aunque ya lo sabía, me ha preguntado muy destemplada que a ver qué era eso. Resulta que Sergio la ha traído de la fonda antes de llegar yo y le ha largado que voy a trabajar en el balneario y que se la había pedido para practicar. ¡Pero qué tío más bocazas! A mamá no le ha gustado un pelo enterarse por él (que se le ha quedado cara de tonta, ha dicho), pero además no entiende que quiera trabajar fuera de casa en lugar de hacerlo con Ramiro en el campo o con ellos en la panadería.

¿Que por qué? Trabajar con Ramiro es insoportable, abuela. En cuanto me ve, no para de mandarme: da igual, lo que sea, busca donde no hay; el caso es tenerme de aquí para allá todo el rato. Y trabajar en la panadería tampoco quiero. Con papá da gusto estar, pero es que en la panadería son todo madrugones y calor,

madrugones y calor. Y aunque le he dicho a mamá que iba a ser solo los fines de semana, ha seguido todo el tiempo con esa cara de Dolorosa que pone.

Solo ha arrancado a hablar en los postres para decirme que tenía preparada en la cocina la infusión de manzanilla para mis granos y soltar de paso que ella sí, siempre pendiente de todos.

Yo no veo que mejoren (los dichosos granos), pero mamá también en eso erre que erre: que tenga paciencia, dice.

El resto de la tarde la he pasado practicando con la bandeja escaleras arriba y abajo hasta que se me ha cansado el brazo y me he puesto a escribirte. Cuando haga menos calor subiré para que me enseñes todo lo que me queda por aprender, abuela. En la fonda Mediodía no son tan finos como en el balneario o en el señorío de Equisoain, a ellos no les van marqueses ni gente así.

Oí tañer las campanas desde mi habitación: eran las siete. Dejé de escribir el diario y salí a buscar a mi madre para decirle que me iba. No la encontré. Debía de haber salido ya para la estación, pero antes me había dejado preparado un bocadillo sobre la encimera de la cocina envuelto en papel de aluminio. Me sentí mal después de haber despotricado tanto de ella. Lo calcé entre la espalda y el cinturón, y bajé las escaleras hasta el portal para coger la bicicleta. Salí pedaleando calle abajo sin cruzarme con nadie en todo el trayecto. Hacía todavía calor.

Llegué sudoroso al cementerio y me senté fuera, a la sombra del haya, para refrescarme y recuperar el resuello antes de entrar. Permanecí un rato recorriendo el horizonte con la vista y escrutando luego el cielo: no se vislumbraba amenaza alguna de tormenta para la proyección de aquella noche en el frontón. Sentí que mi presencia disonaba con el silencio de alrededor, como si fuese yo el único desperezado en el letargo de la tarde, en aquel paisaje sin pulso que escondía a todas las criaturas guarecidas en sus entrañas hasta el atardecer. Luego caminé hacia la entrada y, ya en el interior, encontré a la abuela en uno de los pasillos, en cuclillas, afanada en adecentar alguna inscripción, deslizando un dedo por los surcos grabados en el mármol para retirar la arena acumulada. Se incorporó y empezamos a hablar.

Ella siempre me escuchaba como si yo fuera lo único que existiese alrededor y eso hacía que me sintiese importante. Le conté por qué quería trabajar en el balneario, también la entrevista con la gobernanta, la prueba que tenía que pasar el viernes, y cuando terminé, comenzó ella a hablarme del señorío de Equisoain donde sirvió, de su inmenso caserío agazapado al otro lado de la sierra de Alaiz y orientado al sur, al cobijo del roquedo que llaman El Purgatorio, donde parece que el viento y el tiempo dejan de fluir a la par para remansarse y reservar el espacio solo para los recuerdos. Allí vivía la abuela al ritmo lento de las esquilas de las vacas que pacían en toda su enorme extensión con la apatía de su mirada inerte, vacía de ambición. En aquella casa aprendió a servir a los marqueses durante el tiempo que ocupaban su propiedad en los meses de verano, dedicados a la caza, a los paseos por el bosque y a la lectura. Tenía dieciséis años. Entonces aprendió también a montar a caballo, a ayudar a parir a las vacas, y a proteger al ganado de los lobos de la sierra.

La abuela sacudió con una mano la hojarasca acumulada sobre las losas de su tumba, nos sentamos el uno junto al otro y, con un carboncillo, trazó círculos concéntricos representando los diferentes tamaños de plato, una serie de cubiertos a su izquierda y derecha, ordenados de fuera a dentro, los vasos con su disposición y forma, la panera, y luego comenzó a describir el uso propio de cada objeto y el resto de las prácticas que necesitaba saber en el servicio de un comensal. La escuché con atención y me pareció que podía hacerlo bien.

–Recuerda –dijo para terminar–: servir por la izquierda con mano izquierda, recoger por la derecha, con mano derecha.

Luego nos levantamos, caminamos uno junto al otro hasta salir del recinto y quedarnos en pie, al borde de la atalaya, con el sol reverberando todavía sobre nosotros. Habíamos cambiado el tema de conversación y ahora le hablaba de mi hermana Lucía; de su marcha:

–Mamá le envía una carta cada día. Las escribe en su cuarto después de comer. Cuando se hace la hora, baja a la estación, la echa al buzón de la fachada y espera al expreso sentada en un banco del andén. Siempre en el mismo. A las siete y media se oye el silbido del tren, los frenos, se abren las puertas y pasa otro día más sin que Lucía aparezca. Luego vuelve a casa y se encierra en la cocina para preparar la cena en silencio. A veces es papá el que baja a la estación. Él no escribe cartas. Tampoco se sienta en un banco del andén. Se queda fumando de pie algún cigarro junto al edificio apartado del almacén, dando paseos cortos, como un toro en las tablas.

Habíamos salido del recinto camino de la atalaya y la abuela miraba ahora al río. El agua se llenaba de colores luminosos hasta desaparecer en el horizonte confundiéndose con el cielo en un brillo final.

–Es su tiempo –dijo por fin, refiriéndose a mi hermana.

Y recordé que mi padre decía lo mismo cuando eclosionaban las mariposas o las hormigas. También al ver llenarse de abejas las plantas de la terraza. «Es su tiempo».

Lucía y yo nos llevábamos cuatro años de diferencia y apenas teníamos algo en común. Parecíamos vivir uno al margen del otro. Ella, saliendo con sus amigas, con mi cuñada Marisol, y envuelta en temas de conversación que rara vez me interesaban. Eso era lo que pensaba hasta que faltó y empecé a sentir su ausencia como el vacío que deja un instrumento silenciado de sopetón en un cuarteto musical, o como el vacío de las bombillas fundidas en el interior de una araña de cristal. Me ocurrió desde que se marchó en Semana Santa, a pesar de estar viviendo en el internado, y mucho más después, en verano, cuando estuve de vuelta en casa y eché a faltar, ante todo, su alegría.

Nos despedimos y salí del cementerio camino del frontón, ya anocheciendo, con las luces del pueblo encendiéndose aquí y allá, unas tras otras, sintiendo el aire apaciguado del atardecer y oyendo sisear a las primeras lechuzas.

El furgón del cine esperaba, aparcado al final del frontón, a que terminase de oscurecer. Mientras sonaba una música de fondo con bandas sonoras, el público iba llegando: los más pequeños, delante, sentados sobre el suelo; los mayores, con sus sillas, en la zona más alejada de la pantalla. Mis amigos comían pipas, todavía en las gradas, conversaban unos vueltos a los otros; también las Elizari, que habían llegado por la mañana de Bilbao en su BMW 316 nuevo. Yo fui el último en aparecer. Saludé a las recién llegadas, que se habían convertido en el centro de atención ese día: ellas y su flamante coche.

Hablaban de los primeros planes del verano que podríamos hacer ahora que estábamos todos, y de los discos que habían traído al pueblo, recién comprados en Inglaterra.

–¡Pues ya está! –dijo la Bruji–. ¡El sábado, guateque!

Y nos echamos a reír por su insistencia, pero quedamos en hacerlo así: el sábado en el taller de Vicente.

Luego nos sentamos también nosotros en el suelo del frontón para guardar sitio y esperar el comienzo de la proyección. Apenas había luna y el firmamento se extendía apretado de estrellas espolvoreadas sobre el fondo negro de la noche. Cesó la música y el frontón empezó a silenciarse cuando sonaron los acordes siniestros de *El regreso de Fu Manchú* y la inmensa sábana del frontis se iluminó con las primeras imágenes y los títulos de crédito. Algunos murciélagos atravesaban el haz de luz de la proyección y su sombra viajaba entrando y saliendo por los laterales de la pantalla a su antojo.

Los amigos estábamos sentados en una única línea a lo ancho del frontón. Yo, junto a Martina, con la que compartía mi bolsa de pipas y a la que miraba de reojo, observando cómo se reflejaba en ella la luz cambiante de las escenas, haciendo nuevos cada vez los relieves y las sombras de su perfil. Pasé así buena parte del tiempo, mirándola de reojo. Luego empezó a caer el relente y vi que se frotaba los brazos para entrar en calor. Había olvidado coger abrigo.

–¿Quieres mi jersey? –le susurré al oído.

–Si no te lo vas a poner, sí.

Desaté el nudo que lo amarraba a la cintura y se lo di encantado de pensar que terminaría impregnado con su perfume.

–¿Seguro que no tienes frío?

–Seguro.

Se puso el jersey y, al poco, aferró con sus dos brazos el mío.

–Chico, a ver si termino de entrar en calor.

Su mejilla se apoyó en mi hombro y yo, entonces, aproveché para arrimarme a ella hasta que todo lo que podía contactar entre nosotros, lo hizo. Sentía el calor de su muslo en el mío; el del torso, su respiración y, a partir de aquel momento, pegada a mí como estaba, también la tensión que generaba en ella la maldad de Fu Manchú con cada escena. Perdí el hilo de la película.

La Bruji estaba sentada a mi otro lado y volvía a cada rato la cabeza para mirarnos.

–Daniel, a mí esta película no me está gustando nada –susurró Martina.

–Pues a mí, ni fu ni fa. Si quieres, nos vamos.

Pero como ya estaba terminando, dijo de quedarnos y resultó que, en la última escena –al explotar el palacio de Fu Manchú y decir aquello de «El mundo volverá a saber de mí», con su cara reflejada en el hielo–, se sobresaltó tanto que dio un respingo sobre el sitio, gritó y me agarró la mano izquierda con la fuerza de un tornillo de banco. Yo aproveché para poner la derecha sobre la suya y esperar a ver qué pasaba, sin dejar de mirarla de soslayo, pero enseguida se zafó para llevarse la mano al pecho.

–¡Madre mía, se me va a salir el corazón!

Luego cometí el error de volverme hacia la Bruji. Lo vi en sus ojos, que debieron encontrar en los míos la confirmación que buscaba durante toda la proyección. No tuve dudas. Sabía lo que sentía por Martina como si se zambullese en mi cerebro a su antojo.

Cuando terminó el cine, algunos se quedaron en el paseo, junto a la baranda, viendo las luces desperdigadas en el espacio abierto de la noche y conversando a media voz. Nosotros volvimos a sentarnos en las gradas del frontón para comer el bocadillo. Sergio trajo unas gaseosas que fueron pasando de mano en mano. João salió del carromato de la proyección y se acercó a nosotros con su bocadillo bajo el brazo.

A las chicas la película no les había gustado. A los demás, sin embargo, les encantó. Estábamos comentando algunas escenas cuando vimos aparecer al tío Julián y al padre de Vicente saliendo de la calle Mayor al paseo, agarrados por el hombro y riendo aparatosamente. Iban a contracorriente de los que volvían del cine. El tío lo rebasaba en tres palmos, de modo que parecía colgar de él como lo hacía su petate. Al llegar a la altura de la puerta de nuestra casa, doblaron la esquina y se quedaron al pie de la fachada sur, bajo la habitación de mis padres. A esa hora ya dormían con las ventanas abiertas de par en par. El tío empezó a dar voces trompicadas, mirando hacia arriba, una tras otra. Y entonces salí de dudas: estaba completamente borracho.

–¡Raquel! ¡Soy Julián! ¡Estoy en el pueblo! ¡Tenemos que hablar!

Y empezó a cantar con todas sus fuerzas el aria de una zarzuela: de *Marina*, supe después:

–«Yooo, tosco y rudo trabajadoooor, pulir quisiera mi áspera voz, pulir quisiera mi áspera vooooz» –continuó triunfante, abriendo los brazos en cruz–. «Peeero es tan torpe mi corazóóóón, que expresarte no sabe lo que te quiero yo, que expresarte no sabeee lo que te quieeero yo».

Vicente, sobrecogido, trató de taparle la boca, pero el tío lo apartaba. Trató, luego, de llevárselo tirando de un brazo, pero no conseguía moverlo un ápice del sitio. Volvió a intentarlo y, cuando se dio cuenta de que no podía con él y de que tampoco atendía a razones, dio media vuelta, lo dejó atrás y marchó calle Mayor abajo tambaleándose.

–¡Raquel! ¡He venido a hablar contigo! –volvió a gritar.

Luego dejó una pausa que pretendió dar espacio a una respuesta que no llegó y luego, otra para recomponerse antes de continuar con las voces:

–¡Hermanitooo! ¡Pues baja tú y vamos a echar un trago!

La ventana se cerró de forma abrupta, haciendo rechinar los cristales.

Para entonces, todos los que caminaban alrededor hacía un rato que se habían parado para contemplar el espectáculo.

Yo estaba comiendo mi bocadillo de atún con mayonesa junto a los amigos. Bajé la mirada y vi que los zapatos se me habían llenado de goterones blancos, de tanto como había atenazado el pan entre las manos.

8
LAS SALINAS

Cuando al día siguiente, a media tarde, cogí la bicicleta, no imaginaba que fuera a presenciar otra escena inesperada: un nuevo espectáculo en torno al tío Julián.

En lugar de bajar serpenteando por la carretera, enfilé el sendero estrecho que alcorza el descenso del farallón y describe un zigzag sin descanso que baja vertical hasta el puente de piedra. Hice el trayecto derrapando en cada curva, entornando los ojos y soplando por la nariz para evitar que se colasen los mosquitos.

Iba a recoger al tío Julián en las salinas, esta vez solo porque a mi hermano todavía le duraba el último enfado y me castigaba a su manera: privándome de la compañía de Gu y a él, de la mía. Supuse, eso sí, que el sábado levantaría mi penitencia en algún momento, seguramente durante la comida –como si nada hubiese pasado entre nosotros–, en la que Marisol me invitaría a dormir en su casa para cuidar a mi sobrino y poder salir esa noche. Ella, a diferencia de Ramiro, sí hacía por agradarme, y siempre preparaba para cenar lo que más me gustaba: sanjacobos con patatas fritas y torrijas.

La víspera yo le había dicho al tío que pasaría a recogerle para ir juntos a refrescarnos al río. Él se aseaba allí después de trabajar, con la pastilla de jabón de Provenza que guardada en una pequeña caja de latón. Se metía cada día hasta la mitad del cauce y se enjabonaba llenándose de espuma blanca de arriba abajo, como un cumulonimbo, antes de zambullirse de sopetón, dejando en la superficie pompas que viajaban, aguas abajo, a su suerte. Luego hacía la colada del día –con la camisa, la ropa interior y, cuando les correspondía, los pantalones también– y organizaba un tenderete de árbol a árbol, dejándolo secar hasta la mañana siguiente.

Todavía a distancia, la motobomba anunció la proximidad de las salinas y el resplandor de la pirámide de sal se asemejó a los destellos de un faro desubicado en mitad de la campiña, atravesando los viñedos que estaban ordenados en formación como guerreros de terracota. Mientras veía asomar girasoles alejándose veloces sobre el terreno, las salinas aparecieron como un espejismo al tiempo que el martilleo de la motobomba se fue haciendo cada vez más intenso.

El tío Julián había terminado de acumular la sal de las bañeras y retiraba los aperos del entorno para recogerlos en la caseta. No me oyó llegar y, al verme, señaló con la cabeza el banco de la fachada del edificio. Allí estábamos, junto a las piscinas a medio llenar, cubiertos mal que bien por un carrizo que dejaba pasar los haces desgajados de luz hasta clavarse como estacas en el cascajo.

Aquel día había hecho la colada en las salinas.

–Los tibetanos del Himalaya rezan a sus espíritus colgando de una cuerda banderines de colores con oraciones –dijo mientras escurría un par de calcetines retorciéndolos entre las manos–. Así, el viento los agita y se lleva las oraciones por ahí.

Terminó de colgarlos en el tenderete y se volvió hacia mí, sonriendo mientras señalaba con orgullo su ofrenda a los dioses, pero yo ya pensaba en otra cosa: en lo que le iba a preguntar a continuación:

–Oye tío, y tú, ¿por qué no me habías dicho que fuiste novio de mamá? –hablé mirando al cascajo, sin querer darle cara–. Siempre tengo que ser el último en enterarme de todo.

Me miró y abrió los brazos antes de contestar.

–No sé, chico, son cosas que se saben. Esto es un pueblo. Y, además, de eso hace veintitantos años.

–¡Pues a mí me hubiese gustado saberlo por ti!

–Ya, pero yo no sé lo que sabes y tampoco sé cómo se empiezan esas conversaciones.

–¡Pues empezándolas!

–¡Chico, chico, Daniel! –dijo levantando las manos como si le apuntase un arma–. ¡Cómo has venido hoy!

Su risa volvió a sonar como una hormigonera llena de grava girando.

Puso la mano izquierda sobre el pecho, a la altura del corazón y adoptó una seriedad fingida.

–Juro por mi honor y el de todos los antepasados que de aquí en adelante serás informado personalmente de cuantos acontecimientos puedan afectarte directa o indirectamente.

–Pues eso.

Durante toda la mañana el tío Julián había estado arrastrando la sal con una media luna y amontonándola sobre las esquinas de las bañeras ya evaporadas. Seguía descamisado, con la cabeza cubierta por el pañuelo blanco y largo, tipo Lawrence de Arabia, que se ponía para trabajar allá. Yo notaba en la cara el reflejo del sol en la superficie de sal. Me molestaba tanta luz en los ojos y, sobre todo, el ruido constante de la motobomba que subía el agua del manantial salado desde un pozo y la vertía luego a borbotones sobre la canalización para repartirla por las piscinas. El tío Julián quería terminar de llenarlas antes de marcharse a media tarde. Habíamos empezado a merendar pan y algo de longaniza que acababa de sacar del macuto junto con la bota de vino, que tenía resguardada a la sombra, debajo del banco.

Con el estruendo de la motobomba no oímos llegar el coche hasta que se le vio aparecer de frente, a trompicones, por el camino bacheado de todo uno. Iba más rápido de lo normal, dando tumbos de un costado a otro y levantando una nube de polvo blanco a su paso.

–Sí, es el Renault 8, tío. Es mamá –dije–, seguro.

Al oírme, el tío Julián, interrumpió el movimiento que había iniciado para beber de la bota, enroscó el tapón y volvió a dejarla debajo del banco. Luego se frotó las manos en el pantalón sin dejar de mirar al camino.

El coche llegó hasta el edificio y paró en seco, cabeceando mientras derrapaba sobre la gravilla. Mamá salió toda vestida de blanco, muy seria, y lo cerró dando un portazo. Se acercó con tres pasos rápidos, me miró de soslayo sin prestarme atención y se plantó de pie, a dos metros delante del tío Julián.

–Mira, Julián, no sé qué pretendías con el espectáculo de ayer. Tampoco sé por qué ahora te da por volver al pueblo ni me importa –se interrumpió un instante para coger aire–. Lo que quiero es perderte de vista. ¿Me oyes? No quiero saber nada de ti, así que haz el favor de mantenerte lejos. ¿Te ha quedado claro?

–Raquel, yo…

–¡No quiero oírte, Julián! –lo interrumpió. Entonces me miró–. Y tú, ¡coge la bicicleta y a casa ahora mismo!

Mamá dio media vuelta y volvió sobre sus pasos con aire marcial. Se metió en el coche, arrancó, pero al meter la primera el coche se caló. Volvió a arrancar y esta vez salió derrapando con el Renault 8 revolucionado y escupiendo cascajo con las ruedas. Se alejó dando tumbos a un lado y al otro, tal y como había llegado, dejando la misma estela de polvo alborotado a su alrededor. El tío Julián resopló y, al tiempo que se quitaba el pañuelo de Lawrence de Arabia, dijo:

–¡Puf! La he hecho buena...

9
EL MUNDIAL

Hoy las chicas también han aparecido por el frontón mientras jugábamos a pelota. Siempre se ponen a hablar entre ellas sin hacernos caso. Parlotean, se ríen y se dejan ver, creo yo. A mí me gusta que estén ahí y me esfuerzo por jugar lo mejor que sé para exhibirme un poco delante de ellas; bueno, delante de Martina. A veces, aunque parece que están a lo suyo, aplauden al final de alguna buena jugada. Si se va rodando la pelota y llega hasta donde están ellas, nos fijamos en quién de nosotros la recibe de vuelta y de quién y, si eso se repite, empieza un runrún en uno y otro grupo. Luego, antes o después, se marchan como si aquello hubiese dejado de interesarles, hasta que, pasado un rato, en algún momento vuelven a aparecer.

Cuando estábamos jugando, se ha oído por detrás el ra-ta-ta-ta de una moto llegando al frontón. La Bruji, nada más escuchar el petardeo, se ha puesto a hacer gestos al tipo en cuestión para que se acercase. Tenía una Bultaco Pursang MK7 de color azul. ¡Vaya pepino! Así, desde lejos, me ha parecido que ese chaval es algo mayor que nosotros. Que es forastero, seguro: no lo había visto nunca por aquí. Nosotros hemos seguido a lo nuestro mientras la Bruji le presentaba a las Elizari y a Martina. Bueno, a mí se me retorcía el cuello de tanto mirar para atrás. Se había subido a las gradas y estaba sentado entre la Bruji y Martina, con las Elizari vueltas hacia ellos, en el escalón de abajo. Hay que ser hortera para llevar los primeros botones desabrochados y que todos te vean la cadena de oro. Pero a las chicas les encanta eso, y también que lleve el paquete de cigarrillos asomando por el bolsillo de la camisa de cuadros, como si fuera el vaquero ese de Marlboro. ¿Se puede ser más hortera?

Cuando me he vuelto a girar, al terminar el siguiente tanto, las Elizari se habían marchado. El tipo ese de la Bultaco gesticulaba todo el rato: braceaba con sus mangas enrolladas hasta el codo, mirando a la una y a la otra; luego, se ha puesto enfrente de ellas, de pie, representando no sé qué y me ha parecido que tenía a la Bruji y a Martina como hipnotizadas riéndole todas las gracias. Por lo que me han dicho, debe ser de Vilarcollar, hijo del dueño del concesionario de la John Deere. El padre de la Bruji y el suyo son amigos desde que hicieron la mili en Estella y ahora van y vienen de visita a un pueblo o al otro. Así se han conocido la Bruji y ese sujeto.

El siguiente tanto y los que quedaban hasta veintidós los hemos perdido, abuela, y es que ya no tenía la cabeza en el partido. Así que nada más terminar me he ido a casa a ducharme, despidiéndome a distancia, sin más. ¿¡A qué vendrá el tío chulo ese todo engominado!?

Por la noche, aquel dos de julio, nos reunimos en la fonda Mediodía para ver jugar a la selección de fútbol contra Alemania. En aquel partido del Mundial ya solo valía ganar.

Faltaba João. Se había quedado con su padre trabajando en la barraca de las carabinas, esta vez en Salinas de Baigorri, donde tenían el puesto instalado desde hacía algunos días.

Entramos al bar y saludamos a la tía Maru, que asomaba a la derecha, detrás de la barra, sirviendo a dos manos cubalibres en una ristra de vasos con hielo. Se dio por saludada y gesticuló a un lado con la cabeza dándonos paso, como si rematase el primer saque de esquina de la tarde, ajena a la multitud que no parecía dejar un solo resquicio para nosotros y que se veía multiplicada por el espejo que tenía a su espalda en toda la longitud del bar. Nosotros fuimos haciéndonos hueco hasta que por fin alcanzamos el extremo de la barra antes del comedor. En aquel lugar vi a mi hermano Ramiro acodado de espaldas a mí, sumergido en su propia nube de humo, y a Marisol enfrente, que me vio llegar y saludó apantallada por el rompeolas que formaban sus amigos alrededor. Faltaban veinte minutos para el comienzo del partido y a los clientes que cenaban en las mesas del comedor, se fueron uniendo otros hasta que dejó de verse el suelo y todos quedaron orientados como un campo de girasoles hacia la televisión, anclada en lo alto de una esquina de la pared. El murmullo de voces fue haciéndose cada vez más grave y denso.

Ramiro se volvió y, al verme, hizo un gesto para que me acercase. Cuando conseguí llegar, él hizo otro a la tía Maru para que viniera a servir. Apoyó el brazo en mi hombro y me llamó, esta vez por el nombre.

–Daniel, ¿qué quieres tomar?

–Pues..., una Coca-Cola, gracias.

Dio la orden y nos quedamos esperando a ser servidos. Empezamos a hablar del partido que comenzaba en breve, de lo difícil que iba a ser ganarlo, pero pronto cambió de asunto:

–Oye, ¿a ti por qué te gusta estar tanto con Julián?

–¿Y por qué preguntas eso ahora?

–No sé, se me ha ocurrido al verte.

Nos sirvieron las bebidas y él dio el primer sorbo a su cubalibre.

–Con él, siempre pasan cosas buenas –dije.

–Pues más te valdría mandarlo a paseo. No es la primera vez que te lo digo. –Había elevado el tono para hacerse oír en medio del creciente guirigay. Luego se acercó a mi oído–. Por si no lo sabes, ese cerdo dejó a mamá plantada.

–Ya me lo han contado. Pues gracias a eso estamos tú y yo aquí.

–¿Te ha preguntado alguna vez por mí?

Negué con la cabeza.

– Yo también soy su sobrino, ¿no? ¿Nunca ha dicho nada de mí?

–Nunca.

Se quedó un momento callado.

–Mira, no te mezcles con él, ¿me oyes? –dijo blandiendo el dedo índice–. Ese fulano ni es familia ni es nada.

–Tú no eres mi padre, Ramiro, y voy a hacer lo que me dé la gana.

Dejé la Coca-Cola sobre la barra, di media vuelta y entré en el comedor.

Sergio ayudaba distribuyendo las bebidas que le dejaba su tía en ese final de la barra y que, yendo de mano en mano, llegaban a destino en el comedor. «Para Isidro», decía uno. «Para Isidro», el siguiente. «Para Isidro», el de más allá.

Un balón hinchable de playa, con la forma del Naranjito, se mantenía en el aire viajando de un lado a otro del comedor impulsado por los manotazos de unos y otros, que jaleaban al unísono cada impulso. Habíamos reservado sillas y un hueco a media distancia. Sergio regresó de la cocina con tres bocadillos, los repartió y nos quedamos desde aquel momento mirando la televisión mientras comíamos, porque los jugadores ya estaban saltando al campo. El murmullo general se convirtió en protesta hasta que la camarera subió a una silla para dar volumen al aparato y pudimos oír al locutor recitar las alineaciones de ambos equipos como las letanías de los santos. Enfocaron a las autoridades del palco, se escucharon los himnos y empezó el partido a las nueve en punto, con el rugido creciente que llegaba del televisor y el de nuestro comedor, mimetizado como una grada más del Santiago Bernabéu.

Ramiro seguía el encuentro de pie, en el umbral del comedor, con un cigarro colgándole de los labios y entornando los ojos frente al televisor debido al escozor que le propiciaba su propio humo. Siempre que volvía la cabeza, su vaso de cubalibre estaba lleno. Iba y venía: a ratos con Marisol junto a la barra, donde seguía de conversación con el resto de sus amigos y, a ratos, cuando subía la excitación del comedor, de nuevo bajo el dintel de acceso. El partido continuó con alternativas en ambos campos hasta que, a los cinco minutos de comenzar la segunda parte, con algunos acomodándose todavía de vuelta en el comedor: «Balón a Dremmler. ¡Golpea desde fuera del área! ¡Rechaza Arconadaaa! ¡Remata Littbarski! ¡Goool! ¡Gol de Alemania en el minuto cincuenta!».

Los ánimos se encresparon y el griterío se avivó tratando de apremiar a los jugadores, obligados como estaban a meter dos goles en los cuarenta minutos restantes. Me levanté para pedirle a la tía Maru unos refrescos. Mientras esperaba apoyado en la barra mi turno para pedir, vi reflejado en el espejo de la pared al tío Julián entrando en el bar con su sombrero y el macuto cruzado a la espalda. Lo seguía Vicente padre, fumando: los dedos, con restos de grasa en los pliegues de la piel, sujetando el cigarro a la altura de los labios. Al tío le saludé desde mi reflejo en el espejo, me dio una palmada en la espalda, pero no hablamos porque en ese momento me tocaba pedir. Y entonces: «¡Goool de Alemaniaaa!».

Y se adentró desde el comedor la onda expansiva de un lamento desordenado de gritos y juramentos estallando aquí y allá como palomitas en una sartén, y el arrastre de las sillas por el suelo llenó el espacio de chirridos estridentes y de un escalofrío de dentera.

Al oírlo, la tía Maru dejó de atenderme, giró la cabeza hacia el comedor y se unió al gemido colectivo, azotando contra el mostrador el trapo de secar que tenía entre las manos, con un gesto flácido y desconsolado, quizás temiendo más ver peligrar el nutrido aforo de su estadio para el resto del Mundial que lamentando la suerte de la selección en un deporte que hasta ahora no había merecido su interés.

Ramiro lo presenció desde el umbral del comedor y, al revolverse en su protesta, se topó de frente con el tío Julián, que había llegado a su altura.

–¡Hombre, a ti te quería ver yo! –dijo Ramiro, elevando el tono y propinándole un golpe en el pecho para rematar la frase.

El tío Julián dio un paso atrás sin desequilibrarse y Ramiro, fuera de sí, otro adelante hasta acercar su nariz a medio palmo de la del tío.

–¿Se puede saber a qué vienes tú a este pueblo? –vociferó–. ¿Eh? ¿A qué? –inquiriendo con dos cabezazos seguidos al aire.

«¡Balón a Breitner! ¡Golpea desde fuera del áreaaa! ¡Fuera! A la derecha de la portería de Arconada».

El tío Julián no pareció alterarse. Abrió las manos conciliador, como si quisiera mostrarse desarmado en un *western*:

–Mira Ramiro, entiendo…

–¡Ni Ramiro ni leches!

Marisol se dio cuenta entonces de la escena y serpenteó entre la gente para llegar hasta ellos, abandonando el bolso atrás, sobre la barra. Lo cogió del brazo y empezó a tirar de él:

–¡Ramiro! ¡Por-fa-vor!

«Conduce el balón por la banda Camacho, pasa a Alonso, que avanza terreno. ¡Desmarque de Zamora! ¡Balón al huecooo…! ¡Demasiado largooo!».

–¡No sabes más que dar mal! –insistió mi hermano, todavía con su cara pegada a la del tío Julián.

Él apoyó las manos sobre el pecho de Ramiro tratando de abrir el espacio suavemente.

–¡Nooo me toques!

–¡Ramiro! ¡Por-fa-vor! ¡No se te puede dejar beber!

–¡Que no me toques he dicho!

Y Ramiro le dio un puñetazo que le hizo retroceder dos pasos hasta quedarse en la entrada del comedor, pero el tío Julián no estaba por defenderse, y mi hermano lo embistió abrazándolo por la cintura y avanzaron juntos, ovillados el uno al otro, abriéndose paso con la bravura de un rompehielos ruso a través del comedor, sus pies moviéndose como en un tango, viajando con una inercia descomunal, volcando mesas, escupiendo a ambos lados platos, vasos, y cubiertos por los aires, todo lo que se interponía en su camino, y dejando tras de sí un pasillo vacío y un reguero de personas tratando de recomponerse esparcidas a ambos lados por el suelo, como si hubiese estallado una granada de mano en el comedor.

«¡¡¡Goooool de Españaaaa!!! ¡¡¡Zamora acorta distancias con un cabezazo a quince minutos del final!!!», vociferó la televisión.

Y entonces, los que seguían en su sitio repartieron la atención entre el reloj, la repetición del gol y la pelea, que continuaba ahora en el suelo, esquinada en el fondo del comedor. Lo que vi en el resto de la refriega no fueron más que agarrones, bravatas y empujones porque Ramiro no estaba en condiciones de nada y Julián solo hizo por sujetarlo.

Cuando finalmente los separaron, el tío, al que se le había amoratado ya un ojo por el puñetazo, vació algún cubalibre abandonado en la barra y se aplicó el hielo envuelto en un pañuelo. Mi hermano salió transportado en volandas del bar de mala manera, sudoroso, babeando y con el pelo enmarañado en todas direcciones. Se lo entregaron a Marisol, que había salido a llorar de impotencia con la cara tapada frente a la fachada del bar. Allí, junto a la puerta, Ramiro se remetió la camisa en el pantalón y fueron luego los dos camino de casa, a distancia el uno del otro, como dos desconocidos, calle abajo, sin cruzarse la mirada.

10
VIAJE EN TREN

–¡Ya estoy! –dijo.

Una vez que el tío se puso el blusón blanco después del baño en el río y calzó sus sandalias, nos encaminamos por la trocha a la estación para recoger el correo. Lo hacía casi a diario. Llegamos poco antes que el expreso de la tarde, a eso de las ocho menos diez, y nos sentamos en un banco del andén para ver apearse a los viajeros y jugar a imaginar sus vidas.

Allí vimos de nuevo a mamá, ahora con el vestido azul marino de lunares blancos, esperando, sentada en un banco del andén algo distante del nuestro. Quedábamos fuera de su vista. Se le acercó Gaveiras, el jefe de la estación. El viento estaba quedo y nos llegaba su conversación como si ningún otro sonido estuviera autorizado a interrumpirla.

–Hoy llegas pronto, Raquel.

Ella miró hacia arriba y pareció que le sonreía sin contestar. El andén estaba todavía silencioso.

–El tren lleva retraso y hace calor. Vente conmigo dentro del edificio, estarás mejor.

Negó con la cabeza sin dejar de mirarle. Apoyaba su bolso de charol negro sobre el regazo, con las dos manos agarrando el asa, como si estuviese delante del director de una oficina bancaria.

–¿Vendrá hoy? ¿Qué crees?

–No sé, Raquel. –Gaveiras se quitó la gorra para mesarse las canas, algo amarillentas.

Con quince minutos de retraso, vimos aparecer al tren. El chirrido de los frenos se fue extinguiendo y empezaron a apearse los viajeros.

–Venga, hoy empiezo yo –dijo el tío–. Elige coche.

–El cuatro.

–¿Ves a la mujer de la pamela azul, la que lleva un niño en brazos?

–Sí.

–Pues vive en Madrid. –Se quedó un momento en silencio antes de seguir inventando–. Su marido es comerciante. Tienen un ultramarinos... no, no, una ferretería. Ella también ha ido a un internado, como tú: al de las Teresianas. Luego conoció a su marido paseando por el Retiro, ji, ji, ja, ja, con sus amigas pizpiretas... Don Álvaro Martín, eso es: respetado vecino, educado, amable y servicial. Acaban de tener el primer hijo y vuelve al pueblo para que los abuelos conozcan a su nieta, porque es una niña. Él no podía dejar el negocio. Hace un par de semanas la hija envió una carta a los nuevos abuelos para comunicar la noticia y les anunció de paso su visita. Desde entonces los abuelos no han sabido hacer otra cosa más que esperar, preparar la casa y preguntarse una y otra vez qué le apetecerá para comer a su hija, dónde dormirá la niña mejor... ¡Venga, ahora te toca a ti!

–¡Di quién!

–El de debajo del reloj: ese viejo que cojea y lleva un tubo largo de cartón en la mano.

–Hum... el tubo de cartón es para guardar la pierna de repuesto. Su pierna anterior era un palo de madera con taco de goma, ya sabes. Se le quedó encajada en la rejilla de una alcantarilla cruzando la Castellana. Justo en ese momento, comenzó a llover como cuando uno no tiene donde meterse. Entonces fueron a ayudarle una señora con un perro salchicha y un estudiante repeinado, pero no había manera y, al ver que no salía y que se estaban chirriando, dijeron esto, lo otro, y desaparecieron dejando al viejo allí. Él, erre que erre, tirando, pero nada, hasta que le dio por soltarse la cincha del muñón y salir a la pata coja dejando la de palo como una banderilla sobre el asfalto. La nueva la acababa de comprar rebajada en Madrid, de aluminio, con el pie articulado y todo. Pero no quedaban piernas con pie de su talla, y ahora viene de Arnedo de mirar zapatos desparejados: alpargatas, katiuskas para la lluvia, sandalias de río, un poco de todo.

–Hoy ganas tú –dijo el tío con un gesto de aprobación mientras se quitaba el sombrero y lo dejaba sobre el extremo del banco.

Mi madre esperó todavía algún minuto después de ver apearse al último viajero, se levantó del banco despacio, como sin querer irse ni quedarse y luego enfiló el camino del pueblo alejándose como un perro apaleado, con el peso en las piernas de una tonelada de decepción y tristeza. Y a mí, al verla marchar así, tan vacía, se me quitaron las ganas de seguir jugando cuando el tío pidió la revancha, y en ese instante tuve una urgencia desdibujada y gruesa por hacer lo que fuera con tal de aliviarles el dolor, a ella y a mi padre, y dejar de verlos así, presentes, pero a veces sin estarlo, en parte aquí y en parte donde quiera que estuviera mi hermana.

–No me apetece, tío. Otro día.

Me dio una palmada en la pantorrilla y se incorporó para ir a por el correo.

–¡Oye, tío, espera! Tú conoces Zaragoza, ¿no? ¿Me acompañarías? Es que…

Adelantó la mano como para hacerme callar, asintiendo con la cabeza mientras se ajustaba el sombrero de cuero, giraba y echaba a andar en un solo gesto camino del despacho de billetes.

Yo me quedé esperándolo en el banco, pensando en Lucía y sintiendo, ahora también yo, el peso del cuerpo multiplicado sobre las tablas del respaldo mientras miraba las vías alejarse y converger a los raíles hasta hacerse uno en la lejanía, casi ya en la boca negra del túnel, e imaginando qué estaría haciendo ella en ese instante, preguntándome si nos tendría presentes, aun sin quererlo, como nosotros la teníamos a ella.

No supe imaginármela fuera de casa. Tampoco ovillada como un gato bajo otro brazo protector que no fuera el de mi padre.

A esa hora la estación se había quedado silenciosa. Me contagié de la decepción y el desánimo, de la melancolía que se aferra a las estaciones de tren cuando quedan vacías y solo reverberan nuestros pasos hasta que se pierden en el espacio abierto rebotando en los objetos, sin nadie ya que los escuche.

El tío vino hacia mí medio de puntillas, inventando algún paso de baile adelante y atrás. Mostraba en su mano derecha dos billetes de tren blandiéndolos al viento, abiertos uno sobre otro en forma de abanico y celebrando nuestro nuevo destino, sacudiendo el sombrero en el aire con la otra mano.

Su risa volvió a sonar áspera como las semillas agitadas dentro de una maraca y yo, sentado aún en el banco, me sentía atenazado por el sobrecogimiento del que inicia un camino incierto sin saber a dónde puede llevar. Supuse que debajo de su barba asilvestrada, habría una sonrisa atirantándole los labios, porque los ojos ya se le habían apaisado, dejándole tan solo una rendija minúscula por la que poder ver el mundo.

–Vamos el sábado –dijo–. Habrá que madrugar.

El Estrella del Sur. Ese era el nombre del tranvía con parada en Zaragoza que nos aguardaba aquel sábado en la estación, solazado y dócil como un felino domesticado, dejando sonar sus entrañas de acero al ralentí con un rumor ronco, en paciente espera, mostrando sus vagones vacíos todavía iluminados y envuelto en un aire desangelado con reminiscencias del viaje anterior.

Yo apenas había dormido durante la noche por los nervios del viaje, imaginando la primera escena en casa de mi hermana, en el rellano de la escalera: llamando al timbre, oyendo los pasos sobre la tarima, viendo abrirse la puerta y observando la expresión de su cara perpleja, incrédula al verme allí, plantado delante, mirándonos el uno al otro, desconcertados los dos. Luego, dando más vueltas a derecha e izquierda en la cama, imaginaba, entre sus reacciones, solo aquellas que desembocaban de la peor manera, de modo que terminaba repitiéndome una y otra vez la misma frase en voz alta antes de volver a cambiar de postura: «¿¡Quién me mandaría a mí!?».

El tío Julián llegó, desde la trocha de los avellanos, con su paso largo de legionario, en el último minuto, cuando yo ya empezaba a sentir inquietud viendo acercarse la aguja del reloj a la última raya de la esfera. Me levanté y fui en dirección a la puerta del vagón más cercano a su trayectoria. Allí nos encontramos, cuando Gaveiras se preparaba ya para dar la salida al Estrella del Sur. Olía a brea, a hierro y a la pintura fresca de las farolas del andén. Todavía sin acomodarnos en los asientos, sonó el silbato y el tren, sumiso, inició su movimiento entre quejidos de cadenas, traviesas y carambolas por el apremio de unos vagones a los otros. Luego, con más ligereza y con la determinación del que tiene un destino al que llegar, se fue deslizando suavemente hasta dejarse engullir por la oscuridad del túnel que atraviesa la intimidad de la sierra por su última estribación. Nos sentamos en el mismo vagón por el que habíamos accedido, junto a la ventanilla, uno enfrente del otro; a mí me cedió el asiento en dirección de la marcha.

–Duerme un rato –me dijo después de contarle cómo me sentía–. Ya tendremos tiempo para pensar.

Pero yo seguía nervioso, sintiendo el desasosiego de un hormigueo que se desplazaba en espiral por mi interior de la cabeza a los pies.

–En la cama, por la noche, se ve todo más negro. No hay que hacer mucho caso –dijo dejando caer las sandalias sobre el suelo con ayuda primero de un pie y luego del otro.

El tío estiró las piernas para apoyarlas en el asiento junto a mí, las cruzó, se acurrucó en la esquina de su lado de la ventana y tiró hacia abajo del frente de su sombrero para cubrirse la cara, dejando solo asomar su barba recortada por el contorno curvo del ala de cuero. No dijo más y, al minuto, ya se había dormido. El compartimento olía a perfume de mujer, un perfume suave a azahar que me resultó conocido.

Desde ese momento traté de cambiar de pensamiento, cerré los ojos y, en un duermevela, con la música de fondo repetida de las traviesas, ¡cla-cla!, ¡cla-cla!, ¡cla-cla!, fui haciendo memoria y recorriendo el primer día de trabajo en el balneario junto a Martina: nuestra llegada al edificio en bicicleta desde el pueblo, la transformación operada en nosotros por el uniforme blanco y negro, al vernos reflejados en el espejo del salón comedor con un aire nuevo de solemnidad, semejante al de las fotos de los antepasados que guardaba mi madre en la cómoda de su dormitorio. Martina recibió, además, el delantal de cocina y un gorro blanco, con visera, semejante al de Mao Tse-Tung. Había salido de casa ya con el pelo recogido y se lo ajustó en el espejo ocultando los pocos mechones que quedaban sueltos. Nos deseamos lo mejor para nuestro primer día y ella desapareció por la doble puerta batiente de la cocina.

Los domingos, después del concierto de la banda en el quiosco del jardín, la señorita Rebeca invitaba, como los capitanes de barco, a los huéspedes más ilustres a un aperitivo en su mesa del salón comedor. Ocupaba la cabecera de la mesa principal en aquel lujoso salón y, cuando requería algo del servicio, tenía por costumbre levantar una mano apenas por encima del hombro, con cierto desdén, sabiendo que, mientras servíamos las otras mesas, debíamos observar la suya como faros, lanzando miradas intermitentes, siempre atentos para asistirla. Aquel día me tocó atenderlos a mí.

La señorita Rebeca hablaba animadamente con los comensales:

–¿Le gusta? Muchas gracias. Pues le tengo un cariño muy especial –dijo señalando su pamela–. Me la regaló en Viena Carlo Bergonzi: el tenor, ni más ni menos. –E hizo una pausa para tomar un sorbo de vino–. «Quiero que lo lleves en tu primer concierto», me dijo. Yo era entonces una joven alumna de piano en la academia de Friedrich Gulda.

–Qué bonita historia –se oyó decir a alguien en la mesa.

El salón estaba lleno y los camareros entrábamos y salíamos con las bandejas repletas. Se habían acumulado los segundos platos en la cocina y la gobernanta le dio instrucciones a Martina para que saliese también a servir.

A ella el uniforme le quedaba muy ceñido: la blusa tirante a la altura del pecho y el pantalón reproduciendo toda su figura con precisión de orfebre. Yo iba y venía, y, en cada viaje, me fijaba en un hombre de bigote que seguía con la mirada a Martina en su ir y venir, recorriéndola de arriba abajo sin ningún disimulo. Al pasar junto a él me dieron ganas de estamparle la bandeja en la cara; incluso imaginé el sonido del impacto como si fuese el de un gong. Luego continué atendiendo la mesa de al lado mientras lo miraba, pero como ya no estaba en lo que tenía que estar, al servir, tiré una copa llena de vino y el reguero rojo fue avanzando sobre el mantel a toda velocidad hasta llegar al borde y derramarse sobre el vestido de una de las comensales. Era la chica del sombrero de paja, que no pudo hacer por apartarse, sentada como estaba sobre su silla de ruedas con medio cuerpo paralizado.

La gobernanta, al oír el ruido de vajilla, corrió con un trapo a secarle, primero la falda y luego el mantel, mostrando mucho disgusto. Me miró de soslayo y le dijo que pasarían por la habitación para recoger el vestido y llevarlo a la lavandería.

–¡Pero qué torpe soy! –dijo la chica mirándome, suficientemente alto para que lo oyese la gobernanta–. Perdóname. ¿Te he manchado?

Sabía que no era así. Yo le sonreí y, cuando la gobernanta ya se había alejado lo suficiente, le di las gracias.

Tras los postres, la señorita Rebeca acompañó a sus invitados al salón de juegos, que comunicaba directamente con el comedor. Se acomodaron en las butacas y ofrecimos café, licores y tabaco. Allí, en un rincón, arropado por estanterías abarrotadas de libros, esperaba su piano de cola. Ella se sentó entonces frente al teclado con la espalda muy recta y, antes de iniciar su interpretación, dio aviso mediante un leve asentimiento con la vista puesta en sus invitados y comenzó a tocar sin partitura. Yo, desde el otro extremo del salón, sirviendo café, veía el humo azul de los cigarros ascender sobre los sofás orejeros, vueltos todos hacia el rincón del piano, y los vaivenes exagerados de su cuerpo sobre el taburete acompañando la música con los ojos cerrados. El salón se llenaba de sonidos hermosos.

Martina también acudió a ayudar durante unos minutos y luego regresó a la cocina. Pero durante ese tiempo volví a ver al tipo del bigote mirar su trasero cada vez que se inclinaba sirviendo una mesa. Estaba recreándose en la suerte. Llegué a la altura de su mesa con el café. El del bigote acariciaba un perro que yacía tumbado a sus pies, y en torno a la mesita, le acompañaban dos señoras de mediana edad.

–Por el balneario han pasado personajes muy relevantes –oía decir a una de ellas– y hablaron de un tal don Ángel Lanuza, terrateniente de las Cinco Villas y destacado político en la capital, cuyos problemas de riñón le hicieron asiduo huésped del balneario.

–Discúlpeme.

–Cortado, por favor. –Y la señora se volvió de nuevo hacia los contertulios.

–Pobre don Ángel, su corazón trastabilló sin previo aviso y se desplomó sobre las adelfas del jardín del balneario como lo haría una marioneta abandonada repentinamente a su suerte. –Sorbió de la taza y sin alejarla de los labios, continuó–. A mí me gustaría que me ocurriera de otra manera: extinguirme como la lumbre, poco a poco, pasar de la llama al rescoldo y luego, suavemente, a la oscuridad. –Y se llevó de nuevo la taza a los labios.

Me acerqué al del bigote para servirle café. El perro se había incorporado apoyando las patas delanteras en su muslo para recibir más caricias y me ofreció la taza con la otra mano.

–Solo, por favor.

Volvió a mirar a Martina con insistencia y, entre los sentimientos que se concitaron en mí, reconocí el de una residual comprensión y el de la ira. Ganó la ira y, como vi que la cola del perro estaba casualmente junto a mi pie, sucumbí al impulso de pisarla mientras le vertía el café humeante en su taza. Vencí todo mi peso sobre ese pie y entonces el animal ladró y dio un brinco hacia delante que hizo volcar la taza y su café sobre las piernas del sujeto. No recuerdo haber vuelto a fingir disgusto tan bien.

Cuando terminamos de servir, la gobernanta nos dejó retirarnos y fui camino de la cocina en busca de Martina para comer. La cocinera había preparado la mesa y Martina, ya sin el gorro, terminaba de quitarse el delantal.

–¿Qué tal ha ido? –preguntó al verme llegar.

–¡Bien! –Sonreí–. Sin novedad.

–Pues yo estoy achicharrada. –Y se reclinó sobre el respaldo de la silla dejando caer los brazos a ambos lados con un ademán algo exagerado–. Comemos alguna cosa y salimos a respirar al jardín, ¿vale?

Fue llegando el resto del personal y se sentaron junto a nosotros en torno a la mesa de la cocina. Yo miraba a Martina y pensaba que, incluso con aquel aspecto descompuesto, no perdía un ápice de su belleza: era simplemente otra versión, como verla desde un ángulo nuevo. Comimos poco y los dejamos todavía con el segundo plato en animada conversación, disculpándonos por marcharnos así, tan pronto. Atravesamos el dintel del portón de la fachada, abierta de par en par y, ya fuera, recorrimos los senderos del jardín entre árboles y setos esculpidos hasta llegar a los bancos que se orientaban al río, aparentemente expectantes, como si aguardasen alguna palabra de sus aguas al pasar. Nos sentamos allí. Martina tardó todavía algo en hablar.

–¡Buf! Esto es más duro que trabajar en el ultramarinos.

Yo me había divertido de lo lindo en mi primer día de camarero, pero preferí no decirlo y, en su lugar, me apresuré a buscar las palabras adecuadas para hablarle de la obra de teatro que pretendía representar con ella en fiestas, pues, por encima de cualquier cosa, quería dar con las palabras que fueran capaces de entusiasmarla.

–Martina –dije–, se me ha ocurrido que podíamos organizar una cosa para las fiestas.

Estaba nervioso y comencé a explicarle mis planes algo atropelladamente, pero conforme iba avanzando y veía cómo se le iluminaban los ojos, me fui serenando y, al poco, con esa luz ya instalada en sus pupilas, comenzó a hacerme preguntas: qué obra había pensado, qué papel sería el suyo, dónde se podría representar, cómo haríamos el vestuario, el decorado...

Yo, a todo lo que podía responder, respondía, y a lo que no, le preguntaba su opinión. Así, la conversación fue acelerándose.

–Pues pensaba que para el decorado igual le podrías decir a la Bruji, que pintar se le da muy bien –dije.

–Adriana preferirá que se lo pidas tú. Cuéntale lo que me has dicho a mí. Seguro que le apetece. –Se quedó pensando y continuó–. En el almacén, mi padre tiene unos rollos muy grandes de papel de embalar. Nos podrían servir para eso: para pintar el decorado.

Se le habían desabrochado dos botones de la camisa. Por aquellos boquetes abiertos se dejaba entrever una parte del pecho: el resto, lo imaginé.

–¿Y el libreto?

–Estoy adaptando el cuento. Yo creo que en nada podríamos ponernos a ensayar. Además, no necesitamos tenerlo todo para empezar.

–¡Qué bien! ¿Y los otros qué dicen?

–Tengo que preguntarles, pero seguro que les apetecerá –mentí.

Al poco dimos por terminada esa conversación y nos levantamos para volver al balneario y cambiarnos de ropa. Vi de nuevo a la chica del sombrero de paja, algo distante, también junto a la orilla, sola, mirando al río, sentada sobre su silla de ruedas bajo la sombra densa de un tilo. Su figura se iluminaba segmentada como un puzle por los rayos de sol que la alcanzaban, zafándose de las hojas a su paso. Retrocedimos por los vericuetos del jardín hasta el edificio y, después de cambiarnos, Martina y yo volvimos al pueblo juntos, en las bicicletas, igual que habíamos llegado solo que ahora, con la emoción de ver mis planes encarrilados, no podía dejar de hablar a pesar de estar pedaleando cuesta arriba. A Martina también se le veía alegre, luminosa, instalada en su sonrisa y con el pelo, ahora suelto, aleteado por el cierzo. Entonces sentí de nuevo un arrebato de felicidad llenando cada resquicio de mi interior como un remolino de viento, al igual que lo había sentido en Semana Santa cuando Martina me dio la dirección de su internado para escribirle.

¡Cla-cla!, ¡cla-cla!, ¡cla-cla! Volví a hacerme consciente del sonido del tren al avanzar.

El tío Julián seguía en el rincón junto a la ventana, arrebujado en sus brazos cruzados y el sombrero, sumido en la nana metálica del tren como si no hubiese podido dormir en una semana. El blusón blanco se le había recogido a la altura de la cintura, dejando a la vista la cicatriz que le envolvía el costado hasta mitad de la espalda, la que le hizo una bayoneta en la guerra de África, durante el asedio de Sidi Ifni. Me lo contó un día cuando mirábamos las estrellas tumbados en la playa del río. Tenía ganas de que el tío

Julián despertase para hablar con él y que me aconsejase; también para distraerme y recobrar la tranquilidad. Entretanto, iba apuntando en el diario las frases que podría decir mi hermana al verme y, debajo, las mejores respuestas que se me ocurrían. Cuando me cansé de hacerlo, miré de nuevo por la ventana. El tren discurría ahora entre campos de cereal a punto para la cosecha. Su color ocre rodeaba las suaves lomas apenas sin vegetación, pajizas y agostadas, insignificantes frente a la presencia solemne y protectora del Moncayo elevándose sobre ellas con autoridad. Viajábamos a buen ritmo, dejando atrás a cada poco cárcavas estériles y pequeños barrancos, pueblos aferrados a la tierra en torno a la torre de ladrillo de su iglesia.

El revisor entró en el compartimento deslizando la puerta corredera hasta impactar con estruendo sobre su tope. A mí me descabalgó de los pensamientos; al tío, sin embargo, tampoco aquello fue capaz de despertarle. El caso es que, como él se había quedado con los billetes, resultó ser la excusa perfecta para rescatarle de su sueño con unas pataditas en las piernas. Él, al sentirlas, levantó el ala del sombrero sin cantearse y, cuando me miró, le señalé al revisor. Recompuso la postura, depositó su sombrero al lado, le entregó los billetes y, todavía zafándose del mundo virtual del que emergía, miró por la ventana en busca de alguna referencia con la que poder situarse mientras el revisor picaba los billetes. El tren se detenía entonces en Casetas, envuelto en el chirrido de los frenos.

–Oye, tío, ¿tú qué le dirías a mi hermana? –le pregunté con urgencia tras la espera a la que me había sometido.

Él se levantó para coger el petate de la repisa de equipajes y tardó algo en contestar:

–¿Tú qué quieres que pase?

–Pues que vuelva o, por lo menos, que dé señales de vida.

Se volvió a sentar, abrió el petate y metió el brazo buscando algo.

–¿Y por qué?

–¿¡Cómo que por qué!? Porque somos su familia.

Sacó dos manzanas, y alargó el brazo ofreciéndome una. Otra vez tardó en contestar:

–Yo también soy familia. Eso no basta –dijo poniéndose de nuevo de pie con el petate en las manos y la manzana mordida entre los dientes.

Lo depositó de nuevo en la repisa que quedaba sobre mi cabeza.

–Porque la echamos de menos.

–Pues eso –dijo con la boca llena.

Abrí el diario y tomé nota debajo de algunas frases llenas de tachaduras que había estado ensayando: *porque te echamos de menos.*

Vimos aparecer Utebo y los primeros edificios de la ciudad. El tren había aminorado ya la marcha y se dispuso a entrar en la estación del Portillo al tran-tran, con parsimonia, como un felino regresando a su madriguera.

–¿Cuál es la dirección de tu hermana? –dijo mientras se desperezaba.

–Es la calle San Antonio María Claret.

Tomé la dirección de una de las cartas que había escrito mi madre y había dejado encima del escritorio de su habitación hasta que se hiciera la hora de bajar a la estación. No sé cómo la consiguió.

–Ah sí, eso está donde la universidad. La zona de los americanos. Por ahí van los soldados de la base. Podemos ir a pie.

El tren se detuvo y nos levantamos. El tío se echó el petate a la espalda y bajó del vagón dando un salto. Yo lo seguí.

Caminamos por Anselmo Clavé y Goya, hasta que dimos con la calle. Había memorizado su número: el 51-53. Continuamos ascendiendo en dirección a la ciudad universitaria y el portal apareció al lado de un mercado. Nos quedamos de pie, delante, uno en frente del otro.

–¿Y si no está? –dije reprimiendo mis ganas de salir corriendo.

–Pues como en las películas: te compras un periódico, te apoyas en la esquina y a esperar. Si quieres, te dejo el sombrero. –Y carcajeó ajeno a mi desazón.

–Yo estaré en un bar por allá –dijo señalando la ciudad universitaria–. Pregunta por el London. Si tardas mucho y me he ido, el camarero te dirá dónde encontrarme. Se llama Michel.

Me frotó la cabeza rala y levantó el sombrero con la mano a modo de despedida.

–¡Suerte! –dijo.

Y se giró.

Yo me quedé desamparado, mirando cómo se alejaba con su petate a la espalda, hasta que dobló la esquina y desapareció.

–¿¡Quién me mandaría a mí!? –dije, sin poder evitar hacerlo en alto.

Di media vuelta y empecé a tocar timbres, uno detrás de otro, porque en la carta de mi madre solo aparecían la calle y su número. Alguien abrió y, buscando en los buzones, encontré su nombre escrito a mano debajo del de su novio: Lucía Iturbe. Era su letra redonda. Entonces pensé que, hasta ese momento, no se me había ocurrido que podría encontrármelo a él también y que no sabría qué decir. Siempre me preocupaba no saber qué decir. Vivían en el segundo piso, así que ascendí por la escalera rodeando las rejas del hueco del ascensor, a oscuras y oliendo a humedad. No me lo había imaginado así; tampoco la puerta de entrada que tenía enfrente con la pintura descascarillada y ante la que permanecí todavía un tiempo recomponiendo la respiración antes de llamar.

Toqué el timbre, pasaron unos segundos y oí pasos acercándose a la puerta. Se descorrieron los cerrojos uno detrás de otro y la luz del interior me iluminó.

–¡Daniel, hijo! ¡Pero cómo llevas la cara de granos!

Aquella frase no la había anotado en la libreta y, al oírla, ver a mi hermana, sin saber cómo ni por qué, de pie, delante de ella, comencé a llorar.

11
MARY DE LIS

–Chico, ¿por qué te pones así? ¡Pasa, anda!

Se hizo a un lado y entré avergonzado, tratando de recomponerme.

El piso olía a la misma humedad de la escalera. No pude ver más que el pequeño recibidor, empapelado con tonos ocres e iluminado pobremente, porque en cuanto mi hermana cerró la puerta me hizo pasar directamente a la cocina: una cocina estrecha, saturada con los vapores que emanaban de dos perolas esmaltadas, borboteando y haciendo temblequear sus tapas granates. El vaho se condensaba en los azulejos de la pared.

Nos sentamos en una mesa pequeña frente a los fuegos de la cocina que Lucía alcanzaba a controlar tan solo estirando el brazo. Fue a por un vaso, sacó una gaseosa del frigorífico y me sirvió. Ella no tomó nada.

–¿Has venido solo?

Me alegró comprobar que había sido capaz de anticiparme en el viaje a una de sus frases.

–No, con el tío Julián.

–¿Y dónde está?

–Por ahí.

–Pero ¿has venido a pasar el día con él? –dijo arreglándose el peinado y reubicando una horquilla.

–He venido a verte.

–¿Saben en casa que estás aquí?

–No tienen ni idea.

Mi hermana dividía su atención entre mi presencia y los pucheros. Reguló la intensidad de la llama y las tapas dejaron de babear espumas.

–¿Qué tal los papás?

–Te echan de menos: te escriben y bajan todos los días a la estación de tren a esperarte.

Se levantó y descubrió un puchero para remover su interior dándome la espalda. Me pareció que lo hacía para ocultarme el rostro.

–¿Por qué no contestas a las cartas de mamá? –insistí.

–Tú no lo puedes entender –dijo sin volverse–. Diles que estoy bien, y ya está.

–¿Y ya está?

Nos quedamos un momento en silencio, apagó los fuegos y salió de la cocina para volver al poco trayendo en la mano algodón y un frasco de cristal lleno de un líquido azulado. Lo depositó todo sobre la mesa y acercó su silla para sentarse junto a mí. Desgarró un mechón del algodón de la bolsa y, empapándolo en el líquido, comenzó a aplicarlo sobre los granos con golpecitos suaves aquí y allá: por la frente, sobre la nariz, gobernando mi cabeza con sus dedos pellizcándome la barbilla.

–Deberías limpiarte la cara todos los días y desinfectar los granos. Algunos están llenos de pus.

Teniéndola tan cerca, con sus ojos frente a los míos, imaginé que mamá de joven se habría parecido a ella. Me fijé en sus labios estrechos y gruesos mientras hablaba, en los pómulos mullidos, las cejas finas que ascendían de dentro afuera como tildes envolviendo sus ojos apaisados. También pensé que compartíamos esa nariz algo convexa propia de los Iturbe.

Tiró los algodones y cerró el frasco enroscando el tapón.

–Lucía, podrías contestar alguna de sus cartas por lo menos, ¿no?

–Mira, no quiero hablar de eso. Va a venir Salvador. Tengo que ducharme y preparar la mesa. Se va de viaje a Barcelona por la tarde y tiene poco tiempo.

Me resultó extraño oír el nombre de sus labios por primera vez, como si se hubiese tratado de una concesión obligada y a la postre única.

–Pues me voy. Ya ves que eso si he sido capaz de entenderlo. Además, he quedado luego con el tío.

Me levanté, dejé el vaso en el fregadero, le di las gracias y nos encaminamos a la puerta.

–¿Cuándo volvéis? –preguntó finalmente.

–Tarde, en el último tren.

–Toma, llévatelo y te limpias la cara por la noche.

Me entregó el frasco de cristal; estaba casi lleno. Lo introduje en la bandolera mientras hacía tiempo pensando qué decir al despedirme.

–Yo también te echo de menos, que lo sepas –acerté a verter las palabras ya en el umbral, sin mirarla, cuando estábamos el uno frente al otro.

–Chico, has venido tan de sopetón...

Luego le di una bolsa de los caramelos del ultramarinos que más le gustaban y que me regaló Martina cuando le conté mi plan. Sonrió sin alegría, con un gesto que pareció más de dolor. Abrió la puerta y se despidió dándome un beso. Un instante después me encontré de nuevo en la oscuridad de la escalera y su olor a humedad.

Cuando llegué al bar London, el tío Julián ya se había marchado. Resultó ser un bar interior, largo y estrecho, con mesas pequeñas que se sucedían junto a la pared angostando el paso frente a la barra. Parapetado en el mostrador, un camarero con bigote, rubio y repeinado con una raya al lado, secaba los vasos con un gesto indolente. No pregunté si él era Michel; simplemente si tenía un recado de Julián Iturbe para su sobrino. Asintió sin decir nada y, cuando terminó por fin de secar el vaso, se echó el trapo al hombro, estiró el brazo para coger una nota junto a la caja registradora y me la dio sin consumir una sola palabra. En ella reconocí la letra del tío: «Nos vemos en la puerta de la Seo a las seis. Baja siempre derecho hasta la plaza del Pilar. Julián». Salí del bar sin tomar nada, oliendo a fritura y a humo.

Aquella parte de la ciudad, desde la plaza San Francisco hasta la Romareda, me resultaba conocida porque mi padre solía llevarnos a Ramiro y a mí a visitar la feria de muestras el día del Pilar. Luego, comíamos tarde el menú en algún bar de alrededor y regresábamos al pueblo, encantados después de haber comprado algún invento curioso: un filtro de cal para conectar al grifo de la cocina, un repelente infalible para las moscas, un tapón de champán, y otras cosas que casi siempre resultaban a la postre inútiles.

Continué hacia el parque Grande. Allí busqué una fuente y me senté a la sombra para comer uno de los bocadillos que llevaba en la bandolera. Fui dándole bocados mientras veía emerger, intentando zafarse de la gravedad, los chorros de agua de la fuente de Neptuno y repasaba el encuentro con mi hermana. Sentía la decepción por seguir sin comprender, después del viaje, sus motivaciones para alejarse de nosotros, y de saber que mi visita no había servido para nada. Después de comer comencé a caminar junto al canal de la avenida de los Bearneses, visité el jardín botánico, compré un helado y cuando se acercó la hora inicié el camino de vuelta, hacia la plaza del Pilar.

El tío esperaba ya a la puerta de la Seo. Me saludó como siempre, frotándome la cabeza con su mano descomunal, me pasó el brazo por encima del hombro y dijo que íbamos a hacer turismo. No mencionó la visita a mi hermana. Prefirió esperar, pensé, a que yo tuviese la iniciativa de contarlo y, para eso, hubo de pasar todavía un buen rato.

Visitamos la Seo, El Pilar, y luego me llevó a la calle de los Estudios para comer queso y jamón en un bar en el que resultó ser muy popular. Estrechó la mano aquí y allá, y me presentó a los que servían detrás de la barra como su sobrino, llamando a cada uno de ellos por su nombre. Nos indicaron una mesa que tenía reservada, y el que parecía ser el dueño se acercó para dejar una botella de vino tinto, dos vasos y el cesto de pan. Luego volvió con una tabla repleta de diferentes clases de queso y otra de jamón. Explicó el origen de cada uno de los quesos dirigiéndose a mí y recomendó el orden en que debíamos comerlos.

–¿Y tú que has hecho todo el día? –pregunté.

–Recordar viejos tiempos. He comido con amigos.

–¿Qué amigos?

–Dos antiguos compañeros de la Legión destinados en Zaragoza. Coincidimos en Alcalá de Henares durante los meses de instrucción y luego, en la base de Alcantarilla, para hacer el curso de paracaidista.

–Pero ¿¡cómo!? Eres paraca ¿y me entero ahora?

–Alguna sorpresa hay que guardar, ¿no? –dijo riendo.

–Y ¿no os veíais desde entonces?

–Luego fue el cerco de Sidi Ifni y mandaron dos Banderas de paracaidistas para defender aquello. En ese momento solo habíamos hecho cinco saltos –dijo carcajeando–, pero allí que fuimos. Nosotros pertenecíamos a la Sexta Bandera. Desde entonces, hacemos por vernos cuando se puede.

Sabía que el tío se había alistado en el año cincuenta y cinco y, aunque me había contado infinidad de anécdotas, desconocía su condición de paracaidista y veterano de una guerra tan reciente: eso me fascinó, pero dejé las preguntas para otra ocasión porque, en la tasca de la calle de los Estudios, sentado a la mesa, ya con más sosiego, quise relatar la conversación con mi hermana. Le dije que en su casa apenas había estado media hora, que no me contó nada que no supiese y que, además, nada me hacía pensar que fuese a retomar el contacto con nosotros.

–¿Le dijiste que tu madre baja todos los días a la estación? –preguntó.

–Sí.

Servía el vino en los vasos.

–¿Y qué dijo? –Mantuvo la botella suspendida en el aire mirándome a los ojos.

–Nada. Se quedó callada, como si le diera igual.

–Bueno, eso no lo sabes. Tú has echado sal en la herida. Ya veremos. –Y terminó de servir.

–Tampoco me dijo por qué no contesta a las cartas. Mira, esto es lo único que me llevo de la visita.

Puse sobre la mesa el frasco de cristal que tenía en la bandolera y le expliqué lo que era.

–Si metes la cara en una de las piscinas de las salinas ya verás cómo se te van los granos. –Y carcajeó mientras se llevaba una porción de queso a la boca.

–Se ve que tú todo lo arreglas con sal.

Rellenó de nuevo los vasos y brindamos.

El tío pensaba y saboreaba el queso a la vez:

–Pues con lo que me cuentas, me da la impresión de que tu hermana busca la distancia para aclararse sin interferencias y que, cuando eso pase, volverá.

Pensé que el tío, sin haberla visto más que en la distancia, parecía conocer a Lucía mejor que yo; y pensé también que lo que decía me resonaba lejanamente al comentario que había hecho la abuela en el cementerio unos días antes: «Es su tiempo», dijo.

Pidió otra botella y más raciones de todo. Hablamos de su último viaje a México, de Tampico, de Querétaro, de los chapulines que crujen al masticar, de los huevos de hormiga que saben a mantequilla y del picante que me había dado a probar durante un almuerzo en las salinas, cuando competimos él y yo a ver quién aguantaba más tiempo con una porción en la boca sin escupir.

Desde que volví a juntarme con el tío, empecé a disfrutar de aquel viaje, y como en otras ocasiones, su compañía y sus historias me suscitaban un deseo irrefrenable por salir más allá de mi reducido universo, llenar la vida de emociones, visitar otros países, aunque ahora, eso sí, lo vivía más atemperado que en años anteriores cuando, después de la marcha del tío entrado el verano, atormentaba a mi madre dejando caer que quería convertirme en las cosas más dispares: reportero, marino mercante, piloto del ejército, legionario. El tío Julián, a ojos de mi madre, se dedicaba a agitarme como a una gaseosa y luego se marchaba dejándole a ella con mis efervescencias.

Cuando terminamos de comer, dijo que había reservado una mesa en El Plata, un local de variedades con espectáculo musical y mucho ambiente, escondido en la parte vieja, a poca distancia de la calle de los Estudios, y donde conocería a sus amigos: los legionarios del dragón.

Recorrimos durante un rato los pasajes laberínticos del Tubo, avanzando con lentitud entre la gente, ya sin poder hablar, envueltos entre voces que llegaban de todas las direcciones hasta que, en uno de los recodos, vi la fachada iluminada del local. Sobre el dintel de la puerta, un cartel modesto anunciaba negro sobre blanco el nombre de las vedetes: HOY CONCHITA LUCERO Y MARY DE LIS.

El Plata era un café cantante. Un cabaré de provincias con regusto a corral de comedias, en el que se concitaban, con la mejor predisposición, estudiantes, soldados y pequeños grupos de parejas de mediana edad buscando un entorno desinhibido, de complicidad y humor de trazo grueso.

Entramos en un local amplio salpicado de columnas, con el escenario al fondo, una barra alargada a la derecha y pequeñas mesas llenando el espacio. Los amigos del tío esperaban ya sentados, tomando cerveza cerca del escenario. Al vernos entrar, hicieron gestos para llamar nuestra atención y se incorporaron para saludarnos. Vestían ropa civil: uno compartía las hechuras del tío, robusto y solemne, con el porte de un mallo sobresaliendo ante todo lo que hubiese alrededor; el otro, menudo, con la piel copiándole el relieve de los pómulos y las quijadas, mostraba un corte en la mejilla que ascendía hasta la frente salvando el ojo izquierdo. Al acercarse para saludarme, lo vi oscilar a un lado y a otro con el traqueteo de una silla renca. Su cojera, junto a su aspecto desvalido, le conferían la apariencia de persona venida a menos. Me estrechó las dos manos con fuerza y, al ver que de aquel cuerpo emergía hacia mí una sonrisa acogedora, me enterneció.

Pidieron de beber. Me preguntaron si era la primera vez que venía a Zaragoza, al Plata, y otras cuestiones de cortesía, hasta que los músicos salieron al escenario y empezaron a tocar unos compases de ambientación sin llegar a suscitar la atención del público que todavía se acomodaba. A la izquierda un pianista hierático, orientado a un lado del escenario;

a la derecha, otro músico tocaba el saxofón, y en el centro, un tercero, la batería. Los camareros se desplazaban en todas direcciones junto con un caudal errático de voces.

A continuación, unos grandes focos de luces blancas y azules se encendieron desde el fondo del local y su haz atravesó el humo de los cigarros que recirculaba en el espacio hasta proyectarse sobre el escenario. Las notas musicales se fueron superponiendo a las voces con lentitud, como si se tratase de una transición calculada en la que las palabras iban cediendo su espacio con una docilidad ritual, acordada, hasta que una voz en *off* terminó por fin de consumar el silencio con una bienvenida, presentando el espectáculo y dando entrada a la primera actuación: «Y... esta nocheeee, con todos ustedeeees, ¡¡¡Mary de Lis!!!».

La música se aceleró y la vedete salió, desde el lateral, con paso ligero y micrófono en mano, cantando *La chica del diecisiete* entre los vítores y el aplauso entregado del público habitual que parecía llevarla en volandas. Mary de Lis resplandecía en su vestido negro de pedrería moviéndose de un lado a otro, gesticulando apoyada en la letra del cuplé, frente al público y haciendo caracolear su chal de plumas rosas en el aire.

Cuando concluyó la canción y los aplausos remitieron, una camarera volvió a sustituir nuestros vasos por otros llenos y el amigo menudo de mi tío tomó el suyo y, con él en el aire, se inclinó hacia mí:

–¿Sabes que tu tío me salvó la vida en África?

–¿Ah, sí? Pues no me ha dicho nada. ¿Y cómo fue?

–Pues estábamos en un puesto avanzado de la frontera y nos cortaron las líneas de comunicación. De repente, llegaron los guerrilleros en una oleada. Uno de ellos alcanzó nuestra posición detrás de los sacos terreros y me atacó con un alfanje.

Separó las manos, una frente a otra, para indicarme la dimensión del cuchillo, pero interrumpió su relato y me remitió con un gesto a otro momento, porque Mary de Lis comenzaba a cantar de nuevo, ahora ataviada con un sombreo de copa plateado y un sucinto correaje de pedrería que conseguía a la perfección su objetivo de ocultar apenas nada. El público, cada vez más envalentonado, coreó con ella el resto de la canción hasta que finalizó de nuevo con un aplauso lleno de complicidad.

–Pues, como te decía –hizo una pausa para beber–, me atacó con un cuchillo y me hizo este desaguisado –dijo señalando la cicatriz de la cara–. Luego solo acertó a clavármelo en la pierna: aquí –y apuntó al muslo–, porque tu tío llegó de la posición contigua y se abalanzó sobre él, justo cuando ya tenía el brazo arriba con el puñal para darme boleta. Pero… –y se pasó entonces el canto de la mano por el cuello de izquierda a derecha.

Me impresionó mucho saber que el tío había matado a alguien y que él mismo había estado tan cerca de la muerte. El caso es que, al oírle hablar a su amigo, no pude menos que preguntarme cómo un hombre capaz de arriesgar la vida para salvar a un compañero había abandonado a mi madre sin tan siquiera dar la cara. Y pensé también que, por lo visto, debían de existir diferentes tipos de valentía.

Me levanté para ir al servicio y entonces me hice consciente de mi embriaguez, al avanzar a duras penas y percibir con lejanía todo lo que ocurría a mi alrededor.

Ya cerca de la mesa donde estaba la camarera, me pareció ver una cara conocida. Hice por fijarme mejor y cuál fue mi sorpresa cuando creí reconocer al novio de mi hermana. Como no estaba seguro del todo por la penumbra y la distancia, al salir de los lavabos me acerqué sin ninguna precaución, porque él no podía saber quién era yo. Pasé al lado y entonces salí de dudas. Era él: con su pelo engominado, brillante, ondulado y peinado hacia atrás como un tejado de uralita. Estaba acompañado por una chica. Sobre la mesa, dos copas y una cubitera.

Volví a la mesa y durante un rato estuve más pendiente de ellos que del espectáculo y la conversación, observándolos de soslayo, vigilando sus carantoñas, hasta que el tío Julián me preguntó qué pasaba, que no hacía más que mirar hacia allá. Le conté lo que había visto y que el novio de Lucía debía estar supuestamente camino de Barcelona.

–¿Estás seguro? –preguntó sin dejar de mirar al escenario.

Le dije que sí: «Segurísimo».

–¿Y cómo se llama?

–Pinzolas. Salvador Pinzolas.

Dejó pasar unos segundos hasta que terminó la canción.

–Espera aquí –me dijo.

Se levantó y caminó pausadamente hacia la mesa donde estaban el novio de mi hermana y su acompañante. Allá retiró una silla contigua y se sentó con ellos. Al ver al tío enfrente, él echó el cuerpo para atrás con sorpresa. Hubo un intercambio de palabras. Luego vi su dedo índice agitándose frente al rostro de mi tío, que finalmente se puso en pie y, acto seguido, alzó al otro asido por la pechera de la camisa y lo llevó en volandas camino de la puerta envolviéndolo con el brazo izquierdo, como si fuera tan ligero como un maniquí, mientras la chica protestaba y los seguía moviéndose alrededor en una dirección y en la otra.

Fue todo muy rápido y salieron los tres sin alterar el orden del local.

Los amigos del tío no se habían percatado de la situación y seguían de conversación, ajenos a todo. Me escocían los ojos por el humo y ya todo lo sentía lejos de mí: la música, las voces, los aplausos. Una o dos canciones después, el tío estaba de vuelta. Se sentó y se integró como si nada hubiese pasado. Volví la cabeza y vi que la mesa de atrás seguía vacía. Inmediatamente lo miré a él.

–Lo he mandado a Barcelona, que ya iba tarde –dijo.

Es lo último que recuerdo con claridad de aquella noche. Eso, y a uno de los legionarios dibujándome en el brazo, con el bolígrafo de la camarera, el tatuaje del dragón que llevaban los tres. Del resto solo quedan sonidos e imágenes deslavazadas.

El tramo final de la noche tuvo que contármelo él cuando desperté por la mañana debajo del puente, abrigado con su manta, mientras él fumaba sentado junto a mí con la espalda apoyada en el pilar. Me había llevado a la estación del Portillo en taxi, al hombro hasta el tren primero, y, llegados al pueblo, de la misma manera hasta el río.

Me imaginé encima de su hombro como un saco de patatas, transportado con la cabeza colgando de la misma manera que viajaban los muertos en las películas de vaqueros: tripa abajo sobre la silla de montar.

Por la mañana me revolví en la manta hasta que terminé por asomar la cabeza. Era de día.

–¡Buena cogorza! –dijo con media sonrisa tras exhalar una bocanada de humo.

Yo me agazapé de nuevo, como queriendo mantenerme lo más lejos posible de otro mundo que no fuera el de los sueños y, entonces, como una burbuja atrapada en el lecho del río que se libera inesperadamente y asciende a la superficie, le pregunté:

–Oye, tío, ¿y tú por qué abandonaste a mamá?

–Anda, duerme.

12
UNA MONJA

Al despertar debajo del puente, envuelto en la manta áspera del tío Julián, no podía sentir nada a mi alrededor, tan solo el malestar de mi cuerpo aterido y un dolor de cabeza de una intensidad hasta entonces desconocida para mí, que invadía cada rincón del cerebro hasta atraparme los ojos y que apenas me dejaba un resquicio de lucidez para pensar.

Me incorporé resoplando, confuso y, evaluando el estado en el que me encontraba, dejé caer la manta que me cubría los hombros y me desnudé con la idea de zambullirme en el río antes de subir al pueblo, tratando de espolear al cuerpo y, sobre todo, de mitigar ese dolor, como si, al sumergirme, el frescor del agua fuese a operar de la misma forma que el hielo aplicado sobre una magulladura. Me imaginé metiendo la cabeza al rojo vivo en el río, al igual que hacían el temple en el taller de Vicente, forjando el acero rusiente e introduciéndolo en un barreño que soltaba un soplido largo de relajo y una nube de vapor. Pero lejos de encontrar alivio, el frío del río terminó por destemplarme: se me revolvieron las tripas y vomité por segunda vez, ya sin nada en el estómago, con unas arcadas y unos estertores que parecían desalojar de mi interior, además de la bilis, la vida misma. Sosteniéndome mal que bien, encorvado y con las dos manos apoyadas en el pilar del puente, conforme más me faltaba el aire, la diversión y las risas del tío Julián reverberaban con más fuerza en los ecos de la bóveda. Él, sin embargo, estaba como vestido de domingo: ya se había aseado, tenía hecha la colada y el tenderete con la ropa meciéndose al viento. Estuvo aguardando a que yo diera señales de vida apoyado con su espalda en los sillares de la base, observándome divertido mientras fumaba y exhalaba el humo de su cigarro ensanchando los labios con media sonrisa.

–¿¡Tú qué miras!? –acerté a decir, apartando la vista del muro por un instante.

–¿Yo? Nada. ¿Qué voy a mirar?

Y volvió a reír como si se le molturasen las entrañas.

Me tumbé un rato boca arriba en la hierba, con una mano en la frente y otra sobre la tripa, tratando de mantener a raya las arcadas, hasta recomponerme lo suficiente para subir camino del pueblo. Tenía el cuerpo deslavazado, pero me sentía exultante, con el regusto de haber vivido una aventura inolvidable.

–¿Pero tú, de dónde sales? He llamado a las casas de todos tus amigos y nadie tenía ni idea de dónde parabas.

Mamá estaba con su bata rosa desayunando y, al oír cerrarse la puerta, me esperó de pie, con los brazos cruzados en el pecho y la cabeza echada a un lado.

–He estado por ahí.

–¿Cómo que por ahí? Desapareces todo el día sin avisar, pasas la noche fuera y dices que «por ahí». Pero ¿tú qué te has creído?

–He ido con el tío Julián a Zaragoza.

–¿A Zaragoza? –Adelantó la cabeza–. Y a ti, ¿qué se te ha perdido en Zaragoza?

–Quería ver a Lucía y le pedí al tío que me acompañase.

Se quedó mirándome desconcertada.

–Ven, siéntate, que me vas a contar ahora mismo eso.

Quedamos en la mesa de la cocina uno enfrente del otro.

–A ver: ¿has estado con ella?

–Sí, en su casa.

–Y ¿cómo la has visto? ¿Está más delgada? ¿Iba arreglada?

–Como siempre.

–¿La viste contenta?

–Normal, como siempre.

–¿De qué habéis hablado?

–Tenía prisa y me ha hecho poco caso.

Tuve que reproducir palabra por palabra la conversación.

–¿Y el piso está en una zona buena? ¿Es grande?

–Normal.

Cuando terminó el interrogatorio, se apoyó sobre el respaldo de la silla haciendo un mohín de asco.

–¿Has visto la cara que traes? Estás blanco.

–Pues no sé por qué.

–Además, apestas a humo. Quítate ahora mismo la ropa y a la ducha. Ya desayunarás después.

Mamá se levantó para marcharse, pero antes de salir, todavía aferrada a la manilla, me anunció que estaba castigado a pasar los tres próximos días en casa sin salir, al menos sin salir a mi capricho. En cuanto atravesó la puerta, devolví todo al frigorífico y fui a la habitación para tumbarme y arrancar otro rato de sueño a aquella mañana. Dormí ininterrumpidamente hasta que se hizo la hora de comer, sonó el despertador, me duché y volví al salón con el cuerpo todavía desmadejado.

Papá estaba ya presidiendo en la cabecera, mamá entrando y saliendo de la cocina, y como era domingo, Ramiro y

Marisol habían venido a comer y ocupaban sus sitios alrededor de la mesa.

–¡Hombre! –dijo Ramiro nada más verme–, el niño perdido en el templo.

Y negó con la cabeza, apretando los labios y entornando los ojos al mismo tiempo. Era un gesto muy suyo que repetía a menudo conmigo y me hacía rabiar de lo lindo por dentro.

El reloj de pared sonó solemne, dando paso al comienzo de la comida con la misma autoridad con la que Gaveiras ordenaba la salida a los trenes. Era un día ordinario y me tocaba bendecir a mí, al más joven:

–Jesucristo, Rey de Vida, aquel que nació en Belén, nos bendiga la comida y nos dé su gracia. Amén.

Mamá comenzó entonces a servir, y papá, con el plato en el aire, me miró:

–¿Qué? De excursión, ¿no?

Pero no dijo nada más porque estaba a otra cosa, y es que cuando mamá terminó de servir, tomó la botella de vino –había abierto uno especial– y rellenó todos los vasos, incluido el mío:

–Hoy, querida familia, tenemos algo especial que celebrar. Vamos a brindar porque… ¡ya hemos comprado la cosechadora! –dijo con una mano agradecida sobre el hombro de Ramiro–. Está en el granero desde esta mañana. –Y movió el puño en el aire con un gesto de triunfo.

Levantamos las copas y las golpeamos en el centro de la mesa haciendo sonar la misma música celestial que emitía la puerta del ultramarinos al abrirse. Ramiro estaba radiante porque él se había encargado de buscarla –estando atento a los anuncios, recorriendo numerosos pueblos y visitando infinidad de talleres y concesionarios–; también de hacer los primeros contactos; de negociar, y de hacerla revisar finalmente en el taller de Vicente. El precio había resultado ventajoso, aparentemente producto de la urgencia del propietario por vender, pero aun con todo, abonar aquella cantidad –lo supe después– había supuesto aumentar el endeudamiento de la familia, que ya era de por sí muy alto, comprometido con los pagos pendientes de la panadería y de las tierras que se habían ido comprando.

Ramiro, durante el brindis, buscó la mirada primero de mi padre y luego de mamá, complacido por el reconocimiento que mostraban hacia él, y sintiendo, creo yo, haber ascendido a una nueva categoría de agricultor. Me lo imaginaba en la cosechadora, orgulloso como un soldado cartaginés subido a su elefante.

–Bueno, ahora hay que pagar al banco, claro –dijo papá–, pero viene buena cosecha y tenemos que aprovechar. En unos pocos días empezaremos por los campos de La Solana, Ramiro, y cuando terminemos de cosechar lo nuestro, seguiremos con los de Lecumberri y los Salinas. Ya me he arreglado con ellos. –Tomó un sorbo de vino y nos miró a los dos hijos, a izquierda y derecha, apoyando las palmas de la mano sobre la mesa como si fuese a levantarse–. Hijos, nunca hagáis como los que venden la tierra y se van a la capital.

Levantó de nuevo la copa a media altura y se quedó mirando el vino al trasluz.

–La tierra no se puede fabricar, que la vendan otros si quieren.

Acto seguido comenzamos a comer. Yo, a hacer como que comía, porque, al igual que casi todos los domingos, mi madre había cocinado paella y patas de pollo asadas y yo aquel día no tenía el estómago para ese menú.

Ella fue la que cambió de conversación:

–He salido de misa con Charo, la del ultramarinos, la madre de tu amiga Martina, que me ha dicho que la chiquita igual se les mete monja.

Al oír aquello, sentí por un momento que perdía el control del cuerpo.

–¿Y tú no sabías nada? –me preguntó.

Solo pude levantar los hombros.

–¡Chico, pues no sé de qué habláis vosotros!

Se llevó el tenedor lleno de arroz a la boca y continuó hablando, sin haber terminado de tragar, con una mano delante.

–Me ha dicho que ha venido una monja de las de Santa Ana (una tal Sor Primitiva, creo). Por lo visto se cartean. Dice que es una monja que está de misiones en la India y que ahora pasa unos días en España visitando a los benefactores. –Hizo una pausa para tomar un sorbo de vino y continuó–. Las de Santa Ana tienen la casa general en Zaragoza. Viene en tren para estar un rato con la cría. Charo me ha dicho que iban a recogerla a la estación después de misa y que comería con ellos en casa.

Me miró como esperando que dijera algo.

–Pues no sé.

Y, poniendo los ojos en blanco, hizo un gesto de infinita paciencia.

Verle hacer eso me daba mucha rabia.

En cuanto terminamos de comer, pedí permiso para levantarme y fui a la habitación en busca de las cartas de Martina: las que había recibido a partir de Semana Santa en el internado. Recordaba una en concreto en la que me hablaba de una monja que había ido a Estella a hablarles a las chicas sobre las misiones. Entonces no me pareció nada especial porque también a nosotros venían a hablarnos misioneros de la India, de Bolivia y hasta de la China, y a mí no me había dado por meterme jesuita. Quería releerla y salir de dudas; ver si reconocía algo de lo que había dicho mi madre, pero sobre todo necesitaba encontrar lo contrario, cualquier palabra que me hiciese pensar que eso no podía ser. Las cogí apresuradamente del armario donde estaban anudadas debajo de la ropa, fui sacándolas del sobre y esparciéndolas sobre la cama hasta que di con el párrafo que buscaba.

Esta semana ha venido a hablarnos una monja de la India (bueno, ella es de Tarazona, pero está en Bombay, en un internado que tienen allá). Ha sido impresionante. Resulta que recogen niñas abandonadas. Se las dejan en un cesto, junto a la puerta, cualquier mañana. ¡Parece increíble que alguien sea capaz de abandonar a un hijo! Me he quedado pensando en eso toda la noche y en lo que me gustaría pasar una temporada en ese sitio para ayudar en lo que fuera.

Leí el párrafo tres o cuatro veces. Eso era todo. Y aunque de aquellas frases no se podía desprender que quisiera meterse monja, me quedé con el runrún muy desasosegado. Terminé tumbado en la cama, con las manos en la nuca mirando al techo.

–¡Vaya mierda, abuela, lo que faltaba: ahora a competir con Dios!

13
GAVEIRAS

Martín Gaveiras, el guardabarrera, viste su uniforme azul y la gorra de ferroviario porque así fue sepultado por voluntad propia cuando el infortunio de aquel accidente seccionó el hilo que sostenía su vida. Sentado en el muro del cementerio, busca ahora las estrellas que rasgan el firmamento indisciplinadas como cachorros de una manada. Mira rotar el cielo estrellado sobre nosotros, también esta noche, señalando aquí y allá, apuntando con una mano en el aire sus carreras fulgurantes –esas que inician apremiantes hasta diluirse y quedar en nada– para que no me las pierda.

Gaveiras, que ha escuchado el relato de mi visita a Zaragoza en aquel verano lejano, habla de las bondades del viaje y pregunta si mis sentimientos, tan agitados entonces, encontraron acomodo en él. Y es que, a través de la ventanilla del tren, dice, el viajero observa desvanecerse el paisaje, languidecer. Arrullado por el traqueteo se abandona al silencio y, al replegarse en su interior, apacigua el espíritu y reposa los lodos alborotados de sus desasosiegos más íntimos, de sus dudas más escondidas. Suavemente, con el discurrir del trayecto, apenas sin saber por qué, se reconcilia y encuentra en ese instante la paz que a menudo le resulta tan esquiva. El viaje, insiste, es terapéutico.

Yo le digo que sí, que en aquel viaje y en otros muchos después, fui conociéndome más. Ocurre que, contemplando los paisajes a través del vidrio del vagón, las escenas se desvirtúan cobrando vida propia, y entonces, como si fuera por un sortilegio o por un juego de tramoya, se hacen presentes las escenas de la vida sucediéndose una tras otra como páginas de un libro que gobernase el viento a su capricho y, así, desde la distancia, pondera uno mejor su realidad.

Durante sus lustros de servicio, Gaveiras permaneció a pie del andén viendo discurrir los trenes, imaginando viajes y dibujando en su mente lejanos paisajes. Hoy, cuando el servicio para con los difuntos lo permite, su pasión por el ferrocarril le lleva a estar en frecuente itinerancia. Viaja porque es lo que con más fuerza deseó en vida y es ahora cuando ese sueño se ha hecho realidad: recorrer las rutas que encontraba en los libros de viaje y que leía con un mapa desplegado para seguir con un interés goloso la narración de cada travesía. Entre página y página escrutaba con una lupa los detalles más remotos de las cartas, los nombres minúsculos que, de otro modo, hubiesen escapado a su vista. Le gustaba pronunciar en voz alta aquellos lugares sonoros que reconocía a lo largo y ancho del mapa: Kanyakumari, Tombuctú, Kuala Lumpur, Kobern-Gondorf. A veces le atrapaba el sueño y se quedaba dormido empuñando la lupa con la cabeza sobre el mapa, proyectando la sombra de su cogote sobre Alaska o Groenlandia.

A Martín Gaveiras le agrada compartir con nosotros sus observaciones y reflexiones de viajero infatigable: «Junto al ferrocarril, el pasado reverbera y parece pugnar por adentrarse en el presente como a hurtadillas», dice. Y es que a él le gusta acercarse a viejas estaciones abandonadas, a apeaderos olvidados, con el fin de escuchar y de imaginar la actividad que tuvo lugar en otro tiempo: viajeros de todas las edades, vagones de madera, el silbido y el vapor de las locomotoras de carbón. Permanece en silencio algún tiempo sintiendo las resonancias del lugar, mirando las traviesas consumidas de la vía muerta, recorriendo unos metros sobre ella, ya desdibujados por la maleza y el olvido. Y cuando aspira el humo del cigarro, una parte se le escapa por el orificio del pecho –el que le ocasionó la segunda posta que le traspasó en aquella cacería aciaga donde tropezó con la muerte– y el humo fluye en dos direcciones diferentes que se encuentran frente a él, formando tirabuzones azules que ascienden e ilumina la luz blanca de la luna.

Gaveiras, prudente, evita con nosotros aquellas cuestiones técnicas del ferrocarril con las que disfrutan únicamente los más apasionados. Por ello, de vez en cuando, toma vía París el expreso Madrid-Colonia. Remonta luego, en Intercity, el Rin hasta Coblenza y, finalmente, un cercanías perezoso y trotón le acerca, acompañando al río Lahn, hasta la pequeña localidad balnearia de Bad Ems. Frank Müller, maquinista difunto en la Segunda Guerra Mundial, víctima de un bombardeo sobre el ferrocarril, le aguarda en el andén con su uniforme hecho jirones –cuenta– y juntos intercambian informaciones, recuerdos, y fotografías de viejas locomotoras: la Rocket, la Sans Pareil, la Novelty.

–Deberíais visitar aquella región.

Y continúa describiendo cómo el ferrocarril discurre paralelo al río Lahn, que fluye manso, remolón, como aletargado, hasta que entrega sus aguas al Rin.

–A ratos, el tren alterna las orillas como jugueteando –dice–. Atraviesa estrepitosamente los puentes de hierro: Lahnstein, Friedrichssegen, Fachbach, Bad Ems, hundido en un valle de vegetación espesa, como en ebullición, mientras el río desciende a su lado cubierto con un manto de hojas hasta llegar al Rin y retomar su vigor. Allí se topa con una retahíla de gabarras que navegan pesadamente, en procesión, transportando carbón, áridos, chatarra, con un monótono runrun, una tras otra.

Gaveiras dice saber bien que la vida sin las relaciones no tiene interés. Y es que, aunque no eligió formar una familia, la estación del ferrocarril se convirtió con él en zona franca para el viajero local: el que retornaba del destino y el que debía partir. En la trasera del despacho de billetes, entre cómodos butacones, o en los rígidos bancos del andén, encontraba acogida lo que fuera que ocupara al viajero en la antesala del viaje o en su final: algo que dilucidar, que celebrar, que lamentar o que confiar.

Quizás por eso corrió Ferreira, el padre de João, desde la playa hasta la estación buscando ayuda una tarde aciaga de verano: la tarde en la que su primogénito se malogró a los doce años, cuando el río lo llevó a las profundidades. «Los ríos tienen mucho peligro y cosas así han pasado a más de uno en todos los pueblos», le oí decir a mi padre durante la comida de aquel día, e imaginé, entre cucharada y cucharada, que cuando Nuno Ferreira recorrió la corta distancia que separaba la playa de la estación y ascendía a cuatro patas por la mota pidiendo socorro, aquellos metros debieron resultarle interminables y que el polvo del camino se le habría adherido al rostro humedecido de lágrimas y saliva, que a duras penas podría respirar o sentir otra cosa que no fuera angustia. De regreso al río, tras el aviso de Gavieras a la Guardia Civil, siguiendo al guardabarrera atropelladamente, cegado por el sol, sentiría el aire ardiente de la calima en los pulmones y una angustia asfixiante en la que no podía hacer pie y que le envolvía como el río envolvía a su hijo. En esa angustia Ferreira tampoco sabría nadar, se ahogaría oyendo los gritos de su hijo braceando en mitad de la corriente, viendo sus ojos desorbitados suplicando auxilio, e intentando asir la rama que João le ofrecía desde el final del remanso donde todavía podía hacer pie. Una y otra vez intentó aferrarse a la vida alargando el brazo tanto como fue capaz, pero la rama era corta, insuficiente y, tras un último intento, sus gritos se ahogaron con él en el río. Desapareció engullido por el agua, dejando tras de sí algunas burbujas emergiendo como últimos testigos de su tragedia. João me lo contó ya avanzado el verano, en una noche de confidencias bajo el amparo de la oscuridad.

Cuando por fin llegaron al remanso, Ferreira señaló con el dedo el lugar donde había visto a su hijo por última vez. No quedaba signo alguno de él. Era como si el río, después de digerirlo, hubiese recuperado la normalidad, su flujo sereno y complacido, el mismo discurrir inalterado de épocas remotas diluidas ya en la memoria del pueblo. Luego llegó el cabo de la Guardia Civil y comprobó desde la orilla un tramo aguas abajo. Desenrolló la soga que portaba cruzada en el pecho, se ató un extremo, aseguró el otro a un árbol de la orilla y se introdujo en el río para inspeccionar el lugar donde había desaparecido Manuel, allá por donde la corriente se hacía más rebelde, buscando algún remolino, algún ramaje bajo el agua en el que pudiese haber quedado enmarañado. Avanzó de lado a lado, de una orilla a la otra, palpando el fondo con una vara donde más cubría, y así recorrió algunos metros descendiendo por el cauce hasta llegar a una isleta cubierta de carrizos en la que el río se bifurcaba. La rodeó con el agua hasta la cintura. Se oía croar a las ranas y un ir y venir de libélulas, avispas y tábanos. Tampoco lo encontraron allí. Ferreira permanecía en la orilla sentado sobre los cantos rodados, cabizbajo y ausente, como si el desenlace estuviera ya dictado y solo quedase esperar. Comenzaron a unirse en la búsqueda unos pocos vecinos del pueblo esa misma mañana. Se organizaron batidas por las riberas y el cauce en los días siguientes, pero solo dos semanas después, cuando el río lo quiso, un remolino parecido al que le sumergió repentinamente, lo devolvió a la superficie aguas abajo, enganchado en el ramaje de la orilla, semidesnudo, macilento e hinchado como un pellejo de vino, rodeado de espumas y basuras flotando como restos de un naufragio.

Una madrugada, días después, cuenta ahora Gaveiras, sintió desde su habitación de la estación ruidos en el andén. Estaba acostado y permaneció a la escucha, alerta como un animal amenazado, hasta que, al poco, se reprodujeron las mismas voces que lo habían despertado, seguidas de un grito y de un lamento desgarrador que se ahogó quebrado con el estallido de vidrios sobre el suelo. Se incorporó precipitadamente para acercarse a la ventana y escudriñar el exterior sin ser visto, pero la tenue iluminación que balizaba el entorno de la casa no le dejaba distinguir con claridad ni quién estaba allí ni dónde sucedía exactamente lo que fuera que ocurriese. Se calzó, cogió abrigo y un farol y bajó al andén sobrecogido. Lo recorrió en toda su longitud sin encontrar nada extraño. Se asomó entonces al borde e iluminó las vías en sentido contrario desde un extremo al otro hasta que, en el barrido de luz del farol, se topó con algo indefinido sobre las traviesas. Y entonces, al retroceder la iluminación, vio un bulto arrebujado. Se dejó caer desde el andén sobre la grava y ahí reconoció una figura humana agazapada, envuelta sobre sí misma como un gorrión en invierno, y el hilo de un sollozo como única fe de vida. Había restos de vidrio alrededor y un intenso olor a aguardiente.

Ocurrió al poco de que el hijo mayor de Ferreira se ahogara en el río sin que su padre nada pudiese hacer por él. Esa noche Gavieras extrajo al feriante de la profundidad de las vías del tren en una madrugada ofuscada por la desesperación y el alcohol y le dio cobijo en casa hasta que pudo recuperar la lucidez dos días después. Nunca hablaron de ello más allá de cuando ocurrió, dice, quizá por no incomodar, quizá porque nunca hizo falta. El guardabarrera, que, como en la Legión, nunca ha preguntado a nadie por la vida anterior, se limita ahora a atender el presente de los difuntos con la misma disposición con que sirvió a los vivos. Y Gaveiras se pregunta en voz baja, mirando a las estrellas, si es que solo por eso, por haber salvado entonces al feriante, cobró su vida razón de ser. Y yo me acuerdo de João, sentado junto al río mirando el remanso que engulló a su hermano mayor, queriendo verle emerger como si solo se hubiese zambullido en el agua dando volteretas en un juego infantil.

14
TARTA DE MANZANA

El día que me levantaron el castigo fuimos a jugar a pelota al frontón. Las chicas estaban sentadas en las gradas comiendo pipas, acompañadas otra vez por el individuo de la Bultaco, con su pelo brillante peinado hacia atrás y la camisa a medio abrochar, dejando a su alrededor un rebufo con ese perfume empalagoso que ya me producía la misma tirria que él.

Cuando lo vi con ellas esa tarde, supe que iba a volver a perder el partido. Pasé de nuevo el tiempo pendiente sobre todo de él, observando sus maniobras –cómo se movía, con quién hablaba, al lado de quién pasaba más tiempo–, de modo que, transcurrido un rato, ya no tuve ninguna duda: el de la Bultaco, el amigo de la Bruji, no rondaba ni a la Bruji ni a las Elizari. Ese fulano quería arrebatarme a Martina.

Desde ese momento empecé a imaginar qué podía hacer yo para devolverlo a su pueblo y que desapareciese de aquí.

Por la mañana, en el río, las chicas nos habían propuesto merendar juntos ese sábado en casa de Martina: sus padres iban a estar fuera y le habían dado permiso para que estuviésemos en la trastienda del ultramarinos pintando el decorado de la obra de teatro. El plan era hacer una tarta de manzana y, como les dijimos que nosotros llevaríamos los ingredientes, cada uno había arramplado en casa con lo que había, pero, casualmente, nadie tenía manzanas.

–Las chicas querían la tarta de manzana.

–Pues no hay manzanas. Y no es cuestión de gastar la paga en eso.

–¿Y si vamos mañana a la sierra y cogemos fresas? Tarta de fresas.

–¡Uf! ¡Qué pereza! Además, a Martina le gusta de manzana –dije.

–Martina, Martina –repitió Sergio remedando mi voz–. Pues busca tú manzanas.

–¿Quién ha dicho que no hay manzanas? La finca de los Elizari está llena de manzanos –dijo Vicente.

Nos quedamos los cuatro callados un momento.

–¿Siguen teniendo perro?

–Ya no.

–Pues entonces hay tarta de manzana.

Aquella tarde nos quedamos como tantas otras en el frontón jugando hasta que la luz del sol se fue extinguiendo sin remedio, poco a poco, como una tarde de domingo. Ya no acertábamos a darle a la pelota. Estábamos cansados y sudorosos: Vicente, Sergio, João y yo. El de la moto se fue con su ra-ta-ta-ta-ta y luego las chicas se levantaron para marcharse. «Entonces mañana venís a las cinco y media, ¿vale?», dijo Martina y, vuelta hacia mí, añadió: «Haremos el pastel entre todos y también chocolate».

A eso de las diez bajamos camino de la finca sin prisa, sin alborotar, con algunos nervios, mirando alrededor para comprobar que nadie nos viese y pudiese sospechar. Al llegar a la esquina del muro donde no había alambre de espino, uno a uno nos fuimos ayudando a subir. Quedaban pocos días para la luna llena y podíamos ver con su luz fría el perfil nítido de las formas alrededor de la finca, llenas de tonos azules y blancos, de sombras grises y negras cuarteadas como el fondo de barro seco de los abrevaderos agostados.

Cogimos las manzanas y algunas cerezas y, cuando corríamos con el botín ya camino del muro para saltarlo de vuelta, Sergio dijo que por qué no nos bañábamos antes en la piscina con la noche tan estupenda que hacía. Yo estaba con el saco al hombro, nervioso, con más ganas de salir corriendo de allí que de seguir tentando a la suerte, pero, entre la emoción por lo furtivo, las ganas de superar el miedo y que João y Vicente dijeron enseguida que sí, que a bañarse, dejé el saco a pie del muro y empezamos a desnudarnos los cuatro junto al bordillo de la piscina.

El agua estaba fresca ya que la finca de los Elizari quedaba en la umbría de la sierra, en un entrante sombreado poco expuesto al sol. Hicimos carreras de relevos João y yo contra Sergio y Vicente, nos lanzamos una y otra vez desde el bordillo compitiendo con nuestros volatines hasta que nos cansamos y comenzamos a tener frío. Fuera del agua, la temperatura seguía siendo buena y nos quedamos tumbados en el césped, secándonos con una brisa que parecía soplar por soplar, casi adormecida, mientras mirábamos las estrellas.

–Si comes cerezas y luego bebes agua, te entra diarrea –dijo João escupiendo en mitad de la frase el hueso de una de las cerezas.

Y como nos echamos a reír, se enfadó y nos retó a hacer la prueba allí mismo. Así que empezamos a comer las cerezas y a competir a ver quién escupía el hueso más lejos en la piscina y, cuando consideramos que ya eran suficientes, rodeamos el edificio buscando algún grifo, pero como no dimos con ninguno, nos pusimos a beber agua de la piscina, en cuclillas junto al bordillo, metiendo la cabeza como los animales de cuatro patas.

Ya solo quedaba esperar, así que volvimos a tumbamos y a mirar las estrellas oyendo a los grillos de alrededor.

–El tipo de la Bultaco es un moscardón –dije–. Hay que hacer algo para espantarlo.

Y le pregunté a Vicente si era verdad que, echando medio kilo de azúcar al depósito de la moto, se gripaba el motor.

–¡Qué va! Eso no hace nada –dijo–. El azúcar no se disuelve en la gasolina, se queda en el fondo. Le hace el mismo daño al motor que a ti un vaso de colacao. Mejor pínchale las ruedas.

–Por lo menos una, sí.

–Mañana seguro que baja al río el muy caparra.

–Mejor el domingo.

–¡Chsssss! ¡Callaos! –dijo Vicente, incorporándose repentinamente sobre el césped–. ¿No oís?

Y nos pusimos a escuchar, ahora sentados los cuatro con el tronco erguido como comadrejas oteando, sin movernos un ápice. Y resultó que sí, que se oían unos pasos apresurados crujiendo sobre el cascajo fino del camino de la finca. Al principio nos quedamos encallados, ausentes, como si estuviésemos destinados a algo irremediable, a un destino trágico que no podíamos eludir. Nos volvimos unos a los otros desconcertados, reclamando, sin decirlo, que alguien tomase las riendas. Luego oímos deslizarse la puerta corredera sobre su rail, con la chapa corrugada batiéndose estrepitosamente en todas direcciones como el redoble de un tambor, y fue su sonido de relámpago lo que terminó por espabilarnos.

No había tiempo para vestirse. Nos calzamos todo lo rápido que pudimos, sin poder distinguir si el zapato era propio o ajeno, izquierdo o derecho. Metimos toda la ropa en el saco de las manzanas, arrebujada: no había tiempo para más. Junto a la puerta a medio abrir, se asomó entonces el haz de luz de una linterna que empezó a hacer barridos por toda la finca como los focos antiaéreos de las películas. Al principio echamos cuerpo a tierra junto al bordillo hasta que el haz se alejó de la zona de la piscina. Entonces Sergio se incorporó y lanzó el saco con la ropa por encima del muro, pero ahora pesaba más de la cuenta y se quedó enganchado en lo alto, sobre las tres hileras del alambre de espino. Comenzamos a escalar la tapia uno tras otro todo lo rápido que fuimos capaces. Yo me quedé abajo, muerto de miedo, mientras los chicos se subían a mis hombros e iban saltando al otro lado. João fue el último en encaramarse y esperó en la parte alta de la tapia para ayudarme a subir y, cuando estaba con él, y empezaba a desenganchar el saco de la alambrada, el haz de la linterna volvió a iluminar nuestro rincón y tuvimos que saltar al otro lado abandonándolo todo arriba. Corrimos a ocultarnos entre el follaje de la arboleda con idea de hacer tiempo y esperar a que fuera quien fuera el que estaba en la finca desapareciese y pudiésemos recuperar nuestra ropa.

Desde el interior del bosque se veía el haz de luz de la linterna que asomaba por encima del muro perforando la oscuridad en todas direcciones y temimos que, en un momento u otro, pudiesen descubrir el petate. La espera se nos hizo larga por la humedad que iba depositando el relente. Teníamos frío. Desnudos y rodeados ahora por las hojas mojadas de los bojes, las tripas empezaron a hacernos el mismo ruido de gárgaras que oía en los radiadores de casa antes de purgar. Yo tenía, además, la espalda llena de escozor y los hombros doloridos por los pisotones que me habían propinado uno tras otro al escalar el muro.

Finalmente oímos de nuevo el chirriar de la puerta corredera de la finca y el haz de luz desapareció. Salimos de la arboleda y João se encaramó en la tapia para recuperar el petate, pero resultó que ya no estaba allí.

–¿Y ahora qué hacemos? –dijo Vicente.

–No sé, por lo menos tenemos zapatos. –Y entonces caímos en la cuenta. Cada uno hizo por recuperar los suyos como en un juego infantil.

–Chicos, no van a ir probando nuestros calzoncillos por el pueblo como el zapato de la cenicienta –dijo Sergio.

Yo me callé: no dije que mi madre me había marcado con nombre y apellido toda la ropa para que no se confundiese en el internado.

–¿Y con las manzanas qué hacemos?

–Tarta de fresas.

Nos citamos temprano al día siguiente, en la fuente de la plaza, para subir a la sierra y coger fresas antes de ir al río.

João se quedó en la alameda y nosotros subimos por el sendero llenándonos las piernas de arañazos. En el pueblo continuamos a la carrera pegados a las fachadas de las casas. Vimos salir trastabillando por la puerta de un bar a tres borrachos y esperamos a que se alejasen. Uno de ellos era el padre de Vicente, pero él no se percató. Allí mismo nos separamos. Ellos corrieron cruzando la calle de nuevo en busca de las fachadas. Los vi alejarse como dos bultos blancos, interrumpiendo sus carreras en cada cruce. Yo, ya junto a mi casa, con la puerta cerrada a cal y canto, subí trepando por la cañería hasta el balcón que recorría la fachada sur. La ventana de mis padres estaba abierta, la puerta del balcón no. Ya no podía aguantar los retorcijones y no lo pensé más. Me colé con rapidez, atravesé el marco viendo cómo mi sombra se abalanzaba sobre ellos, rodeé la cama y salí de la habitación sin que se despertasen.

También esa noche me dormí pensando en Martina. La habitación se había impregnado de su olor a jabón de Marsella.

15
LA BRUJI, LA MOTO Y MARTINA

Al día siguiente, João, Vicente y yo subimos a la sierra. Sergio no fue; tenía las tripas revueltas y tampoco apareció más tarde por el río. Cogimos una buena cantidad de fresas; yo, además, moras para dejarlas macerar en leche. Cuando llegamos de vuelta al pueblo, las dejamos en mi casa, nos pusimos las sandalias de goma y bajamos con las bicicletas al río. Las chicas estaban solas, sentadas en un corro a la sombra y, aunque João merodeaba por la playa, solo se acercó a ellas cuando nos vio llegar. Más allá, estaban mi hermano y Marisol, con sus amigos y Gu sentado en la orilla. Mi padre había comprado ese año una piragua de lona con dos plazas, que guardábamos en el almacén y que Ramiro bajaba a diario en el techo de su coche sujeta con ventosas. Era la envidia de mis amigos, y la Bruji, al llegar yo y viendo la piragua varada en la orilla, se levantó y me arrastró de la mano.

–¡Venga, quítate la camisa y vamos a remar!

Yo obedecí: fuimos a por la piragua y tiré de la proa hasta meterla en el río. Ella se sentó detrás. Comenzamos a dar paladas aguas arriba y, cuando ya dejábamos atrás la playa y empezó la vegetación a ambos lados del río, me volví y vi que aparecía el tipo de la Bultaco por el sendero junto al puente y se acercaba al corro de las chicas, toalla al hombro, con la intención de quedarse con ellas. Desde ese momento ya solo quería volver, pero seguimos paleando contra la corriente, adentrándonos en la parte solitaria y agreste del río. Allá me sentía envuelto en la vegetación como si fuera el Amazonas. El agua era profunda, fría y, en la umbría, se veía de un color oscuro, casi negro. Siempre me había dado miedo bañarme allí.

–Pero ¿qué te ha pasado? Tienes los hombros rojos –dijo la Bruji.

–No sé, me habré quemado.

–Pues más bien parecen arañazos.

Y la Bruji dejó de remar y fue recorriendo los rasguños de mi espalda lentamente, con las yemas de los dedos en toda su longitud. No imaginaba que fueran tantos, ni tan alargados.

Yo seguía paleando y oía el gotear de los remos al salir del agua y el ruido de los pájaros en los árboles frondosos que se abatían sobre el río, ganándole terreno, y el aleteo de las libélulas y las chicharras de la orilla. Y el agua, al sol, parecía un mosaico de cerámicas granates y púrpuras, verdes y celestes, deslumbrando el aire con sus destellos.

Cuando la Bruji concluyó su caligrafía sobre mi espalda, comenzó a acariciarla con los nudillos.

–¿Te gusta? –susurró, con un tono nuevo en ella.

Y sin tiempo para contestar, sentí el contacto de sus labios abiertos y húmedos sobre la piel.

No me volví. Seguí remando; ahora acelerando la cadencia de las paladas sin quererlo, imaginando el cuerpo desnudo de la Bruji sobre la parte trasera de la piragua, como si fuese el de una sirena fluvial.

–¡Bruji, que me haces cosquillas y así no puedo remar! –dije riendo con la mirada puesta en el cielo.

Reía porque no sabía qué otra cosa hacer.

–Me voy a bañar un poco –dije, por fin–. Ahora vas a tener que remar tú.

Y me zambullí en el agua negra sin esperar réplica por su parte.

Ella retomó las paladas para mantenerse a mi altura, pero no podía vencer la corriente y se fue alejando. Nadé hasta asirme a la proa y a partir de ese momento nos dejamos ir aguas abajo, transportados en el regazo de la corriente. Ella se tumbó a tomar el sol en toda la longitud de la piragua, y fuimos así, sobre el fluir ligero del agua sin hablar: yo, a remojo y ella, en la piragua, escuchando los sonidos del río, hasta que llegamos a la playa de cantos rodados y volví a hacer pie.

Ramiro me vio aparecer y gesticuló para que nos acercásemos a la zona de la playa donde estaban ellos. Habían empezado a recoger y quería que lo ayudase a transportar las cosas al coche y a colocar la piragua sobre el techo. La llevamos entre los dos hasta donde había aparcado, ya al otro lado de la mota: uno a proa y el otro a popa, con los bultos y mi sobrino en el interior y, cuando estuvo todo en su sitio, se montaron y salieron los tres camino del pueblo.

Yo volvía al río para reunirme con el grupo, cuando vi la Bultaco del amigo de la Bruji aparcada justo encima de la mota. Había decidido que, si no se me ocurría nada mejor para espantarle, al menos le deshincharía una o las dos ruedas ese mismo domingo, estando el taller mecánico cerrado. Pero en ese momento, aun siendo sábado, viendo que alrededor no había más testigos que los coches de esos bañistas cuyas voces sonaban aún lejanas tras la alameda, miré por segunda vez a un lado y al otro, y me agaché para sacarle el aire a la rueda de atrás. El caso es que, viendo la moto plantada al borde del terraplén, con la prestancia de un monumento ecuestre sobre el pedestal de la mota, conmigo sometido a sus pies, sentí una terrible humillación y un impulso destructor superior al que había planificado, y sin más, me puse de pie y, en un movimiento de zis zas, le propiné una patada a la altura del depósito como las que veía en las películas de kung-fu del cine de verano, y como lo hice sacando toda la rabia en la que me estaba macerando esos días, la Bultaco se venció sobre el terraplén dando volatines: uno, dos, tres, hasta que se hizo de nuevo el silencio.

Desaparecí de allá sin concederme el placer de comprobar el estropicio.

Ese mediodía nos tocaba servir. Fui pedaleando directo al balneario sin pasar por casa. Allí esperé en el jardín a que se hiciese la hora y, al entrar, supe que Martina acababa de llegar: reconocí su aroma en el vestíbulo y levanté la cabeza para buscarla. Hablaba con una chica de la recepción, ya vestida con el uniforme, y me acerqué a ellas.

–¡Chico, has desaparecido del río sin decir palabra! –dijo poniendo los brazos en jarras.

Y me miró como esperando una explicación. Algo debí decir de la piragua y de mi hermano, y luego continuamos juntos hacia el comedor. Cuando ya íbamos a separarnos, ella camino de la cocina y yo del cambiador, se paró y acercó la cabeza para decirme algo al oído:

–Hueles a río… –susurró.

Y entró en la cocina regocijándose mientras miraba hacia atrás. Yo esperé ahí, quieto, observándola como si cada gesto suyo, cada palabra, mereciesen ser enmarcados en un portarretratos de plata, hasta que desapareció dejando las puertas batiéndose tras de sí. ¡Qué guapa estaba!

El trabajo transcurrió con normalidad. Apenas tuvimos tiempo de estar juntos, pero no me importó porque esa misma tarde estaba previsto que merendásemos en su casa para preparar acto seguido el decorado de la obra en la trasera del ultramarinos.

Después del servicio, yo me quedé a comer en el balneario –Martina no: subió ese día a casa para ir adelantando lo que fuera que tuviese que hacer– y luego me senté en una sombra del jardín junto al río con mi diario. La espera hasta el momento de ir a casa de Martina se me hizo corta; siempre que escribía el tiempo parecía acelerarse y transcurría apenas sin dejarse sentir. Aquella tarde la pasé remugando todos los peligros que acechaban la ilusión de mi vida: despertar el amor de Martina por mí –se lo contaba a la abuela, como un amigo habla a otro amigo–, hasta que por fin cerré de sopetón el cuaderno con la determinación del que busca, en un gesto, el coraje para convertir en irrevocable la decisión tomada. Tenía que arrostrar aquella misma tarde uno de los problemas: el que resultaba más amenazante, porque de ser real, poco iba a poder hacer por solventarlo.

Salí hacia casa de Martina antes de la hora a la que nos había citado, sabiendo que estaría sola y que podríamos hablar sin que nos molestasen; no podía esperar más. Me planté frente a su puerta con media hora de antelación, el cuenco de las fresas en una mano y un paquete de azúcar en la otra. Olvidé ponerme la colonia de mi padre.

Toqué el timbre y, tras varios segundos de silencio, oí sus pasos acercándose sobre la tarima. Martina abrió y me saludó con naturalidad, sin mostrar sorpresa por mi llegada temprana. De pie en el recibidor, me pareció notar un suave olor a especias y pensé que todas las casas huelen diferente y que, de alguna manera, los olores de cada casa comparten la personalidad de los que las habitan.

–Hemos ido a la sierra. –Sonreí alargando el brazo con el cuenco lleno de fresas–. Es que ninguno teníamos manzanas en casa.

–¡Chico, haberlo dicho! Ahora bajo al ultramarinos a por media docena y nos comemos las fresas aparte.

Luego la seguí con el paquete de azúcar camino de la cocina.

Había puesto sobre la encimera el molde del pastel y un cazo grande para hacer el chocolate. Faltaban las pastillas de Pedro Mayo. Le pregunté que qué tal en el río, con idea de entrar en conversación y para ver si decía algo del de la Bultaco. No habló de él. Dijo que el viernes de la semana siguiente venían los amigos de Bilbao de las Elizari, que se quedarían el fin de semana y que pensaban hacer una costillada el sábado en la finca, que si nos apetecía ir. Y que por la noche iban a organizar un guateque con música inglesa que traía uno de los amigos, uno que estudiaba en Londres. Oí lo que decía de refilón, tanto que no contesté ni que sí ni que no, pensando en lo que quería preguntarle cuando terminara de hablar, en aquello que me había llevado a su casa con antelación, y, cuando eso ocurrió, comencé a hablar procurando esquivar los balbuceos que me surgían siempre que estaba nervioso y pensaba demasiado lo que tenía que decir:

–Oye, y en vuestro internado… ¿hay alguna chica que se quiera meter monja?

Se encogió de hombros.

–Alguna hay. ¿Y tú por qué haces esa pregunta tan rara?

–No sé, se me ha ocurrido sin más. En mi clase hay uno que dice que se va a meter jesuita.

–Ah.

Ella terminaba de llenar una bandeja con tazas y cucharillas.

–Y tú, ¿lo has pensado alguna vez? –Volví sobre el asunto sin mirarla, pretendiendo que la pregunta sonase de pasada.

–Tú estás muy raro hoy, ¿no? Anda, coge el chocolate de ese altillo, que no llego.

Y con los brazos estirados en lo alto continué hablando de espaldas.

–No sé, si hay monjas es porque alguien se mete a monja, ¿no?

–Claro –le oí contestar por detrás.

–Como tú estás en un internado de monjas, pues no sé…

Al volverme con la tableta de chocolate, la vi apoyada en la encimera con los brazos cruzados sobre el pecho esperando a que le diese cara. Y cuando le di cara, me dijo que hiciese el favor de explicarle a qué venía todo eso y, como me vi ya sin escapatoria, tuve que contarle lo que había dicho mi madre durante aquella comida en casa.

Escuchó la explicación y tomó de nuevo la palabra:

–¿Y a ti qué te parecería eso? –dijo vuelta de espaldas, mientras rasgaba el envoltorio de la tableta de chocolate.

–Pues preferiría que no. Ya no te vería el pelo. Y además te cambiarían el nombre y dejarías de llamarte Martina para llamarte Sor Angustias, o algo peor, y ya no serías tú.

Pensé que si el tío Julián hubiese presenciado aquella escena, habría dicho otra vez que estaba echando sal en su herida, si es que había herida. Pero a mí me entró la congoja solo de pensar que lo que escuchaba de mi propia voz pudiese convertirse en realidad. Y entonces Martina dio media vuelta, se acercó y me sorprendió con un abrazo como si no nos hubiésemos visto en meses, con todas sus fuerzas, y no supe qué pensar. Justo en aquel momento sonó el timbre de la puerta, se separó y fue a abrir.

16
VIAJE A LA CAPITAL

Iturbe el Carbonero, sentado sobre el tocón del haya que le procuró descanso antes de morir, trenza ahora formas con los mimbres de sus recuerdos mientras lo acompaño; acaricia su textura, la de las formas más ásperas, con la serena aceptación de quien observa la vida desde la distancia, quizás al ver aflorar de su interior certezas desconocidas que emergen como un suave destello y que entonces no alcanzó a vislumbrar.

Observa los tiempos de infortunio, dice, en los que la fatalidad se posó en su vida como un ave de mal agüero, dejándola por momentos trastabillada y turbia y, al recordarlos, piensa en lo ambiguo de los sucesos, de aquellos que lo sumieron en la angustia y el abatimiento y que hoy parece leer con ojos nuevos. Reconoce ahora en el dolor y el sufrimiento un fruto que brilla con luz propia, asomando como una perla con el brillo del nácar que lo envuelve; y en la vida, una unidad de sentido que deja vislumbrar, a menudo, entrelazado con ella un porqué.

Así, entrada la noche, con la luz del farol de Gaveiras en la mano, reparte sombras en mitad del bosque alrededor de él, dejándolas girar como un carrusel y poniéndoles nombre a cada una de ellas. Al contemplar sus recuerdos proyectados en los troncos plateados del hayedo, contrasta su vivencia pasada y la presente: la marcha abrupta de Julián un amanecer con lo puesto, a hurtadillas, sin importunar con un solo ruido al aire quedo sobre el pueblo y los campos, cerrando la puerta a su paso con la precisión y el sigilo de un relojero; o la marcha de Lucía, dejando tras de sí la complicidad que les unía fracturada como una cerámica que estalla contra el suelo. Qué lejos estuvo de entenderlos, dice.

Ahora, al observar el pasado alejado de lo angosto, desde espacios abiertos, piensa que la vida no consiste en acertar, sino en confiar, y que son ambas, las luces y las sombras, las que han construido lo que es, como un tapiz de hermosas tramas con los hilos encontrándose sobre su urdimbre; y me habla de la densidad de lo que parece intrascendente cuando se vive atento: de cómo lo pequeño y marginal, vivido desde el amor, alcanza dimensión de absoluto.

Durante las horas de soledad en el bosque, las que se sucedían como el goteo monótono de una fuente, siendo todavía carbonero, se sentía zambulléndose en lo más recóndito de su interior, en ese hondón donde todo parece débil y todo es verdadero, donde residen las certezas y se reconocen presencias de algo eterno.

Luego volvemos los dos por el sendero de las carboneras oyendo el chasquido de las ramas bajo los pies, envueltos en la nana del bosque dócil que nos acoge, entrelazados por un silencio cómplice, y nos unimos a la abuela Javiera y a Gaveiras, recién llegado de viaje, que conversan sentados en un banco, asomados al horizonte infinito de las estrellas.

Mi padre ha apagado el farol. Ahora, fuera ya de las cavidades del bosque, nos ilumina la luna menguante mientras miramos al cielo espolvoreado con los trazos de las estrellas errantes, discontinuos como brochazos toscos sobre el fondo negro de la noche. Y entonces, casi sin querer, deja alejarse el silencio que nos envuelve y comienza a hablar pausadamente con la vista diluida en los tejados grises del pueblo lejano y rememora así, para la abuela, para Gaveiras y en parte también para mí, la forma en la que mi hermana por fin contactó con ellos una tarde de sábado tras su marcha abrupta del pueblo, rompiendo el denso silencio que había trenzado a su alrededor.

Recuerdo que, cuando oímos sonar el teléfono de casa, mi padre fue el primero en levantarse para contestar. El aparato estaba colgado de la pared, junto a la entrada, y emitía un redoble metálico que transmitía una urgencia desasosegante.

La puerta del salón quedó abierta.

–Hija... –exhaló.

Siguió una pausa en la que mi padre parecía escuchar con todo el cuerpo.

–Entonces..., ¿cuándo vienes?

Y se volvió buscando la mirada de mi madre señalando el auricular, queriendo indicar lo que ya sabíamos: que al otro lado del hilo telefónico estaba Lucía.

–Iré a recogerte a la estación, sí: mañana a la una, al mediodía –dijo con su mirada todavía superpuesta en la de mi madre.

–Adiós, hija, adiós.

Mi hermano y su familia ya se habían ido a casa después de comer. Me alegré de que fuese así porque Ramiro cada vez que surgía el nombre de Lucía enturbiaba la conversación con reproches: por su forma de actuar, por su desprecio, su inmadurez, su egoísmo, decía, martilleando las frases con la emoción en el tono de voz y sus gestos asertivos, de modo que conseguía hacerme sentir peor aún de lo que ya me sentía.

Desde los bancos del cementerio, la abuela Javiera y Gaveiras escuchan atentamente a mi padre. Cuenta que Lucía vino para hablar con ellos de algo que no quiso adelantar por teléfono. Y así pasaron aquella noche en blanco mi madre y él, dando vueltas en la cama e imaginando infinidad de cosas. «¿No será esto? ¿No será lo otro?».

Al día siguiente bajaron los dos a la estación. Lo hicieron demasiado pronto, con la anticipación propia de la impaciencia. Gaveiras los vio esperar de pie en el andén aguardando a que el tren se silenciara y terminase de parar, mirando luego a izquierda y derecha hasta verla aparecer. No llevaba equipaje; tan solo un bolso vaquero colgando del hombro. Estaba más delgada. Mi madre se adelantó para abrazarla, pero Lucía esperó a que terminase de apretarse contra ella para concederle un beso en la mejilla: nada más. Luego se acercó a mi padre y lo saludó de la misma manera. Camino del coche le pasó el brazo por encima del hombro y la apretó contra él, como hacía cuando todavía estaba con nosotros. Ella miró con una sonrisa apagada y continuaron al frente hasta que llegó el momento de separarse para subir al vehículo.

–¿No te quedas a dormir, hija? Mira que te puedo dejar ropa y estamos tranquilamente. Ya verás cómo está de gracioso el chiquito de Ramiro.

–No, mamá. Tengo que coger el tren de la tarde para hacer recados mañana temprano.

–¿Te has hecho a Zaragoza? ¿Qué tal es la zona donde vivís?

Y ella respondía con parquedad, apenas alargando los monosílabos con desgana mientras mi padre, dice, la veía desde el retrovisor mirar a través de la ventanilla cómo se alejaba el río al tiempo que ascendían por las revueltas de la carretera. Cuando llegaron a casa, yo estaba en mi habitación y, al oír la puerta, salí a saludar a mi hermana. La encontré de pie en mitad del salón, desubicada como un invitado en casa ajena esperando instrucciones. Me miró los granos de la cara y sonrió.

–Están mejor, ¿no?

Dije que sí.

–¿Te queda loción?

Y sacó del bolso un frasco de desinfectante igual que el que me dio en Zaragoza.

Mamá había dejado la comida preparada sobre el fuego, la puso a calentar y fue a cambiarse mientras Lucía y yo poníamos la mesa, ahora sí, igual que en otros tiempos. Luego nos sentamos los cuatro y sonó el reloj: «Jesucristo, Rey de Vida, aquel que nació en Belén, nos bendiga la comida y nos dé su gracia. Amén».

Yo no sabía por qué había venido Lucía. Tardé más de una semana en averiguarlo. Nadie me lo contó.

Ella fue la que inició la conversación en la mesa, mirando a mi padre:

–¿Qué tal va la cosecha, papá?

Él se frotaba los labios con la servilleta en ese momento y tardó en responder.

–Tenemos novedades, hija: hemos comprado una cosechadora preciosa.

Y se reclinó en el asiento con aire satisfecho.

–Qué bien.

Transcurrieron unos segundos.

–¿Y la panadería?

–Vamos de cabeza, hija –contestó mi madre.

–¿No habéis cogido a nadie?

–Pues no, hija. Le debemos mucho dinero al banco y no estamos ahora como para pagar sueldos.

Y durante unos segundos solo se oyó el tintineo de los cubiertos en la vajilla.

Mamá había preparado los platos favoritos de Lucía: menestra de verduras y pimientos del piquillo rellenos de pescado, pero se sirvió poco y no repitió.

–Come más, hija. Con lo que te gustan a ti los pimientos, casi ni los has probado.

Luego mamá trató de espantar el silencio relatando lo espabilado que estaba Gu y una retahíla de sus gracias que Lucía escuchó pacientemente. Después de tomar el postre, y de darme cuenta de que fuera lo que fuera que había traído a Lucía a casa no se iba a desvelar estando yo delante, pedí permiso para levantarme y me recluí en la habitación para leer y dejar que ocurriese lo que tuviera que pasar.

Así transcurrió esa tarde extraña, hasta que dos horas después tocó en mi puerta para despedirse. Fui con ella hasta el salón. Allí estaban mis padres de pie, también dispuestos a decirle adiós, con el semblante muy serio, uno junto al otro, escenificando una despedida formal, casi protocolaria. Lucía no quiso que mis padres la acompañasen a la estación; prefirió bajar paseando. Salió a la calle Mayor y, desde el Mirador de la Peña, continuó zigzagueando por el sendero que desciende del farallón. La vi alejarse asomado al balcón del salón con su bolso vaquero colgado al hombro, insignificante en el fondo inmenso del paisaje, avanzando con paso apresurado como si huyese sin poder ocultar el apremio por zafarse de algo no deseado.

Reclinado, con los codos apoyados en la barandilla del balcón, experimenté la misma incomprensión que había sentido al salir de su casa en Zaragoza y, viéndola alejarse de nosotros así, me ensombrecí y recordé las palabras que me había dicho la abuela sobre Lucía en el cementerio: «Es su tiempo», dijo, pero yo no sabía el tiempo de qué.

La abuela mueve ahora las agujas haciendo punto, pasando con un dedo el hilo de lana por encima y por debajo de la una y la otra con rapidez. Se detiene, desliza el segmento que cuelga ya trenzado a lo largo de una de las agujas y continúa atenta al movimiento de sus dedos sarmentosos, mirándonos de vez en cuando con su sonrisa perenne.

–Pobre chiquilla –dice.

Cuando entré al salón, mis padres ya no estaban; se habían recogido en la habitación y ya no volví a verlos hasta el día siguiente. Durante toda la semana que siguió a la llegada de Lucía, se mostraron parcos en palabras durante las comidas, parecía que su visita había dejado también en ellos un reguero de silencio y un poso de decepción.

Fue una semana después, el domingo por la noche, sentados en el sofá frente a la televisión, cuando mi madre me dijo que al día siguiente teníamos que madrugar, que íbamos a salir de viaje a Pamplona para hacer unos recados por la mañana y que pasaría a despertarme a las siete. No dijo más.

–¿Y para qué vamos?

–Ya lo verás –contestó mirando al televisor.

Ese fue el día en el que supe por qué Lucía había venido a visitarnos.

Durante la tarde del domingo vi ennegrecerse paulatinamente el cielo del atardecer, abarrotado al principio de nubes voluminosas al igual que gigantescas palomitas de maíz, que fueron dejando paso a nubarrones oscuros como reses bravas, pareciendo obedecer a una secreta jerarquía de la naturaleza y llenando el espacio de oscuridad. Cuando el viento comenzó a traer las primeras gotas de lluvia, entré y, poco después, ya desde la cama, el espacio se llenó del resplandor esquivo de los relámpagos que se deslizaban por la ventana como a hurtadillas y los vidrios de las ventanas rechinaron agitados por el estrépito de los truenos. Me dormí oyendo el batir del agua en el tejado, con un murmullo obediente y continuo de obligación aprendida.

Por la mañana, mis padres aguardaban en la cocina sentados en torno a la mesa. Me senté junto a ellos para desayunar. Ya había amanecido, aunque el cielo ennegrecido del día parecía no terminar de dejarlo despertar. Bajamos al garaje, mamá cogió dos paraguas, nos montamos en el Renault 8 y papá lo arrancó. El motor revolucionado me sonó como un relámpago más. Luego encendió las luces del coche y condujo a lo largo de la calle Mayor, desierta, camino de la capital.

Eran casi las ocho de la mañana. A la altura del puente de piedra, papá encendió la radio para oír las noticias. Sonó el final de la sintonía de una cadena y luego empezó el boletín. Era el cinco de julio: «Hoy tenemos que lamentar una nueva acción de la organización terrorista ETA. A las dos y cuarenta minutos de la madrugada pasada, el miembro de la Guardia Civil D. Juan Antonio García González ha sufrido un atentado mortal en la localidad navarra de Burguete. Un artefacto explosivo adosado en los bajos de su vehículo ha explosionado al ponerlo en marcha. Junto al mencionado guardia civil, viajaba el también guardia civil D. Francisco Javier López García que ha resultado herido de gravedad, y que ha sido trasladado de urgencia al hospital de Navarra. Ambos estaban destinados al Grupo Especial de Intervención de Montaña con base en la localidad navarra».

Papá dejó terminar el boletín y luego apagó la radio.

Me replegué en mi interior mirando los chorretones de agua que descendían por el vidrio como el lamento propio de lo que acabábamos de escuchar en la radio, viendo pasar el paisaje del cereal sobre el perfil romo de los montículos y los pueblos arracimados en las vertientes de la solana. Cruzamos Puente la Reina y el coche enfiló su último esfuerzo ascendiendo por el puerto del Perdón, a derecha e izquierda, ronroneando aferrado al asfalto entre las nieblas bajas hasta que, tras la última revuelta, se vio aparecer la ciudad en la lejanía, acomodada en la cuenca como en un nido, como en el regazo de las montañas grises de alrededor.

Entramos en Pamplona, continuamos bordeando las murallas de la ciudadela y enfilamos la calle Francisco Bergamín hasta llegar a la Plaza de la Cruz, que resultó ser nuestro destino final.

Seguía lloviendo. Mi padre salió del coche, abrió el paraguas y se acercó a la puerta de mi madre para protegerla al descender.

–¿Es que nadie va a decirme a dónde vamos?

–Al notario –mi madre contestó mirando al frente, encorvada y aferrando el paraguas con las dos manos como un náufrago su tabla.

La acera estaba abarrotada de peatones entorpeciéndose con los paraguas al avanzar. Papá nos abría el paso y fuimos detrás de él hasta que se paró frente a una puerta, llamó al timbre y entramos en aquel portal solemne, con butacas, alfombras y lámparas de pie que me hicieron pensar que en aquel lugar solo podían ocurrir cosas importantes, y se multiplicó mi curiosidad por saber qué era lo que nos llevaba allí. En la notaría estaban esperándonos con la puerta abierta. La secretaria nos hizo pasar a una sala de reuniones con una enorme mesa alargada. Olía a la cera que usaba la abuela para abrillantar las maderas del salón. En torno a la mesa, sentados ya, un señor de mediana edad y un matrimonio joven. Se pusieron en pie, e intercambiaron saludos con mis padres. Yo me quedé atrás. Me senté entre los dos y al poco entró el notario: un hombre elegante, con canas, bigote y papada, trayendo una carpeta en la mano. Saludó, se sentó en la cabecera de la mesa y después de algunas explicaciones desplegó la carpeta y comenzó a leer el contenido de los documentos.

–¿El propietario? –preguntó.

Mi padre me señaló con el dedo.

–Es el chico –dijo.

Así fue como me enteré de que hasta ese día había sido propietario de un piso en la calle Iturrama, cerca de la universidad. Una propiedad que, por la razón que fuera, habían puesto a mi nombre y que ese mismo día dejó de estarlo. La pareja joven que estaba sentada frente a mí acababa de adquirirlo. El otro señor resultó ser el empleado de la inmobiliaria. Firmé lo que se me dio para firmar después de recibir un cabeceo de aprobación de mi padre. El cheque se lo dieron a él. La chica de la pareja depositó la palma de su mano sobre la de él, apoyada en la mesa, y entrelazó los dedos con los suyos un instante. Luego nos pusimos todos de pie, se volvieron a apretar las manos unos y otros y salimos, ahora sin que nos acompañase nadie a la puerta.

Había dejado de llover.

Los murciélagos recorren el espacio en todas direcciones. Mi padre continúa su relato, entrada ya la madrugada.

Habían hipotecado el piso de Pamplona para que el banco les prestara dinero y poder comprar la cosechadora. Así que, antes de venderlo, tuvieron que hipotecar la casa del pueblo y cancelar la anterior. Luego fuimos a la oficina central para ingresar el cheque en la cuenta que me abrieron en la primera comunión y extender otro a nombre de Lucía.

–Y ¿para qué quería el dinero la chiquilla? –pregunta Gaveiras exhalando el humo azul de su cigarro.

Y mi padre cuenta que el día que Lucía vino al pueblo se lo explicó. Contó los detalles de un negocio que tenía entre manos con su novio. Pensaban abrir una representación de bombas hidráulicas: una reconocida marca alemana que no vendía todavía en España. La concesión sería en exclusividad. Habían previsto abrir una oficina con almacén, primero en Zaragoza y luego oficinas en Madrid y Barcelona. «Una oportunidad única», decía, gracias a los contactos de su novio con los clientes actuales como punto de partida y un producto de la mejor calidad y a buen precio. Ese era el plan: una empresa con la propiedad a medias. Para eso quería el dinero.

–Pero tú no sabes nada de ese mundo, hija.

–Él sí, papá.

–¿Y te has informado por otros medios? ¿Qué dicen los bancos…?

Conforme añadía reticencias, su gesto se iba endureciendo, la mirada se le fue replegando y la sintió alejarse cada vez un poco más.

–¡Papá!

Mi padre sintió miedo, dice.

Se habían citado con Lucía en el café Iruña. Lo supe cuando bajamos la avenida Carlos III sacudidos por el vendaval y la vi esperándonos en los soportales junto a la entrada con los brazos colgando, pegados al cuerpo, a su falda corta, algo encogida por lo desapacible del día.

Cuando se cruzaron nuestras miradas, ella compuso una sonrisa apresurada que me resultó acogedora pero que relajó demasiado pronto, cuando todavía las miradas no habían dejado de encontrarse, haciendo de aquella sonrisa algo artificial. Inmediatamente dirigió la vista al suelo mientras exhalaba el humo del cigarro (antes no fumaba) y flexionó las rodillas como queriendo entrar en calor.

Había venido de Zaragoza a Pamplona sin previsión, con poca ropa y más pintada de lo habitual. Me pareció que estaba muy guapa.

Entramos al café y nos sentamos en una de las mesas de mármol alejada de los vidrios de la fachada. Yo, enfrente de mamá, veía a la gente pasar caminando bajo los soportales. Lucía, sentada a mi lado, miraba el reloj, con disimulo, bajo la mesa. Se acercó un camarero y, una vez que tomó nota y se fue alejando, mi padre sacó el cheque doblado por la mitad con discreción y se lo entregó arrastrándolo sobre el mármol frío hasta ella.

–Úsalo bien, hija.

Lucía lo desdobló sin levantarlo para ver la cantidad, con el mismo gesto que hubiese hecho con las cartas en una partida de mus, y lo volvió a plegar de inmediato con la premura de saber que aquello había sido un acto innoble.

–Sí, papá. Gracias.

Lo guardó y volvió a mirar el reloj. Pasamos veinte minutos hablando de los conocidos del pueblo y de Gu, hasta que se hizo la hora de marchar. Lucía había accedido a que la acompañásemos a la estación de autobuses. Al salir, en los soportales, papá le echó su gabardina sobre los hombros y recorrimos el Paseo de Sarasate hasta llegar: mamá emparejada con ella y yo, con papá. Había comprado ya el billete y accedimos directamente a los andenes donde ya aguardaba su autobús. Faltaban cinco minutos para la salida y esperamos de pie sin saber de qué hablar.

–Llámanos, hija –dijo mamá.

Y Lucía subió al autobús.

Al instante inició la marcha con un acelerón y el humo negro del escape nos envolvió.

17
PRIMER ENSAYO

El domingo, Martina y yo teníamos el turno de la cena en el balneario y habíamos quedado en vernos dos horas antes en el jardín, junto al río, para empezar con el primer ensayo, ella y yo.

–¿Y los demás? –preguntó mientras nos acercábamos al embarcadero–. ¿Cuándo vamos a ensayar todos?

–Esto es como un mecano. Primero se ensamblan los dos papeles principales y luego el resto de las piezas.

–Pues en el grupo de teatro del internado, en los ensayos, estamos todos.

Aparenté no prestar atención a sus reticencias y cambié de tema mientras caminábamos hasta la orilla. Al llegar allí, saqué el libreto de entre la espalda y el cinturón.

–Bueno, ¿empezamos? A ver, la Bruji comienza moviéndose por el escenario mirando al público.

Leí su texto a toda velocidad:

–La estatua del Príncipe Feliz se alzaba sobre una alta columna que dominaba toda la ciudad. Estaba recubierta por finas láminas de oro, sus ojos eran dos brillantes zafiros y en el puño de la espada centelleaba un enorme rubí. El resplandor del oro y las piedras preciosas hacían que los habitantes de la ciudad admirasen al Príncipe Feliz más que a cualquier otra cosa.

–Bueno, yo soy el príncipe; tú, la golondrina –dije subiéndome a un banco como pedestal–. Es otoño y tus compañeras ya han migrado hacia Egipto, pero resulta que te has enamorado de un junco que no te hace ni caso.

Estábamos solos en esa zona del jardín, vestidos con la ropa del balneario, uno enfrente del otro. Su uniforme negro, ceñido, servía para caracterizarla de golondrina.

–Con añadir unas alas de cartulina, quedará perfecto –dije.

Le tomé las manos desde lo alto del banco, ensanché los brazos y recorrí su figura con la mirada, de arriba abajo.

–¡Vaya golondrina guapa! ¿En qué estará pensando el imbécil ese del junco? No creo que el príncipe sea tan tonto de dejarla migrar a Egipto este invierno.

Martina rio con ganas y me apretó las manos.

–¡Pues más le valdría a ella darse prisa, por la cuenta que le trae!

Ella continuó a vueltas con el atuendo.

–Las golondrinas tienen el pecho blanco –dijo–. A ver si apaño algo con unos imperdibles y un trapo.

Entonces Martina, que ya se sabía el texto, empezó a hacer como que revoloteaba alrededor de un carrizo del jardín y recitó:

–Este junco no dice nunca nada. Debe de ser bastante infiel, porque siempre coquetea con la brisa. Además, es demasiado sedentario y a mí me gusta viajar. Por eso, el que me quiera, deberá ser tan viajero como yo. ¿¡Vas a venirte conmigo o no!?

–Otra vez la Bruji: «*Pero el junco se negó con la cabeza porque le tenía mucho apego a su hogar*».

–¡Eso quiere decir que solo has estado jugando con mis sentimientos! Yo me voy a las pirámides de Egipto. ¡Adiós! –Martina gesticuló, dándole la espalda con desdén.

–Vamos a ver: ahora empiezas a revolotear alrededor del escenario –dije dibujando círculos en el aire con el libreto en una mano.

–*¿Dónde podré dormir? Voy a refugiarme ahí. El lugar es bonito y bien ventilado.*

Yo seguía de pie sobre el banco, junto al río, con una mano en la cintura y la otra supuestamente sobre la empuñadura de mi espada. Martina empezó entonces a moverse a mi alrededor con los brazos abiertos, inclinándose a un lado y al otro, aparentando volar por entre los troncos de los árboles hasta que recaló en el banco y se acurrucó de espaldas junto a mis pies: los del Príncipe Feliz. Yo dejé entonces de ceñirme al libreto y me agaché para probar suerte abrazándola.

–¡Oh, pequeña golondrina! ¿Qué haces aquí tan sola?

Y así, abrazado, continué ajeno al tiempo, sintiendo la respiración de la golondrina y su pulso acelerado mientras se aceleraba también el mío.

–¿Te has extraviado? –dije acariciándola.

Entonces giró el cuello para mirarme con una sonrisa.

–Vaya príncipe cariñoso, ¿no?

–Bueno, ya ves que he pensado hacer que el príncipe sea un personaje más expresivo que en el cuento. No se podrá mover de su pedestal, claro, pero sí tener algún gesto como este de consolar. Yo creo que va a estar muy bien para realzar su relación con la golondrina.

–Pues no sé qué le puede parecer eso al público… A mí el cuento me gusta como está, la verdad. A ver si lo vamos a fastidiar.

–Es también por darle un toque nuestro. Si al final vemos que no, pues nada. ¿Seguimos? –dije–. Entonces cae una primera lágrima del príncipe sobre la golondrina.

Tampoco ahora Martina necesitaba mirar el texto:

–*¡Qué cosa más curiosa! No hay ni una sola nube en el cielo, se ven todas las estrellas y, sin embargo, llueve. En realidad, este clima de Achar de Lóquiz es espantoso. Al junco le encantaba la lluvia ¡Mira que era egoísta!*

–Ahora entra la Bruji: «*Los ojos del Príncipe Feliz estaban llenos de lágrimas, y las lágrimas le corrían por las mejillas. Y tan bello se veía el rostro del Príncipe a la luz de la luna que la golondrina se llenó de compasión*».

Y entonces leí una acotación que había escrito yo de puño y letra, concebida libremente para la ocasión:

–*La golondrina abraza cariñosa y prolongadamente al Príncipe, tratando de consolarlo en su profunda tristeza, acariciándole, con su cabecita aterciopelada, el rostro humedecido por las lágrimas.*

Y Martina se puso de pie en el banco y me abrazó tan dulcemente como instruía yo en el libreto y, cuando el abrazo iba llegando a su fin y nos separábamos, la besé en el cuello con la prudencia de la fugacidad. No dijo nada, seguramente concentrada, como estaba, en el texto.

–*¿Quién eres?* –continuó.

–*Soy el Príncipe Feliz.*

–*Pero si eres el Príncipe Feliz, ¿por qué lloras? Casi me has empapado.*

–*Cuando yo vivía, no sabía lo que eran las lágrimas porque residía donde no está permitida la entrada del dolor. Me llamaban el Príncipe Feliz. Y ahora me han puesto aquí, tan alto, que puedo ver toda la miseria de mi ciudad y no hago más que llorar.*

Yo también me sabía el texto de memoria, cogí las manos a Martina, que seguía de pie en el banco y, mirándola a los ojos, continué:

–*Allá abajo* –señalé la finca de los Elizari, al otro lado del río–, *en una casa miserable, hay una mujer que es costurera. En un rincón está su hijito enfermo. El niño tiene fiebre y pide naranjas. Pero la mujer solo puede darle agua del río, y el niño llora. Golondrina, pequeña golondrina..., ¡hazme un favor! Llévale a la mujer el rubí del puño de mi espada, ¿quieres? Yo no puedo moverme, ¿lo ves?... Tengo los pies clavados en este pedestal.*

Martina actuó poniendo cara de pena y mirando al suelo.

–Los míos están esperándome en Egipto. Ya está haciendo mucho frío, pero me quedaré una noche contigo y seré tu mensajera.

–Ahora la Bruji describe el vuelo de la golondrina y lo que ve hasta llegar a la casa y dejar el rubí junto a la costurera, que está dormida. Vicente hará de costurera, con un pañuelo en la cabeza.

–Golondrina, pequeña golondrina, quédate otra noche más. Allá, al otro lado de la ciudad, hay un muchacho en una buhardilla. Está terminando de escribir una obra de teatro, pero tiene demasiado frío. No hay fuego en la chimenea y el hambre lo tiene extenuado. ¡Ay, no tengo más rubíes! Sin embargo, aún me quedan mis ojos. Son dos zafiros, traídos de la India hace mil años. Sácame uno de ellos y llévaselo.

Martina hizo como que lloraba.

–Pero mi Príncipe querido, eso yo no lo puedo hacer.

–Otra vez la Bruji: «*...Entonces la golondrina arrancó uno de los ojos del Príncipe y voló hasta la buhardilla del escritor...*».

Martina hizo ademán de tomar con una mano el zafiro.

–No, no, así no, Martina. La golondrina tiene que batir las alas para sostenerse en el aire y extraer el zafiro del ojo del príncipe con el pico.

Ella sonrió y se replegó para iniciar la escena de nuevo: comenzó a mover los brazos arriba y abajo con suavidad y armonía, como si cualquier gesto que saliese de ella llevase inherente la finura de los mimbres con los que estaba trenzada, y yo, con los párpados cerrados y los sentidos alerta, a la espera de que algo hermoso ocurriera, sentí cómo la brisa avanzaba la proximidad de su rostro perfumado hasta que, finalmente, los labios de Martina se acoplaron a la cuenca del ojo y pensé que, con la huella de su boca carnosa sobre mi piel, no podía haber príncipe más feliz que yo. Duró apenas nada, pero conservé aquella sensación en la memoria, y la reproducía cada noche en la cama como quien reproduce esa canción de la que parece no poder cansarse nunca.

El sol bermellón había descendido casi a la altura del río, como si se hubiese dejado llevar rodando hasta allá, llenando a su paso la superficie del agua con reflejos nacarados y abatiendo la sombra del altozano donde anida el pueblo hasta hacerla atravesar el río y alargarse sobre los tejados del balneario, dividiendo el espacio en dos, como el día y la noche, la dicha y la desgracia. Ahí, junto a Martina, sobre el banco del balneario me tocaba vivir la dicha y la luz de un sol que parecía iluminar ese atardecer solo para mí.

Entonces oímos sonar las campanas de la iglesia y, con ellas, supimos que el ensayo había llegado a su fin. Era el momento de entrar en el balneario y empezar a preparar lo necesario para la cena. Todavía encima del banco, con el brazo izquierdo a la espalda, hice un gesto principesco de reverencia y le ofrecí la mano para ayudarla a bajar. Ella sonrió achinando los ojos, me devolvió el saludo y, ya sobre el firme de grava, caminamos oyendo crujir nuestros pasos hacia la entrada del balneario charlando animadamente, ilusionados al ver cómo la obra iba tomando forma y concretando la fecha del siguiente ensayo. Una vez dentro, Martina recogió el delantal del vestidor y desapareció detrás de la puerta batiente de la cocina.

Aquel día la gobernanta libraba y el camarero más veterano se encargó de darnos las instrucciones del servicio antes de comenzar a colocar la vajilla. El balneario estaba lleno y fuimos preparando las mesas hasta completar todas las del comedor.

La primera vez que entré en la cocina a por los entrantes, Martina me dijo que la señorita Rebeca había dejado recado para que pasásemos por su despacho después de la cena. Al no estar la gobernanta, ella se estaba encargando de ajustar los turnos. Tras terminar el servicio, esperé a que Martina saliese de la cocina y nos acercamos al despacho que compartía con la gobernanta, ahora ausente.

La puerta estaba entreabierta. Golpeé con los nudillos y, al oír su voz, la empujé hasta ver a la señorita Rebeca sentada detrás de su escritorio. Olía a agua de azahar. Ella escribía con la cabeza sumergida en los papeles iluminados por un foco que dejaba en penumbra el resto de la estancia, pero que, junto a los papeles, también iluminaba su escote aprisionado en un hermoso vestido fucsia que hacía emerger con exuberancia sus geometrías curvas acorraladas en un espacio insuficiente. Sin levantar la mirada, nos señaló los dos asientos que aguardaban vacíos delante de su mesa.

La señorita Rebeca se reclinó sobre la silla. La lámpara le iluminaba ahora únicamente la mitad del rostro y sus manos se apoyaban anudadas sobre la mesa. Tenía un gesto de severidad.

–Mirad, chicos, ya sé que estáis en la edad, y me parece muy bien que queráis haceros arrumacos, yo también he sido joven. Pero… ¡eso! Eso lo hacéis fuera del balneario y no subidos a un banco en mitad del jardín, a la vista de todos.

Vio que queríamos intervenir y nos frenó adelantando la mano.

–Vestidos además como estabais con la ropa de servicio. ¿¡Qué van a pensar los huéspedes que es esto!? ¿¡Dónde os creéis que estáis!?

A Martina se le hacían las manos pequeñas para taparse la cara conforme avanzaba el rapapolvo y, cuando la miré de reojo por segunda vez, ya tenía los ojos vidriosos.

–¡Que no vuelva a veros en una estampa similar! ¿Lo habéis entendido?

Nosotros empezamos a cabecear asintiendo como resortes y ella se inclinó hacia adelante, dejando flotar un silencio que parecía invitarnos a continuar de viva voz nuestro propósito de enmienda. Lo hice con la mayor sumisión de la que fui capaz:

–Perdone, eso no volverá a ocurrir, pero resulta que es un malentendido.

–¡Hombre, ahora se le llama así, un malentendido! –Y mostró su decepción retirando la cara a un lado y haciendo sonar un chasquido con los labios–. ¡Por-fa-vor! Si lo he visto yo misma desde esta ventana.

–Lo que nosotros estábamos haciendo en realidad era ensayar una obra de teatro –dijo Martina.

Aquello la desubicó por un instante, dejándola pensativa, y vimos que la sorpresa inicial pareció ir derivando hacia la curiosidad. Se reclinó en el respaldo de la silla y comenzó a preguntar, ahora con una mirada de indulgencia:

–¿Ah, sí? Una obra de teatro. ¿Qué obra estáis ensayando?

–*El Príncipe Feliz*: un cuento de Oscar Wilde –dije.

Asintió con la cabeza haciendo ver que le resultaba conocida.

Entonces Martina intervino:

–Es una obra infantil muy bonita sobre la compasión. Queremos representarla en fiestas, el día del niño, aunque todavía no sabemos dónde porque están aprovechando el verano para hacer obras en la escuela.

–¿Es la primera obra que representáis?

–No, no. Yo estoy en un grupo de teatro en el internado.

–Y en cuántas obras has participado?

–Pues en unas cuantas: como media docena.

Se quedó un momento pensativa.

–¿Y si la representáis en el balneario?

Martina y yo nos miramos y le contestamos a la vez, volviendo a asentir con la cabeza moviéndola como resortes.

–¿Cuándo es el siguiente ensayo?

Y dibujó algo parecido a una sonrisa.

18
COSTILLADA EN EL RÍO

El padre de Sergio no llegó en la fecha anunciada. Lo llamó a la fonda diciendo que habían tenido un problema en la fundición y que no le quedaba otro remedio que retrasar su viaje hasta que estuviese resuelto, que esperaba poder ir para mitad de julio con su madre y que alargarían la estancia algunos días más. No le creyó. Me lo dijo mientras tirábamos en la barraca de las carabinas y momentos antes de levantar la voz, cuando, espoleado por su revoltijo interior de frustración al ver que no acertaba a ningún palillo, empezó a proclamar a voz en grito que Ferreira, el padre de João, tenía todas las carabinas trucadas y que, para acertar a los palillos, había que apuntar un dedo a la derecha o a la izquierda, según la carabina que te tocase, y que eso era sabido. João se le acercó a paso ligero apartando a lo largo del mostrador los cañones que se cruzaban en su paso, hasta poner la cara a un palmo de la suya.

–¡Lo que pasa es que tú no le das a un *stop* ni a medio metro de distancia! ¡Y eso a ver si lo dices delante de mi padre!

A espaldas de João se oía el impacto de los perdigones sobre la chapa granallada del fondo, llena de marcas como de viruela. Trucadas o sin trucar, yo no encontraba la forma de acertar al palillo que me faltaba para ganar el peluche del Naranjito. Se lo quería regalar a Martina, que seguía de pie detrás de mí, conversando con la mayor de las Elizari, ya preparadas para bajar al río, sin hacer mucho caso a la competición que manteníamos Sergio, la Bruji y yo. Ella, la Bruji, por el contrario, parecía un francotirador ruso de la Segunda Guerra Mundial: con cada perdigón partía un palillo por la mitad y ya había ganado una muñeca pepona, que esperaba sentada sobre el mostrador a que su dueña terminase la sesión de tiro.

Ella disparaba al lado de Sergio.

–¡Tú, aprende! –le dijo João, todavía de mal humor, señalando a la Bruji.

–Schhhhh, chavaaaal, que voy armado.

Ferreira entró a la barraca y le dio más perdigones a la Bruji: había dejado una moneda sobre el mostrador. João, viendo mi inoperancia y la distracción de su padre, aprovechó para deslizarme cinco perdigones más. Disparé uno, dos... hasta el quinto y tampoco partí el palillo, pero João se interpuso tapando la vista y cuando se hubo apartado resultó que el dicho palillo estaba partido por la mitad. Nadie más se percató.

–¡Ha ganado usted un peluche! –dijo exagerando su acento portugués.

Martina se volvió.

–¿Quién ha ganado?

Y yo contesté alzando los brazos en un gesto de triunfo.

En todo el perfil del tejadillo colgaban Naranjitos de diferentes tamaños. Sin embargo, João apareció desde el interior de la barraca trayendo un peluche rojo con forma de corazón. Tenía la dimensión de un balón de fútbol.

–¡Su premio, caballero! –dijo.

Y me hizo un discreto gesto en dirección a Martina. Yo le regalé el peluche. Lo cogió sonriente, colocó el enorme corazón sobre su pecho y con las dos manos lo apretó hasta tres veces como haciéndolo latir. Se divertía, y yo estaba feliz.

Pero entonces se oyó desde algún sitio en la lejanía el ra-ta-ta-ta-ta inconfundible de la Bultaco, primero tenuemente y luego con un volumen creciente, acercándose inexorablemente hacia donde estábamos como el desarrollo vertical de un cumulonimbo. Al poco vimos aparecer la moto y a su motorista en dirección a la barraca de las carabinas, y pensé, enrabietado, que a la mota le habían faltado diez o veinte metros de altura o a mí, algo más de maldad para haberla rematado sobre el suelo con un gran pedrusco de aluvión.

El tipo se plantó junto a nosotros, llenándolo otra vez todo con ese olor empalagoso a no sé qué. Echó pie a tierra, apagó el motor y saludó sin bajarse de la moto. Yo miraba con disimulo los daños de la Bultaco buscando consuelo, pero no lo encontré. Únicamente se había doblado la maneta derecha, y los escasos arañazos que mostraba la pintura del depósito no le quitaban ni un ápice de esplendor. Pocos daños para tanta ira.

–¡Hola! –dijo mirando alrededor como si Achar de Lóquiz hubiese estado esperando su llegada.

Martina devolvió el saludo y miró luego a la Bultaco.

–Menos mal que no le ha pasado casi nada –dijo, e hizo chasquear la lengua en el paladar antes de seguir–. ¡Jo, qué gente más indeseable!

–¡Bah! Algún pobre desgarramantas que se muere de envidia –dijo él.

Se echó la mano al bolsillo de la camisa para sacar el paquete de cigarrillos. Llevaba la parte superior desabotonada, mostrando el pelo crespo del pecho.

–Oye, Tina, vamos a hacer una costillada dentro de un rato en Vilarcollar, en la playa del meandro. –Se interrumpió para encender el cigarro y exhalar la primera bocanada–. ¿Te vienes? Está todo preparado; no hay que llevar nada.

–Chico, no sé, así de repente, sin avisar…

–Con que cojas bañador y toalla ya está. Nada más. Si acaso alguna cinta. Voy a llevar el loro. Pero tampoco hace falta.

–¡Vale! Bañador y toalla tengo aquí –dijo palpando su bolso, ya preparado para cuando bajásemos al río.

Se volvió hacia mí.

–Oye, Daniel, ¿me lo guardas, haces el favor?

Y alargó el brazo con el corazón de peluche. Lo cogí sin decir nada mientras veía cómo se subía a la moto.

–Otra cosa: ¿te importa avisarle a mi madre de que no voy a ir a comer, porfa?

Solo pude cabecear, pues con un acelerón, se fueron petardeando calle abajo.

João había presenciado mi infortunio desde un lateral del mostrador de la barraca. Me volví hacia él y le indiqué con la mano que se acercase y, cuando estuvimos cabeza con cabeza, le pregunté que cuándo terminaba de trabajar y que si me acompañaría a Vilarcollar a ver qué se cocía en aquella costillada. Dijo que en media hora cerraban y que sí, que me acompañaría.

Entretanto, la competición de tiro entre Sergio y la Bruji seguía su curso. Yo ya estaba eliminado. Les quedaban tres perdigones por disparar y ella le retó entre risas a que intercambiasen las carabinas para solventar cualquier duda. Las intercambiaron y la Bruji fue partiendo con cada disparo un palillo tras otro hasta ganar el premio correspondiente: una enorme peluca de payaso. Luego sopló en el agujero del cañón y entregó la carabina, adornándose después con un desplante torero. Sergio, que se había ido de vacío, apoyó la espalda en el mostrador y la miró.

–Oye, Bruji, ¿tú de dónde has salido?

Nunca dejaba de sorprendernos.

Se había hecho tarde para bajar al río. Nos quedamos un rato todavía de conversación hasta la hora de comer y todos se fueron a casa menos yo, que seguí a la espera de que João saliese de la barraca. Lo hizo minutos después con dos bocadillos en la mano. Los echamos al cinto y salimos hacia Vilarcollar con las bicicletas.

Durante el trayecto pedaleaba sin saber muy bien a qué me abocaba aquella empresa, pero seguro de que, si me quedaba en casa en vez de ir a comprobar sobre el terreno la actitud de Martina hacia él, solo me esperaba desazón: un desasosiego aventado por mi imaginación desbocada. Pensé que la realidad difícilmente podía ser peor que mis figuraciones.

Cuando llegamos al río dejamos las bicicletas atrás, para adentrarnos en la vegetación de la rivera y otear, desde el denso parapeto de la maleza, la playa del meandro. Ya estaban allí. Conté ocho, entre chicos y chicas, yendo y viniendo al coche que tenían aparcado en un extremo, todos transportando sillas, mesas y sombrillas excepto uno: el de la Bultaco, que llevaba en una mano el radiocasete y la nevera en la otra. Lo dejó todo a la sombra, sobre la hierba, muy cerca de donde estábamos nosotros, a metro y medio del borde de la vegetación que nos ocultaba. Le daba instrucciones a un tal Genaro mientras volvía al coche: «Genaro, trae esto; Genaro, trae lo otro; Genaro, lo de más allá». Parecía que solo existía Genaro. El susodicho apareció en escena con dos brazadas de sarmientos perfectamente anudadas y una parrilla. Al llegar a la altura del radiocasete, las dejó caer al suelo, le dio al *play* y empezó a sonar el *Bienvenidos* del *Rock & Ríos* a todo volumen. Entonces todos se pusieron a saltar, bailando como si les quemase el suelo, a pesar de que estaban todavía con la mudanza. Después, cuando todo quedó depositado sobre la hierba y el coche vacío, alguien dijo que era el momento de bañarse y a todos les pareció bien porque se despojaron de la ropa y corrieron al agua: primero los chicos y después ellas, con mucha menos prisa. Martina llevaba su bañador granate y el sombrero de paja. Y entonces el de la Bultaco le dijo a Genaro que quitase la música, que las pilas tenían que durar toda la tarde, y el susodicho salió del agua obediente y le dio al *stop*. Y cuando las chicas ya estaban de espaldas camino del agua, João salió de la vegetación, cogió el radiocasete, y en un visto y no visto volvió a meterse en el sotobosque con él bajo el brazo.

–¿Qué haces, tío?

Sin mediar palabra avanzó entre la maleza aguas abajo hasta que se perdió de vista. No le seguí. Continué observando lo que sucedía en el río. Estaba viéndolos chapotear, jugar con un balón hinchable y oyéndolos hablar a todos a la vez cuando, de repente, cien metros aguas abajo vi salir volando el radiocasete desde la espesura de la ribera describiendo una parábola en el aire hasta caer en mitad del cauce. Se oyó un ¡chof!, seco y sordo, que hizo girar la cabeza a los bañistas, pero el río engulló el aparato con la determinación de la lengua de un camaleón, sin que nadie pudiese percatarse. Un minuto después, João estaba de vuelta henchido de satisfacción, y en esa tesitura, viendo que la nevera estaba tan desatendida como todo lo demás, salí de mi escondrijo a rastras hasta llegar a ella, le quité la tapa y palpé su interior hasta dar con un paquete compacto que, al tacto, parecía contener las costillas de cordero. Con el botín bien amarrado, repté de vuelta a mi guarida.

Al poco empezaron a salir del agua: unos, para coger bebidas de entre las que se enfriaban en la margen del río, y otros, para empezar a desplegar las sombrillas, las mesas y sillas donde esperaban comer. Fueron subiendo todos hacia donde estábamos escondidos.

–Vamos a poner un poco de música, ¿no? –dijo una de las chicas.

El de la Bultaco esparció la mirada por el suelo buscando el radiocasete mientras se secaba la cabeza con una toalla.

–¡Genaro! ¿El loro?

Genaro se encogió de hombros.

–¡Tú eres el último que lo ha tocado! ¿Dónde puñetas se ha *quedao*?

–Estaba ahí. –Señaló hacia el suelo.

–¡Sí, eso ya lo sé! ¡La cuestión es dónde está ahora! –gritó.

Martina se volvió sorprendida por los modales que desplegaba el de la moto.

–¡No he visto a un tío más tonto que tú, Genaro!

Le sacudió, enrabietado, una colleja y se volvió dándole la espalda lleno de desprecio.

Fue maravilloso ver cómo Martina torcía el gesto.

–Pero ¿qué haces? –le espetó extendiendo los brazos y abriendo las palmas de las manos.

Los demás parecían estar acostumbrados a que le tratase así.

El de la Bultaco no contestó. Se giró mirando a todas partes, volvió al coche buscando el aparato y, cuando se acercó a husmear por el linde del soto, hubimos de retroceder para que no nos descubriera. Luego cogió los sarmientos, los arrojó sobre el cascajo unos metros más allá, puso la parrilla encima y los prendió. Mientras oíamos crepitar el fuego, fuimos retrocediendo con sigilo hacia las bicicletas. Me pregunté si, cuando descubrieran la desaparición de las costillas, sería Genaro otra vez objeto de la ira del de la Bultaco, e imaginé encantado a Martina presenciando otra escena similar. Ocurriese o no, ella apareció por el pueblo poco después. Le había pedido al de la moto que la llevase de vuelta a casa.

Esa noche, en el campamento de la alameda, en torno a la fogata de la familia de João, Vicente, Sergio, los Ferreira y yo dimos buena cuenta de las costillas. Sobre su origen, nadie dijo una palabra; tampoco se preguntó.

19
FERREIRA

Nuno Ferreira perdió la vida ese verano.

Era noche cerrada cuando llegué al cementerio con la dinamo de la bicicleta abriéndose paso en la oscuridad. Al oír crujir el ramaje, la abuela salió al encuentro y me recibió esta vez con sigilo: girando cuidadosamente el portón enrejado con una mano, procurando silenciar el chirrido de las bisagras e invitándome a entrar en silencio con el dedo índice cruzado sobre sus labios.

Ferreira, el padre de João, había iniciado ya un relato y Martín Gaveiras y la abuela le acompañaban sentados junto a él sobre las losas de las tumbas. En el suelo, un farol iluminaba los rostros y sus sombras se proyectaban sobre el muro de alrededor, recordando las formas de un carrusel. Ferreira hablaba de los últimos momentos de su vida, atrapado en el sopor de un sueño premonitorio dentro del pajar donde buscó cobijo. Lo comprendí después, cuando, al tiempo de estar escuchando su historia, ya iniciada, se hizo silencio y entrelacé, como en un puzle, sus palabras y lo que conocía de su vida por João.

Nuno Ferreira describía cómo, en aquel sueño, se vio braceando en medio de un mar desconocido hasta que, con los primeros rayos del sol, divisó la orilla y cayó en la cuenta de que el viaje estaba llegando a su fin. Trató de vencer el cansancio para hacer memoria y se esforzó por recordar cuántas noches le había dado cobijo el mar. Intentó también rescatar el día, ya demasiado difuso, en que empezó a nadar en la misma dirección del horizonte donde había visto sumergirse al sol. Conforme iba aproximándose a la orilla volvió a sentir el entumecimiento de sus brazos y el frío crónico con el que se había acostumbrado a vivir. Trató de recomponer las fuerzas y braceó decididamente. Braceó una y otra vez, sin pausa, sin levantar la vista y sin permitirse tan siquiera un pensamiento hasta que hizo pie en el fondo y el mar le arrojó sobre la playa dando volatines. Describió después cómo en la costa de las estrellas, a la que arribó en su sueño confuso, las dunas eran de colores muy vivos y se desplazaban con la velocidad de las olas, creciendo, fundiéndose y rompiendo unas contra otras, elevando hacia el cielo estrepitosos fuegos de artificio. Allí se zambulló en las estrellas esparcidas por toda la extensión de la duna. Algunas caracoleaban describiendo tirabuzones sobre su cuerpo, otras se desplazaban lentamente dibujando remolinos con desmayo. Se sumergió en el interior de la playa de estrellas dando volatines ingrávidos, desplegando los brazos y precipitándose sobre estrellas azul cobalto. Allí respiraba a cada instante los viejos perfumes presentes en su memoria: albahaca, jazmín, lejanos recuerdos de azafrán y madreselva. Cuando el sueño hizo titubear sus sentidos, se abandonó al oleaje, a un vaivén de estrellas lánguidas y apagadas. Allí, flotando, quedó inmóvil tumbado al sol; un sol templado, cálido, que luego fue sintiendo más y más ardiente.

Ferreira ya no despertó. Relataba el último sueño; el sueño que precedió a su muerte, abrasado en el pajar en el que buscó cobijo al caer la tarde después de proyectar su última película, cuando lo apoderó el sopor de la noche con el cigarrillo a medio consumir entre los labios y todo terminó por incendiarse. Por eso, cuando llegó al cementerio todavía olía a chamusquina, y al caminar dejaba a su paso restos de hollín.

–Ferreira, está usted hecho unos zorros –dijo la abuela Javiera–. ¡Qué poco se han esmerado en adecentarle!

Y Ferreira levantó los hombros con resignación. Su aspecto repugnante, con la piel hecha jirones y el ropaje que vestía entreverado con su piel churruscada y sanguinolenta, hizo que Gaveiras terminase por procurarle un sudario en el que envolverse y proteger su dignidad.

La abuela le miró con dulzura y preguntó por su vida como feriante, por su ir y venir sin el arraigo de un pueblo, por la soledad.

–Cuando se me nubla el pensamiento me aparto hasta que se me pasa. Siempre lo he hecho así. En el carromato, con la Margaida y los niños no puede uno blandear. Eso son lujos de rico. El carromato es como un nido en el que todos han de sentirse seguros. Así que me voy a donde sea. En verano, me tumbo bajo un árbol, en cualquier alameda, o junto al río, y fumo viendo pasar las nubes. En invierno, busco techo donde surja: en un palomar, un pajar o dentro de la iglesia. Entonces pienso en quién soy: ¡Nuno Ferreira Dosantos!, de la tercera generación de feriantes. Nacido en un carromato de verdad, de los de antes, hecho de madera, con ruedas de coche y tirado por una mula. Es lo que conozco desde chico, lo que he hecho siempre: primero, con mis padres y, desde hace diez años, por mi cuenta, con mi mujer, mis dos hijos y el que acaba de llegar. Luego compramos la máquina de cine de segunda mano –eso fue cinco años después– y empezamos a proyectar películas al aire libre por los pueblos y aunque, con estrecheces, sepan que nunca nos ha faltado de comer. Es solo que a veces la soledad me sacude una mordida. A mi padre también le pasaba. Me lo dijo el día que compré con su ayuda la barraca de las carabinas y continuamos caminos separados. «Júntate con los feriantes cuando tengas ocasión, te ayudará», me dijo, y también me recitó de memoria un pasaje del Evangelio, para que lo tuviese presente. Es ese que dice: «Si en alguna ciudad u hogar no os reciben ni os hacen caso, marchad de allí y sacudíos el polvo de los pies al salir». Pero la soledad suelta sus dentelladas y a veces no alcanzo a esquivarlas.

La abuela me hizo un gesto con la mano para que me acercase, y hablándome al oído me encargó que le trajese algo de casa esa misma noche, un objeto que tenía guardado en el desván. Esperé a que hiciese una nueva pausa para encender su siguiente cigarro y salí camino del pueblo a hacer el recado de la abuela.

Minutos después, le entregué lo que me había pedido: una caja de madera de caoba bruñida, del tamaño de un ladrillo. No sabía qué había en su interior.

Me senté de nuevo a escuchar a Ferreira. Hablaba ahora de sus cuatro hijos: del malogrado Manuel, de João, de Fátima y del último, que llamaron Thiago, al que todavía tuvo tiempo de ver nacer y contemplar apenas unos días antes de su muerte.

–El pequeño nació en Vilarcollar –continuó– y allí nos quedamos unos días dejando descansar a la Margaida, yo en la barraca de las carabinas durante el día y echando cine por la noche. Luego marchamos a Miralbuena, a Lainero, a Salinas de Baigorri, y volvimos a Achar dos semanas después para bautizarle. Subimos al pueblo la Margaida y yo, con la criatura envuelta en brazos, a buscar al cura.

Lo encontraron, dijo, tomando café en el bar de la fonda Mediodía y allí mismo convinieron en bautizarle al día siguiente durante la misa mayor. La tía Maru seguía la conversación y se quedó prendada del niño. Lo tomó desde el otro lado de la barra para acunarlo en sus brazos; comenzó a hacerle fiestas, a arrancarle una sonrisa tras otra hasta que se encaprichó de él y, como había oído que hacían falta padrinos para el bautizo y aún no los tenían, se ofreció para serlo y, además, les invitó a comer para celebrarlo en la fonda después de la ceremonia. «¡Cordero! ¡Nos puso cordero asado!», dijo Ferreira relamiéndose y dimensionando con las manos las extraordinarios porciones de aquellos jarretes, y se regocijó contando cuánto disfrutó de ese exceso y del exceso de vino, y de ver ahuyentada por un día la sombra de la escasez en su familia.

Pero dos semanas después, el mismo día en que Nuno Ferreira murió de madrugada, la jornada comenzó trastabillándose desde el punto de la mañana. Yo bajé a la alameda donde acampaba la familia de João para encontrarme con él. Habíamos planeado ir a coger cangrejos. Llevaba conmigo los reteles en una bolsa y en la otra, el cebo: desperdicios de carne que me habían dado en la carnicería como hígado de cerdo y otros despojos cuyo olor pútrido ni siquiera se podía disipar al aire libre. La madre de João y su hermana habían ido a lavar la ropa en el río y su padre descansaba en el interior del carromato.

Entonces vimos un vehículo cruzar el puente de piedra, disminuir la velocidad y orillarse inmediatamente después hasta parar. Reconocí el coche blanco de la tía Maru: su Renault 4, con la baca sobre el techo y el rótulo de la fonda Mediodía en el lateral. La vimos salir apresuradamente, dejando la puerta abierta y el motor echando humo al ralentí. Comenzó a bajar con precaución, pero a paso ligero, por el sendero del terraplén de la mota hasta la alameda, donde acabábamos de encontrarnos João y yo. Viendo que solo estábamos a la vista nosotros dos, fijó la mirada en João y, sin dejar de caminar, con un tono severo y lo suficientemente elevado para vencer la distancia que aún nos separaba:

–¿¡Dónde está tu padre!? –voceó sacudiendo la barbilla en un vaivén de abajo arriba.

João, tan perplejo como yo, esperó a que se acercase más y señaló el carromato con la cabeza, sin hablar.

Entonces, la tía Maru, que había llegado a nuestra altura, hizo un mohín de asco mirando las bolsas que colgaban de mis manos, y, tras recuperar el resuello, se paró enfrente del vehículo con las manos sobre la cadera.

–¡Ferreira! ¡Haz el favor de salir! –vociferó.

Y se quedó esperando firme e inmóvil, como si fuese un chopo más de los que nos rodeaban.

El padre de João abrió la puerta del carromato y se asomó agitando su pelo enmarañado y rascándose el pecho sobre una camiseta blanca de tirantes.

–¡Habéis conseguido que sea el hazmerreír del pueblo! –continuó enrabietada–. ¿No tienes nada que decir?

E hizo una pausa esperando explicaciones.

–No entiendo –dijo el padre de João encogiéndose de hombros.

–¿¡Cómo que no entiendes!?

–No entiendo.

–¡Pues te lo voy a explicar yo! Que sé de buena tinta, que habéis bautizado al chiquillo por lo menos en otros dos pueblos: en Lainero y en Miralbuena. Eso sí, con nombres diferentes. Y que allá, igual que aquí, habéis engatusado a otras buenas personas o, mejor dicho, a otros tontos como yo, para ser padrinos y sacar tajada. ¿Entiendes ahora?

–Eso no es verdad.

Entonces la tía Maru procedió a pronunciar los nombres de los bautizados en ambos pueblos, queriendo hacer de ello una prueba irrefutable.

De nada sirvió que Nuno Ferreria negase el bulo, que asegurase que ellos no eran así, que llevaban años trabajando en la comarca sin crear ningún problema, y hasta que jurase por sus difuntos que lo que decía era la verdad. La tía Maru se mostró impermeable y zanjó la discusión señalándolo con el dedo índice:

–¡Mira, Ferreira! ¡Yo no puedo echaros del pueblo, pero en lo que a mí respecta hemos terminado! ¡Que no se os ocurra poner un pie en la fonda!

Dio media vuelta y se fue.

–¿Y no se aclaró después el asunto? –preguntó Gaveiras.

Ferreira abrió los brazos reproduciendo el mismo gesto de impotencia con que había concluido aquella conversación en el soto.

–Ya no supimos más.

Y acto seguido comenzó a liar en silencio otro cigarro, aparentando querer concitar el aplomo preciso para continuar el relato de aquel día aciago y, cuando fue así, levantó la cabeza y empezó a hablar de su última proyección de cine: la que precedió a la madrugada en que murió.

–La noche del incendio echábamos una película en el frontón. Era del oeste –dijo–. Una del mismo que actúa en *Un hombre llamado Caballo.* De eso me acuerdo, del título no. La noche estaba estrellada, el frontón abarrotado de público: delante, los niños sentados en el suelo; atrás, los mayores, con la silla que traía cada cual y algo de abrigo porque en las noches de cielo raso, ya lo saben, el relente aquí cae a plomo. Empezó la proyección del primer rollo y había mucho silencio –por eso se conoce cuando una película está gustando o no: por el silencio–. Yo me sé los diálogos de memoria. –Y se llevó el dedo índice a la sien–. No necesito mirar la pantalla ni el rollo para saber cuánto falta para que se acabe, así que me puse a comer. Eran las diez y media de la noche. La Margaida había preparado lentejas con arroz al mediodía; quedaba también un currusco de pan. ¡Cómo cocina la Margaida! –dijo asintiendo con la mirada perdida, como si ese mensaje fuera solo para él–. Empecé a cenar y, mientras comía, oí que el público comenzaba a protestar más y más, hasta que me di cuenta de que la película se estaba quemando y el rollo comenzó a girar loco sin proyectar. Quise repararlo tan rápido que al revolverme en el furgón volqué el cazo hirviendo de las lentejas y me cayeron encima de las manos. Entonces me atoré y, con las manos así, escaldadas, ya no acertaba a solucionar nada, y como tardaba mucho, pues el público se impacientó y los silbidos fueron a más y, desde dentro, oía los gritos: «¡Fueeera!, ¡fueeera!, ¡fueeera!», hasta que entró mi hijo para ver qué pasaba. Él me ayudó a empalmar un extremo con el otro y a ir poniendo y quitando los rollos en la máquina, pero no tenía costumbre y le llevaba mucho tiempo y, cuando parecía que todo iba bien, empezaron los silbidos otra vez, con más fuerza, y alguien gritó: «¿Pero qué cojones? ¡Maldito gitano! ¡Se ha equivocado de cinta y ha puesto la del final!». Y se alborotaron todos otra vez: «¡Fueeera!, ¡fueeera!, ¡fueeera!». Con los nervios, João había confundido un rollo con otro. Y volvimos a cambiar el rollo y, cuando la proyección continuó, volvió a hacerse silencio, pero al poco, otra vez desde la oscuridad empezaron a oírse rumores y la misma voz de antes: «¡Pero será hijo de la grandísima puta! ¡El gitano ha puesto otra vez el principio!».

Así que después de la proyección terminé que no era yo, desazonado. Llevé el furgón al río y me fui andando al pajar para tumbarme hasta que se me pasara el sofocón. Encendí un cigarro, luego otro y, durante un rato, pensé en mi padre, en lo que me hubiese dicho de haber estado ahí conmigo y, escuchando sus palabras, fui sintiéndome mejor y el desasosiego fue desapareciendo hasta que ya no se dejó sentir más. Entonces las piernas y los brazos me parecieron ajenos y el cansancio llegó como un aluvión, como una ola rompiendo con su espuma sobre mí y cerré los ojos solo un momento, nada más que un momento.

Ferreira abrió los brazos dando a entender que con ese gesto daba por concluida su historia.

–¡Qué faena! –dijo Gaveiras.

La abuela tomó el farol del suelo y se acercó a Ferreira para examinarlo con detalle: de arriba abajo.

–Voy a adecentarle, Ferreira –dijo.

Llenó de agua el pozal que había junto al grifo en un rincón de la tapia y, extendiendo el sudario sobre las losas de mármol blanco que cubrían el lugar de los Iturbe, lo invitó a tumbarse allí. Tomó una esponja natural, jabón con aroma a sándalo de la caja de caoba y, tras enjugarlo en el pozal, fue recorriendo su cuerpo delicadamente, empezando por los brazos y el pecho hasta los pies, llenándolo de espuma, desprendiendo por toda la superficie que iba surcando los restos de ceniza, las virutas de piel chamuscada, los pellejos que colgaban aquí y allá, mientras Gaveiras iluminaba desde arriba con el farol. Luego restañó con aceite y esencias la superficie abrasada de su cuerpo hasta hacerla relucir. Ferreira se dejó amortajar como exigía la tarea: dócilmente, dejándose hacer. Y así, el olor a chamusquina se fue disipando y comenzó a oler a hierbas de secano y a limón hasta que pareció convertirse en una persona nueva. Y allí, tumbado sobre las losas de mármol, mirando el cielo estrellado, vi que una lágrima le rodó desde el rabillo del ojo hacia la sien.

20
LA COSECHADORA

Fue un día más de principios de julio cuando esperé en la habitación a que se acostasen mis padres para escaparme de casa, bajar al río y pasar esa noche con el tío Julián.

Aquel verano le había pedido que me enseñase el nombre de las constelaciones y el de sus estrellas principales y él, que fue aprendiéndolas a lo largo de sus años de navegación en el Unteshwari Mata, me avisaba cuando la noche era propicia para observar. El tío era capaz de reconocer las constelaciones de los dos hemisferios y, además, había memorizado las historias de los mitos que daban nombre a cada una de ellas.

Al salir de mi habitación, encontré la puerta del salón entornada, iluminando el pasillo. Me asomé y vi encendida la lámpara junto al sofá donde solía leer papá. Había interrumpido la lectura y el libro se veía abierto, vuelto sobre sus tapas encima del tapizado, pero él no estaba allí. Empujé algo más la puerta y su figura apareció de espaldas a través de las ventanas, en el balcón, con las manos apoyadas en la barandilla mirando primero al horizonte y luego elevando la vista al cielo en una y otra dirección, moviéndose con pasos lentos en toda la longitud del balcón. Parecía estar husmeando la noche, olfateándola como un animal salvaje en estado de alerta, atento a la soterrada amenaza de algún depredador.

No esperé más. Cerré con sigilo la puerta del salón y bajé a por la bicicleta procurando no hacerme sentir, hasta que salí camino del río con una manta cruzada a la espalda, la linterna de bolsillo y el zumbido continuo de la dinamo girando sobre la cubierta de la rueda, mientras al avanzar, su luz iba desbrozando, como un machete, la oscuridad.

Al llegar a la playa, junto a los reflejos del río y la mole negra del puente, vi resplandecer la brasa del cigarro del tío Julián como una luciérnaga extraviada en medio de la noche y me acerqué hacia él empujando la bicicleta sobre el cascajo con la linterna mordida entre los dientes. Él, al verme llegar, encendió un candil de aceite que tenía como único menaje sobre una repisa del muro, y la bóveda del puente se iluminó como si aquello le hubiese hecho abrir los ojos y despertar de un sueño ancestral.

Nos sentamos en la hierba a mirar el firmamento. La linterna, mal que bien, nos servía para señalar en el cielo: Orión, Cefeo, Casiopea, el Cisne... El tío iba recorriendo la cúpula celeste.

–Los árabes pusieron el nombre a Aldebarán –dijo–, la estrella más brillante de la constelación del Tauro, ¿ves? Justo al lado de las Pléyades. Aldebarán significa «el que sigue», y ahí –señalaba a las Pléyades– está Alnath, que quiere decir «la punta del cuerno».

Dijo también que el nombre de Andrómeda era el de una princesa griega sacrificada a un monstruo marino y salvada por Perseo, que la Osa Menor fue el nombre de una ninfa que crió Zeus y, como esas, contó otras historias de los mitos griegos. Luego me fue preguntando para repasar lo que había aprendido en los dos días anteriores, de la misma manera que lo hacían en el internado.

–¿Esa estrella?

–Deneb.

–¿Constelación?

–El Cisne.

–¿Dónde está Vega? –Dándome la linterna.

–En Lira, ahí. –Y señalaba ahora yo.

–Eso es.

Recorrimos el firmamento hasta que terminó de tomarme la lección y, como a mí me había entrado sueño, le propuse dejarlo ya e irnos a dormir.

Era una noche fresca, pero sin relente, así que nos tumbamos en la hierba mullida del borde de la playa con la alameda, envueltos en nuestras mantas, mirando todavía al firmamento y oyendo el croar de las ranas desde los carrizos de alrededor. Ya no hablamos más. Yo estaba por dentro exultante, sintiendo que esa noche vivía la vida tan a granel como lo hacía el tío Julián a diario, pensando en lo emocionante que resulta el mundo si uno se asoma a él. Me fui adormeciendo con ese sentimiento de plenitud y de gozo, observando el pulso de las estrellas y rememorando las leyendas que me había contado el tío sobre esas constelaciones que ahora nos envolvían.

Él fumaba en silencio con las manos debajo de la cabeza. Me gustaba tenerlo al lado, sentirme acompañado por él, y así, con esos pensamientos, poco a poco me terminé por dormir.

–Tengo que decirte algo –susurró al verme abrir los ojos con el amanecer.

Él estaba sentado junto a mí con la manta envolviéndole desde los hombros.

La brisa me trajo una fragancia de jazmín que solo podía venir del tío, pero que no le pertenecía a él.

–Me marcho esta tarde.

–Pero ¿¡cómo!? ¿Tan pronto? –Me senté yo también.

–Ayer recogí un mensaje de la naviera. Zarparemos esta noche desde Bilbao.

El tío sostenía la espalda abrazándose a las rodillas.

–¿Y te avisan de hoy para mañana?

–Bueno, me pueden avisar con cuarenta y ocho horas de antelación. A veces pasa.

–¡Jo!

Nos quedamos en silencio: él con gesto serio; yo, abatido imaginando el resto del verano sin él.

–Ahora tienes que subir a casa. Tus padres se enfadarán si no te ven. Ya nos despediremos en la estación por la tarde si quieres. Pero antes, tengo una cosa para ti.

Se levantó y caminó hacia el pilar del puente. Ahí, de entre los carrizos sacó una bolsa, se dio media vuelta y me la mostró desde la distancia dejándola colgar al aire con las dos manos en lo alto, como un torero mostrando sus trofeos.

Era el saco con la ropa que habíamos perdido en la finca de los Elizari.

Él era el que había entrado por la noche. ¡Quién lo iba a pensar! Resulta que ese verano le encargaron cuidar el jardín. Estando de vuelta en el río oyó nuestras voces y se acercó a ver qué pasaba.

–La fruta me la he comido –dijo–. Muy buena.

Y volvió a reírse haciendo sonar las maracas de su interior.

Recogí la linterna, metí la manta en el saco de la ropa y empujé la bicicleta enfilando el camino de vuelta.

Casi a la altura del sendero que sube a la mota, me volví hacia él.

–¡Tío!

Se volvió.

–¿A dónde has ido? Me he despertado a mitad de noche y no estabas aquí.

Sonrió, pero no dijo nada.

–Has ido al balneario, ¿verdad? –dije dándome dos toquecitos en la nariz.

Volvió a carcajear y se despidió levantando la mano. Era su forma de decir que sí.

Quince minutos después entré en casa. Conseguí llegar a mi habitación de incógnito, ponerme el pijama y salir de nuevo como si el día empezase entonces para mí.

Papá estaba en la cocina oyendo la radio. Tomaba café cuando llegó el parte que lo cambió todo: «¡Atención!, ¡atención!, agricultores de la comarca, se anuncia para mañana al mediodía riesgo extremo de tormentas con granizo».

–¡Lo sabía! –dijo golpeando la mesa y levantándose con un respingo.

Y salió al recibidor para llamar por teléfono.

–Ramiro –le oí decir, ahora contenido–, han anunciado granizo para mañana. Vamos a tener que salir a cosechar ahora mismo.

Hubo una breve pausa, en la que estuvo a la escucha.

–Prepárate, te recojo y vamos al almacén –dijo antes de colgar.

Luego volvió a la cocina y pareció reparar en mí por primera vez.

–Vístete –me dijo–. Vas a echar una mano. Tenemos que salir con la maquinaria cuanto antes.

Fuimos los dos a cambiarnos y diez minutos después estábamos sentados en el coche cruzando el pueblo por la calle Mayor camino de casa de Ramiro. Yo atrás, dejando la plaza del copiloto para mi hermano porque en eso también había jerarquía.

Papá me hablaba de las consecuencias del granizo mirándome de tanto en tanto por el retrovisor, y yo le oía pensando que en sus años de carbonero debía haber desarrollado un sentido especial con el que captar lo que se confabulaba en la naturaleza. Siempre lo recordaba atento a la dirección del viento, a su velocidad, a si era fresco o tibio, húmedo o seco, entablado o errático. Observaba la geometría de las nubes y su evolución en cada época del año y terminaba por barruntar a dónde conducía aquel compendio de información y qué debía hacer él. Entendí que, por la noche, en el balcón, ya tenía las alarmas encendidas.

Ramiro se montó en el coche soltando juramentos, pero como vio que mi padre no estaba por acompañarle en lamentos, los dejó atrás y empezó a proponer por qué fincas empezar a cosechar:

–La Solana, el Saso y Malpica –dijo–. Luego Cuatro Vientos y Balacea.

Mi padre asentía y Ramiro no dejaba de moverse adelante y atrás.

–Deberíamos avisar a los Lecumberri y a Salinas para continuar con sus tierras, si da tiempo, y para que les cosechen otros también, a poder ser.

Papá volvió a decir que sí.

Llegamos al almacén, y Ramiro salió del coche apenas terminando de aparcar para apresurarse a abrir la puerta corredera. Conforme la empujaba a un lado, y su chapa corrugada vibraba atronadora sobre las guías, el tractor y la cosechadora aparecieron ante mis ojos como colosales criaturas prehistóricas en su caverna. No la había visto hasta ese momento: con su piel verde de reptil, inmersa en un sueño solemne, con el poder y el misterioso silencio de las efigies. Papá sacó del maletero una pequeña nevera, la bolsa de la comida y se subió al tractor para arrancarlo y dejar vía libre. Ramiro estaba ya a los mandos de la cosechadora. Giró el contacto, pero el motor no reaccionó. Volvió a intentarlo y se oyó de nuevo el gemido impotente del motor de arranque: nada más. Entonces hizo una pausa revolviéndose en el asiento, tomó aire y lo intentó una vez más, manteniendo la llave girada y prolongando aún más el relincho del arranque, pero el motor no se desperezó.

Mi padre, al ver que la cosechadora no aparecía, entró en el almacén cuando Ramiro ya se descolgaba de la cabina, y llegando a él señaló con las dos manos hacia abajo. «¡Mira!», dijo. Sobre el suelo se veía un charco negro de aceite esparcido debajo de la máquina, como si la cosechadora se desangrase malherida. Papá y Ramiro se apresuraron a levantar la carcasa, asomaron sus cabezas, miraron aquí y allá tumbados en el suelo, pero como no resolvían nada, salí corriendo hacia el taller en busca de Vicente. Remonté la rampa asfaltada de la carretera hasta el primer recodo de ascenso al pueblo y, ya a la altura del edificio, vi a mi amigo desde la distancia con el mono de trabajo sacando chatarra a la era. Llegué hasta él a la carrera.

–¿Tu padre? –alcancé a preguntar.

–¡Uf! Fuera de combate. –Había arrojado los hierros a un montón y se limpiaba las manos en el buzo.

–¿¡Cómo!?

Me hizo un gesto con la cabeza para que entrase en el taller.

Lo encontré durmiendo su última borrachera en un rincón, desmadejado sobre la butaca de desguace que usábamos en los guateques, con la cabeza boca abajo, escondida en un hueco que formaba con los brazos.

En ese instante se oyó llegar a la era del taller el coche de papá. Sonaron dos portazos. Ramiro entró el primero, gritando fuera de sí. Vicente no quedaba todavía a la vista.

–¿¡Pero tú qué clase de revisión le has hecho a la cosechadora!?

Y, al verlo desvencijado, como si hubiese caído desde el techo, se paró en seco frente al sofá.

–¡No puede ser…!

Entonces Ramiro retomó sus zancadas y se llegó hasta él para ponerlo en pie cogido por la pechera.

–¿¡Tú qué cojones haces ahí!? –dijo zarandeándolo.

Pero Vicente no salía de su letargo, y tan solo alcanzó a lanzar una mirada aborregada antes de volver a girar el cuello buscando la butaca, como un toro las tablas.

–¿¡Pero no-te-da-vergüenza!? –dijo con un mohín de desprecio, dejándolo de mala gana arrebujarse otra vez en el asiento.

Vi a Vicente hijo salir del taller.

Mi padre puso un brazo en el pecho de Ramiro echándolo hacia atrás, diciendo que se ahorrase los reproches, que nunca un reproche ha servido para nada, que no hay cosa más inútil, y le mandó coger las páginas amarillas de la pared donde colgaban de un clavo junto al teléfono. Papá sacó las gafas del bolsillo de la camisa, se las puso en la punta de la nariz y empezó a buscar en el listín los teléfonos de talleres en los pueblos de alrededor. Cogí papel, un bolígrafo de la mesa de las herramientas y le dije que me dictara: Arnaiz Maquinaria, y decía el teléfono; Talleres Hnos. Yerro, y volvía a apuntar; la John Deere… Y nos pusimos los dos junto al teléfono: le dicté y empezó a marcar.

–Buenos días. Llamo de Achar. Necesito reparar una cosechadora con urgencia. Me ha aparecido… –interrumpió la frase y escuchó antes de continuar–. Entiendo que estéis hasta arriba y que os debáis a los clientes habituales, pero… –volvió a silenciarse–. ¿Que cómo de urgente?

Necesito que la reparéis ya. ¡Escucha!, os pagaré por la urgencia lo debido…

Fue lo último que dijo antes de despedirse por cortesía y colgar.

–Hola, Yerro. Soy Iturbe, de Achar. Mira, estoy en un apuro y necesito que me eches una mano. Tengo que cosechar antes del granizo y resulta que la cosechadora no me arranca.

Luego escuchó un tiempo que se me hizo muy largo.

–¡Ya! ¡Qué faena! ¿Tienes idea de quién podría ayudarnos?

Mi padre siguió en silencio todavía unos segundos, se despidió y colgó. Ramiro se acercó interrogándole con la cabeza:

–Tampoco –dijo–. Hay otro en su taller que está igual que nosotros y que el hermano, casualmente, está de viaje.

Yo estaba preparado para recitar el siguiente teléfono, pero él se giró, apoyó la espalda en la pared y se quedó mirando al suelo pensativo.

–Así no vamos a ninguna parte –concluyó–. Tenemos que hablar cara a cara. Si no, van a negarse todos, uno tras otro.

Y le dijo a Ramiro que le acompañase a Vilarcollar, a la John Deere.

El dueño del concesionario de la John Deere era el padre del amigo caparra de la Bruji. Los tres eran quintos y habían hecho la mili juntos en el cuartel de Estella. Conservaban buena relación desde entonces, aunque con el de la John Deere mi padre se veía poco.

Montaron deprisa en el coche y salieron calle abajo para recorrer los escasos veinte kilómetros que separan Achar de Vilarcollar: no podían tardar en volver. Me quedé con Vicente sentado fuera del taller, en otro asiento de desguace que tenían apoyado en la fachada, encarando la era, siempre llena de aperos esparcidos y el montón de chatarra que, en algún momento, vendían a los gitanos.

A Vicente se le había quedado un semblante muy serio después de la visita. No tenía ganas de hablar. Saqué una bolsa de pipas y empezamos a comerlas entre los dos. A eso sí accedió. No hizo ademán de lavarse las manos a pesar de tenerlas manchadas de grasa: formó un cuenco en una de ellas para recibir las pipas y luego se las fue llevando, con la otra, a la boca. El centro de los labios se le iba ennegreciendo igual que amarillean los dedos con la nicotina del tabaco. El clis-clas de las pipas llenaba el silencio.

–Perdona a Ramiro: mi hermano es como es –le dije.

Él siguió comiendo pipas y arrojando las cáscaras a un lado sin hablar. Cuando las terminó, puso de nuevo la mano y vertí más pipas de la bolsa. Siguió comiéndolas sin decir nada hasta consumirlas y entonces:

–Mi padre no revisó la cosechadora –dijo mirando todavía a algún sitio de la era.

–¿Qué? –me volví a él.

–Estaba como lo has visto hoy y, cuando vino Ramiro a recogerla al día siguiente, no se atrevió a decirle que estaba sin hacer.

Apoyó la cabeza en la fachada del taller y continuó:

–Lo tiene merecido, aunque escuece.

No necesitó pedirme que guardase el secreto, como tampoco necesité pedírselo yo cuando sorprendimos a mi hermana en la panadería con el viajante. Era como cuando formábamos pareja en el frontón y acertábamos a saber qué movimiento iba a hacer el otro.

–Voy a bajar algo de comer –dijo.

Y se levantó para subir a casa. Vivían encima del taller.

Yo me quedé pensando por un momento en cómo se habría puesto Ramiro de haberlo sabido y luego, solo en el asiento, zambullido en mis pensamientos, reparé por primera vez en el granizo como esa amenaza real que podría cambiar nuestras vidas si la cosecha se malograba.

A mi padre lo había admirado por su valentía para tomar decisiones, por la seguridad que transmitía en todo momento, haciéndonos creer que lo que afrontásemos con él siempre saldría bien. Pero en aquel trance comencé a dudar por primera vez y esa imagen de arrojo pareció desvirtuarse ante mis ojos como producto de la alquimia, dando lugar a imágenes nuevas que ahora tomaban forma de temeridad. ¿Para qué tantos frentes a la vez?, pensé. Y empecé a sentir miedo.

Vicente apareció con dos bocadillos y una gaseosa. Nos pusimos a comer. Se había lavado las manos, aunque sus uñas seguían perfiladas por ese marco negro que formaba ya parte de él. Le pregunté si sabía algo de los motores de las cosechadoras y me dijo que no. Que él le ayuda a su padre con cosas sencillas y que, en los salesianos, eso tampoco le había tocado hacer.

Los tañidos de la campana se fueron sucediendo con parsimonia, recreándose como si se escuchase a sí misma remedando su propia voz en un juego: eran las cuatro. Ramiro y mi padre no volvían y ya no sabía qué pensar. Decidí pedirle la bicicleta a Vicente para bajar a la estación y despedirme del tío Julián mientras estaban fuera. Su tren iba a partir en tan solo media hora. Luego volvería al taller. Terminé de comer el bocadillo, cogí prestada su bicicleta y me despedí. Vicente bebía a morro de la gaseosa y no contestó.

Nuestro almacén quedaba de camino y entré a la parcela para asegurarme de que Ramiro y mi padre no hubiesen vuelto directamente allá, pero el portón seguía cerrado con llave. Continué hacia la estación, mirando de tanto en tanto al cielo, todo él tramado con nubes apaisadas sobre el fondo azul, sin determinación alguna, embarrancadas también ellas en ese día quedo en el que no se sentía más viento que el que generaba la velocidad de la bicicleta al descender.

Crucé el puente de piedra y llegué enseguida a la estación. Apenas había media docena de viajeros deambulando por la parte sombreada del andén. Vi al tío Julián y me acerqué a él. Esperaba en el banco de la fachada, sentado bajo el reloj con las piernas cruzadas, el macuto de cuero a un lado y los brazos desplegados sobre el respaldo imprimiéndole un aire de propiedad. Cuando me vio llegar por su izquierda, apartó el petate para hacerme sitio. Apoyé la bicicleta en la fachada y me senté junto a él. Olía a agua de azahar.

No le dejé pronunciar más palabra que su saludo. Me apresuré a relatar, con una cadencia de sílabas apremiante, la alerta de granizo, el estado en que nos habíamos encontrado la cosechadora y a Vicente padre, las llamadas infructuosas a los otros talleres y el periplo de Ramiro y mi padre, que todavía los mantenía deambulando por las localidades de alrededor. Era sábado por la tarde y ya no esperaba de ellos la solución.

Entonces le dije de sopetón lo que había venido rumiando en la bicicleta.

–Tío, tú puedes arreglar la cosechadora.

–¿Yo? –dijo llevándose los pulgares al pecho.

Volvió a tañer la campana y, como si fuese ella la que hubiese de darle paso, el tren se hizo sentir con el chirrido de sus hierros entrando mansamente en la estación. Su piel de acero bruñido avanzó emitiendo destellos blancos alrededor.

A su llegada, los viajeros fueron alzando los equipajes del suelo y salieron del cobijo de la sombra para acercarse al borde del andén.

–¡Sí, tío, tú puedes arreglarla! ¡Venga, no te puedes marchar ahora! –insistí.

Él se puso la mano en la frente porque el sol le deslumbraba.

–Si me quedo, perderé el barco y el trabajo –dijo calándose el sombrero.

Aferraba con la otra mano la correa de su petate.

El tren se detuvo por fin, y las puertas resoplaron al abrirse. Los viajeros fueron subiendo al estribo de cada vagón y desapareciendo uno tras otro en su interior. El andén quedó vacío, oliendo a hierro y acuciado por el ronroneo de fondo del motor. Gaveiras, percatado de que el tío seguía en el banco, se aproximó unos pasos y sacudió la cabeza hacia atrás preguntándole qué iba a hacer. Entonces se incorporó al tiempo que cruzaba el petate a la espalda.

–¡Tío…! –dije deshinchándome en un lamento.

Y él, de pie sobre el andén, mirando a Gaveiras, tomó el sombrero en la mano e hizo un gesto en el aire moviéndolo de atrás hacia adelante, como si ahora fuera él el que tuviese que ordenar la salida del tren. Gaveiras siguió su instrucción, exhalando un aullido con el silbato que pareció quedarse flotando en el aire, y los vagones comenzaron a deslizarse con la docilidad de colegiales uniformados caminando en fila india: cla-cla, cla-cla, cla-cla, mientras el tío los observaba al alejarse con una mirada difusa, como si con ellos tomase distancia algo que ya no iba a regresar jamás.

Cuando el tren desapareció en el túnel, se volvió hacia mí, me echó el brazo por el hombro y sonrió: «Vamos».

21
EL ALMACÉN

A las seis de la tarde entramos al almacén acarreando una caja llena de las herramientas que el tío había seleccionado en el taller de Vicente. El manual técnico de la cosechadora, con sus páginas oscurecidas por el uso y reviradas por la humedad, y cuyo grosor se asemejaba al de la Biblia que teníamos en la librería del salón, lo había dejado Ramiro encima de la mesa de trabajo. Apoyamos la caja con las herramientas sobre la mesa y el tío distribuyó el material a lo ancho de su superficie, ordenando las llaves por familias y tamaños. Luego se quitó la blusa, la colgó en el retrovisor y, soltando los amarres de la cobertura, comenzó a inspeccionar el motor. Nosotros lo seguíamos con la vista sin saber muy bien qué hacer hasta que, pasado un rato, empezó a darnos instrucciones: «Vicente, llave Allen del doce», y Vicente se la daba; «destornillador de estrella», se oía desde debajo de la cosechadora, y Vicente se lo entregaba. Mientras, yo iba recogiendo los tornillos y las piezas que desmontaba, dejándolas todas ordenadas sobre la mesa con el mismo celo con el que le había visto disponer las herramientas al llegar.

Habíamos dejado el portón abierto al entrar, tratando de disipar el calor del interior, que resultaba desasosegante tras haberse acumulado bajo el tejado de uralita a lo largo del día.

Entonces se oyó el motor de un coche entrar en la parcela y, al momento, sonaron las dos puertas cerrándose una detrás de otra: eran Ramiro y papá. Llegaban solos.

–¿Qué coño pasa aquí? –dijo Ramiro acercándose desbocado hasta mí.

Di un paso atrás.

–Estamos arreglando la cosechadora.

Y entonces el tío surgió del interior de la maquinaria como Jonás de la ballena.

–Pero... ¿¡Qué hace este aquí!? –dijo mirándome.

Luego se volvió hacia él.

–¿Y a ti quién te ha dado vela en este entierro? ¿Se puede saber?

Pero papá le hizo callar con suavidad, como si jalase unas riendas, y se acercó al tío Julián para saludarle con medio abrazo, llevando su cabeza cogida por la nuca hacia él.

–Hay que cambiar algunas piezas –dijo el tío–. El motor ha trabajado con poco aceite y se han desgastado. Ha estado a poco de griparse.

–Dime qué piezas hay que traer –contestó mi padre–. El dueño de la John Deere es conocido. No tienen mecánico, pero nos dará los recambios que necesitamos.

El tío Julián se acercó a la mesa, consultó en el manual las referencias de las piezas, las apuntó en un papel y se lo dio a mi padre. Él metió la nota al bolsillo y se fue.

Ramiro no lo siguió. Salió junto a la puerta del almacén a fumar sentado en un bloque. No quería estar dentro compartiendo el espacio con el tío Julián ni mantenerse al margen de la reparación. Así pasaron las horas para él: fumando y asomándose de vez en cuando, siempre silencioso mirando el reloj. Mi padre regresó trayendo las piezas de recambio, acompañado por mamá. Los dos se quedaron en el almacén.

–Pero ¿cuánto falta? –dijo por fin Ramiro.

Miraba debajo de la cosechadora, agachado, sin poder ver más que las piernas del tío.

–Ya no nos va a dar tiempo a cosechar todo antes del granizo.

–No falta mucho. Anda, acerca el bidón de aceite.

Y Ramiro obedeció como un animal domesticado.

Entrada la madrugada, sin levantar la cabeza del motor, el tío Julián alargó la mano para devolverme la última herramienta que habría de utilizar aquella noche en la reparación de la cosechadora. Cogí la llave que me ofrecía y la coloqué junto al resto de herramientas en el banco de trabajo del almacén, al lado del manual técnico que había estado consultando desde su llegada y de las piezas averiadas que yacían ordenadas sobre la mesa como cadáveres en una morgue. Allí, acalorados alrededor, mirábamos desenvolverse al tío Julián con el cuerpo medio oculto en la maquinaria.

El almacén había acumulado el sol de todo el día y la madrugada apenas aportaba un resquicio de brisa. El tío Julián llevaba la media melena recogida en un moño, tenía el torso empapado en sudor y los brazos ennegrecidos por la grasa. Se quedó escrutando el motor todavía un tiempo, que a mí se me hizo eterno, hasta que, por fin, con todas las piezas supuestamente en su sitio, dio por concluida la reparación. Cubrió entonces las entrañas desnudas de la cosechadora con la carcasa y aseguró su posición abatiendo las manivelas de los cuatro anclajes.

Para entonces, Ramiro se había subido a la cabina y miraba al tío Julián con la misma impaciencia que todos nosotros, esperando de él un gesto para hacer girar la llave de contacto.

–¡Tú dirás! –gritó desde arriba.

El tío retrocedió tres pasos alejándose de la cosechadora sin dejar de mirarla, se frotó las manos con un trapo y al mismo tiempo asintió a Ramiro con la cabeza, para que, ahora sí, arrancase.

–Dios mío –susurró mi madre–. No sé qué vamos a hacer como no funcione.

Mi hermano giró la llave y se oyó el carraspeo áspero del motor de arranque, un sonido agudo que se prolongó agónico en el tiempo sin resultado y que hizo que Ramiro y mi padre cruzaran una mirada sombría de mal augurio. Ramiro interrumpió la maniobra, dejó una pausa y volvió a girar la llave de contacto. El motor comenzó de nuevo a carraspear entrecortado con la misma aspereza del intento anterior, pero en apenas dos o tres segundos se desperezó y desató un baile ensordecedor de bielas, válvulas, pistones, y exhaló una bocanada de humo negro que invadió como una avalancha el almacén y nos obligó a retroceder en dirección al portón, para respirar.

Ramiro ya no bajó de la cosechadora.

Encendió los focos y esperó a que mi padre montase en el tractor –ya enganchado el remolque– para dejarle paso y salir cuanto antes a comenzar la faena. Pero papá se acercó primero al tío Julián, le dio una palmada en la cara y se entrelazó con él en un largo abrazo agradecido. No pude oír lo que se dijeron entonces, si es que hubo palabras, porque el motor de la cosechadora en el interior del almacén reverberaba atronador. Papá subió entonces al tractor y desde allí le habló al tío a gritos:

–¡Mañana, en casa para cenar!

Luego se volvió a mí para decirme que devolviese la herramienta a Vicente. Me habían entregado una llave del taller para coger lo que pudiésemos necesitar, suponiendo que la reparación se prolongaría hasta la madrugada. Amarré la caja a la parrilla de la bicicleta. Papá arrancó el motor del tractor y salieron uno detrás del otro por el portón; luego yo, detrás de ellos con las herramientas, dejando solos a mamá y al tío Julián en la nave mientras me alejaba disolviendo a duras penas la oscuridad con el farol de la bicicleta.

Media hora después llegué de vuelta al almacén. El portón seguía abierto y las voces de mamá y el tío Julián reverberaban en el interior, dejándose oír desde fuera con nitidez y con la indiscreción de la madrugada. Apoyé la bicicleta en un lateral y me quedé oculto junto a la entrada, sintiéndome culpable de escuchar a hurtadillas, pero, eso sí, atento a aquella conversación de frases ya iniciadas.

–¡Te he dicho que no me hables de la noche en la alameda, Julián! ¡Cómo tengo que decírtelo! –gritó mamá.

–Escucha, Raquel…

–¿¡Te crees que puedes venir después de veintitantos años diciendo que estás enfermo, que te vas a morir, y que te perdone!?

–Raquel...

–Y, por si fuera poco –tomó aire–, vas y me preguntas a estas alturas si Ramiro es hijo tuyo. ¡Por favor!

Nunca había visto a mi madre tan fuera de sí.

–Adiós, Julián, ya hemos hablado bastante.

Oí los pasos cortos de mamá sobre el cemento, sonando apresurados hacia el portón. Yo, escondido junto al lateral, cobijado en la oscuridad, la vi salir de espaldas en busca del coche. Se montó en el Renault 8, cerró dando un portazo, arrancó, encendió las luces y, con un acelerón, se fue cabeceando.

22
NUBES DE ACUARELA

–¿Y ocurrió solo dos semanas después? –le escucho decir a Gaveiras.

Mi padre y él llegan desde el hayedo aventando palabras que derivan en la brisa como briznas de paja en una trilla antigua y que no acierto a entender. Se acercan hasta el banco donde estamos sentados la abuela y yo, y el brillo del farol nos deslumbra. Interrumpen entonces sus frases para saludar y se sientan junto a nosotros.

Gaveiras continúa hablando a su amigo Iturbe, todavía con los retazos de esa conversación en curso. Mi padre se reclina en el respaldo y, mirando el pueblo lejano, habla pausadamente, como siempre que busca palabras en su interior, y cuenta cómo después de nuestro encuentro con Lucía en Pamplona no volvió a contactar. Mi madre siguió escribiéndole a diario, pero tampoco recibieron contestación ni a esas cartas ni a las llamadas de teléfono que hacían a diferentes horas del día. Mamá la animaba a volver en el caso de que no estuviese bien y así continuaron bajando por las tardes a la estación, esperando verla apearse cualquier día.

–Tú lo sabes bien, Martín –dice mi padre volviéndose a Gaveiras.

Hasta que un día, por fin, la vieron aparecer sobre el andén como si este fuera el decorado de fondo en un escenario: inmóvil entre los viajeros que discurrían en todas direcciones hacia la salida, plantada de pie, junto a una gran maleta sobre el suelo que hacía de su aspecto algo mucho más menudo y frágil. Y entonces mi padre corrió para abrazarla y no verla así de desvalida un segundo más. Ella se escondió en su pecho y la sintió temblar con el llanto a trompicones, dice, y solo pudo balbucear: «Papá…», y mi padre solapó sus palabras a las de Lucía y le dijo lo feliz que estaba por tenerla de nuevo allí, y así se quedaron un rato abrazados hasta que ella se separó para mirarlo de nuevo, ahora con la pintura de alrededor de los ojos difuminada como nubes negras de acuarela.

–Lo siento, papá –dijo.

Y mi padre le puso un dedo en los labios y ella volvió a cobijarse en su pecho como si no quisiera salir de ahí jamás.

–Pobre cría –dice la abuela.

No le importó qué le hacía volver. Solo, que había vuelto.

Mi padre continúa el relato diciendo que Lucía se encontró la casa vacía al regresar de sus recados. Vio el armario del dormitorio abierto de par en par. De él faltaba todo: ropa, maleta, zapatos. Los documentos que guardaban en la cómoda tampoco estaban allí.

Me la imaginé abriendo puerta tras puerta con ansiedad –el salón, la cocina, el baño– sin comprender, esperando toparse con una nota abandonada sobre alguno de los muebles: una explicación que no halló. Sentada en la butaca del salón, con la cabeza entre las manos trataría de entender, repasando gestos, palabras, silencios, hasta que se dio cuenta de que, imaginando lo peor, todo cobraba sentido. «¡Qué ciega había estado! ¡Cómo podía haber sido tan ingenua!», se habría dicho y, sabiendo ahora a qué atenerse, acurrucada en el sofá como un gato, lloraría sin medida antes de pensar qué hacer.

Luego, de vuelta en la habitación, con la maleta abierta sobre la cama, la habría ido llenando de ilusiones no cumplidas y otros enseres y, mientras pensaba si llamar a casa o no llamar, si anunciar su regreso o no hacerlo, ensayaba en silencio las palabras que diría al llegar pero, por una razón o por otra, las desechaba todas, como desechaba en los días de fiesta un complemento tras otro, mirándose frente al espejo de su armario.

Iba a dormir por última vez en aquel piso que ya había dejado de ser hogar. Ahora, sola entre las sábanas, invadida por la angustia que siembra la noche, azuzando dudas y exacerbando miedos, sentiría mil amenazas colarse a bocanadas por las rendijas de las puertas, desvirtuando su mundo hasta percibirse como un esperpento de sí misma. «¡Qué vergüenza volver a casa así! ¡Qué vergüenza ser en el pueblo ahora paradigma de fracaso, entretenimiento para alparceras!», pensaría. «¡Qué pena, una chica tan buena…!», escucharía de refilón. Pero él se había llevado todo. ¿A dónde iba a ir? Y pasaría aquella noche en un duermevela sin aparente final.

–Pobre chiquita –dice la abuela mirando a mi padre–. Qué mal lo tuvo que pasar.

Y él hace una pausa entre el ulular de fondo de las lechuzas y cabecea asintiendo, ahora puesto en pie frente a la abuela. La brisa ha vuelto a soplar, haciendo crepitar las hojas del hayedo al restregarse. Ha querido recibirla de pie, cerrando los ojos para sentirla mejor.

Subieron al coche y condujo por las primeras revueltas que ascienden al pueblo sin cambiar de marcha, cuenta, para no tener que soltar su mano. No podía hacer más que observarla, con su pelo sacudido por la corriente de las ventanillas abiertas, atravesando el coche de lado a lado. Luego mi hermana fue recuperando la sonrisa y, de tanto en tanto, mirando a mi padre mientras se limpiaba los ojos frente al espejo del parasol. Ella quiso darle explicaciones, pero él no le dejó: no hacía falta.

Cuando llegaron a casa, papá subió acarreando la maleta, dando voces por la escalera hasta que se quedó sin resuello y dejó de llamarnos. Lucía surgió en el salón detrás de él. Entonces mamá salió de su habitación, vio el equipaje sobre el suelo y luego la vio a ella, y, finalmente, dejó lo que tenía entre manos y corrió a abrazarla: «¡Hija!», y comenzaron a llorar mientras yo bajaba la cabeza para esconder los ojos. Luego Lucía se volvió hacia mí y también me abrazó –no se había puesto perfume– y, entrelazados los dos, sentí su cuerpo tibio y frágil.

La acompañaron a la habitación. Siempre había estado preparada. Ella se quedó ocupándola y mamá se afanó en ultimar la comida. Sacó del congelador los pimientos rellenos de pescado que guardaba para cuando Lucía volviese y, en el hueco, papá dejó enfriando una botella de champán: la había comprado el mismo día que fuimos a Pamplona, al salir de la estación de autobuses camino del coche, soñando con poder celebrar este día.

Mientras yo ponía la mesa y mamá cocinaba, mi padre volvió al coche para ir a buscar a Ramiro y a Marisol, dar la noticia e invitarlos a comer. No quería anunciar su llegada por teléfono. Extendí la mesa, puse el mantel y la vajilla de las celebraciones: otra vez cubiertos y platos para seis.

Mi padre los encontró en casa. Ramiro había vuelto del campo y estaba todavía aseándose. Le resultó sorprendente verlo llegar así, sin avisar y con una alegría que parecía nueva en él. Mi hermano salió a recibirle todavía en camiseta, secándose la cabeza con una toalla.

–Hola, papá. Qué raro tú por aquí a estas horas, ¿pasa algo?

Él ensanchó más la sonrisa y puso las dos manos sobre sus hombros.

–Ya lo creo, hijo. ¡Que tu hermana está en casa! ¡Ha vuelto esta mañana!

Marisol oyó el anuncio de mi padre desde otra estancia de la casa. Su voz sonó remota como un respingo y corrió dejando lo que fuera que tuviese entre manos y empezó a preguntar sobre ella más cosas de las que mi padre podía contestar; pero Ramiro no: él guardó silencio.

–¿Y cómo está?, dinos –preguntó Marisol.

–Triste. No le ha ido bien. El chico se fue, la ha dejado.

–¿Ha venido a devolverte el dinero que le diste? –dijo Ramiro, por fin.

–Eso no importa Ramiro. Ha vuelto.

–¡Tú y tus varas de medir! –gritó dando un paso atrás–. ¡Se va, pone tierra de por medio, reniega de nosotros, viene solo a por dinero y se va otra vez volviendo a despreciarnos!

–¡Ramiro! –interrumpió Marisol.

–¡Luego, aparece de repente, sin blanca, eso sí, y para ti es como si no hubiese pasado nada, te parece lo más normal!

El niño se asustó con los gritos y empezó a llorar.

–Lo más normal no es, pero es mi hija.

–Tú siempre has sido así. A ella, todo y a mí, nada.

–Hubiese hecho lo mismo contigo, Ramiro. Lo normal es que te alegres como nosotros. Vengo a recogeros para comer todos juntos en casa.

–Pues yo no pienso ir.

–Ramiro, por favor, ¡es tu hermana! –Marisol empezó a sollozar.

–¡Pues vete tú si quieres!

–¡Ya lo creo que voy a ir!

Se quitó el mandil desairada, lo arrojó al suelo y fue a buscar a mi sobrino.

Ni siquiera la reacción de Ramiro pudo hacer sombra a su alegría y solo sintió pena por él, dice, pensando que todavía no se había ensanchado por dentro, y deseó que llegase el día en que lo pudiese comprender.

El reloj de pared dio las dos, pero no habían llegado. Transcurrió todavía media hora hasta que oímos la puerta y vimos entrar a papá. Llegaba solo con Marisol y con Gu. «Ramiro no puede venir», dijo, pero todos sabíamos que no era verdad. Nos sentamos, y al sonar la media cogió las manos de los que estábamos a su lado: mamá y yo; y mamá, la de Lucía, y yo la de Marisol. Esta vez no sentí vergüenza haciendo algo así. Entonces el que bendijo la mesa fue mi padre: «Jesucristo, Rey de Vida, aquel que nació en Belén, nos bendiga la comida y nos dé su gracia. Amén».

Ese día celebramos con la misma alegría con la que habíamos celebrado el nacimiento de Gu. Papá sacó su guitarra y cantamos las canciones que conocíamos todos, las de siempre, y luego sirvió las copas de champán. Al brindar, el vidrio sonó como la música celestial que hacía la puerta del ultramarinos al abrirse y, entonces, sentí lo mismo que sentía al entrar en esa tienda y ver a Martina detrás del mostrador.

23
RAQUEL

Cuando subí a ver a la abuela al atardecer, las jaras y el brezo salpicaban los lindes del sendero del cementerio, alternando los blancos y amarillos de las flores con armonía: con la delicadeza de lo que es hermoso sin pretenderlo.

Ese día decidí acercarme a pie y, conforme ascendía por aquel camino terroso de aliagas y tomillo, iba reparando en los campos mochos de cereal, antes agitados por el viento y recorridos por las ondas oscuras que transmitían sus espigas en su vaivén dócil, de un linde al contrario, como si se confiasen fugaces secretos unas a otras.

Aguardé a la abuela sentado en el banco junto al farol, pero aquel día no acudió al encuentro. Me incorporé pasado un rato para ir en su busca y, al acercarme a la entrada del cementerio, vi que el portón estaba entreabierto y que, aparcado tras el muro, junto a una esquina asomaba el Renault 8 de mi madre. A ella la reconocí a través del enrejado, sentada al pie de la tumba de la abuela con las manos anudadas abrazándose las rodillas, con la mirada en la inscripción de la lápida y pronunciando palabras que llegaban sin descifrar, como el rumor tenue y continuo de una fuente. Sentí curiosidad por aquella visita inesperada y volví al banco para dejar allí pasar el tiempo que durase mientras veía atardecer.

«¿Por qué estaba mamá allí?».

Transcurrió un tiempo hasta que oí el motor del coche arrancar y alejarse camino del pueblo, y a sus focos marcando los quiebros de la pista en su descenso hasta las primeras casas. Se hizo de nuevo silencio, y al poco la verja volvió a gemir y los pasos de la abuela se hicieron sentir por detrás hasta que tomó asiento a mi lado.

–Tenías visita –dije.

Ella sonrió y volvió a hacer suyo el gesto de confortarse llevando los extremos de su chaqueta negra hasta solaparlos sobre el pecho y cruzar allí los brazos.

–Tu madre viene poco, mi chico.

Me hubiese gustado poder preguntarle qué le había llevado a visitarla, de qué habían hablado. Me hubiese gustado saber si mi madre le pedía consejo, si se acercaba para confiarle las cosas que no compartía con nadie más o si subía al cementerio tan solo para estar; para estar como estaba yo con ella a veces: en silencio, alguna noche estrellada, mientras hacía punto junto al farol y yo recorría el rastro blanco de las constelaciones.

Le hablé del granizo, de la reparación de la cosechadora y, finalmente, de la escena que había presenciado entre mamá y el tío Julián de madrugada en el almacén.

–El tío se va a morir –dije.

Y asintió sin decir nada como si aquello fuese algo sabido de lo que no convenía hablar más. Y entonces tuve la certeza de que mi madre había ido a ver a la abuela precisamente por él, por el tío Julián, buscando curtir al sol de aquella confidencia algo clandestino, orear una angustia empantanada en lo umbrío del corazón o reposar los lodos alborotados de sus desasosiegos más íntimos, de sus dudas más escondidas y, quizás, buscar allí el coraje que le faltaba para perdonar al tío Julián y dejarlo morir en paz.

–Estuvo aquí –dijo.

–¿Quién?

–Julián.

La abuela repitió el gesto de abrigarse el pecho con la chaqueta.

–Dijo que estaba enfermo y vino para preguntar cosas que no podía responder.

Imaginé que el tío le habría preguntado por Ramiro de la misma manera que preguntó a mamá. La abuela ya no dijo nada más esa noche antes de despedirse. Quedó en silencio, como si ella misma fuese solo silencio.

Al tiempo se levantó y volvió al cementerio aparentando ser ahora poco más que una sombra alejándose.

24
LA CHICA DEL SOMBRERO

Siempre que remontaba el cauce del río en la piragua, rodeado de aquella vegetación densa que se abatía exuberante sobre la superficie del agua, me imaginaba como un personaje de las novelas de Salgari: un explorador solitario en las selvas de Borneo, envuelto en los sonidos apremiantes de la ribera, en el guirigay que emergía desde la margen del río, y que me llenaba de sobrecogimiento, haciendo que procurase ocupar el centro del cauce para sentirme a buen recaudo.

Aguas arriba, el río se libraba de la espesura y el edificio del balneario surgía con prestancia en la margen derecha, mostrando orgulloso la fachada solariega y el orden exquisito de su jardín. Allí el río buscaba acomodo. Parecía aguardar remansado para apacentarse y recrear imágenes como en un juego de espejos, reflejando el farallón con sus casas encaramadas, con el cielo añil y el propio sanatorio, como en una vidriera de cristales multicolores, regalando destellos de luz, hasta que la proa de la piragua avanzaba quebrando la superficie y las formas atrapadas en el agua se cuarteaban hasta quedar desbaratadas.

Las campanas tañeron anunciando el mediodía mientras paleaba en dirección al embarcadero. Al borde esperaba puntual la chica del sombrero de paja sobre su silla de ruedas, flanqueada por dos celadores uniformados de blanco. Los tres seguían con la mirada mi trayecto hacia ellos.

Al llegar, me aferré a los postes que sostenían la estructura bajo el agua para afianzar la piragua mientras los dos celadores tomaban a la chica en volandas y la sentaban en la barca frente a mí. Una vez acomodada en la proa, arrojaron el salvavidas del embarcadero al interior y nosotros continuamos aguas arriba: yo, paleando y ella, escudriñando la ribera, de nuevo arbolada, con su única mano hábil jugando a refrescarse en la superficie del agua. «¡Qué ganas tenía de ver el mundo desde otro sitio!», dijo la primera vez. Y es que, esa fue solo la primera de otras muchas veces: algunos días que me tocaba trabajar en el balneario, acudía con una hora de antelación al embarcadero para recogerla y recorrer la parte del cauce aguas arriba donde el río discurría solazado.

Me gustaba conversar con ella. Intercalaba largos ratos de silencio observando el entorno del río con charlas sobre los libros que estaba leyendo o los temas que le interesaban. A menudo hacía también preguntas que atañían, de una u otra forma, a mi vida, de modo que, cuando respondía, a mi contestación le seguía con frecuencia otra pregunta –«Y ¿por qué»– y entonces necesitaba más tiempo para responder, y así me daba cuenta de lo precario de mi andamiaje.

–¿Y tú que quieres ser? –me preguntó tras uno de sus largos silencios.

–No sé. Tuve un bisabuelo inventor. Me gustaría hacer cosas que no existen. También me gustaría saber pintar, pero eso no se me da bien.

–Y ¿qué inventó tu bisabuelo?

Pensé que el tío Julián me había hecho la misma pregunta.

–Una trilladora: la trilladora Pardo.

La chica del sombrero de paja me habló por primera vez un día que llegué con la bicicleta temprano al balneario y me senté junto al río para hacer tiempo, con la finca de los Elizari enfrente, recordando la incursión nocturna que habíamos hecho los amigos el día anterior.

El pueblo se veía aferrado a lo alto de la roca como una figura ecuestre sobre su pedestal.

Entonces me llamó la atención una voz surgiendo de entre las sombras del tilo.

–¡Hola! –Y alguien asomó la cabeza para dejarse ver al sol–. ¿Te acuerdas de mí?

Era ella, sentada en la silla de ruedas, llevando el mismo vestido blanco que yo le había regado con vino la semana anterior. Hubiese reconocido su voz algo aniñada sin necesidad de verla. Contesté a su saludo y volví a agradecerle que hubiese disimulado mi torpeza ante la gobernanta.

–No te preocupes, ha quedado como nuevo –dijo zarandeando su falda vaporosa–, ya ves.

Sonreímos.

–¿Y tú qué tal estás? –Yo miraba su brazo inerte apuntalado por el reposabrazos.

–Un poco aburrida, la verdad. Me dejan aquí, aparcada, cuando termino la rehabilitación. El sitio me gusta. Miro al río y leo –mostró un libro que tenía sobre el regazo–, pero a veces se hace largo.

Luego volvió la vista hacia el agua.

–¿Tienes algo que hacer? –dijo.

–No. Entro a trabajar dentro de media hora.

–¿Te apetece pasear por el jardín?

Me levanté para empujar la silla de ruedas y fuimos recorriendo los senderos sin prisa, conversando con el crepitar de las ruedas sobre la gravilla del camino de fondo. Me dijo su nombre y de dónde venía. Me contó también el accidente que había desbaratado sus planes en la vida llevándola hasta aquí, remolcada como un vehículo averiado, dijo, y habló también de sus esfuerzos diarios para recuperarse: quería a toda costa volver a caminar. Hace meses supieron en su casa que la señorita Rebeca había equipado una parte del balneario para el tipo de rehabilitación que necesitaba: intensa, con mucha dedicación y en ello ocupaba a diario mañana y tarde haciendo ejercicios de todo tipo, una semana tras otra. Llevaba dos meses y medio allí.

–¿Y a ti se te ha torcido algo? En la vida, digo. –Y echó la cabeza hacia atrás para mirarme a los ojos–. Ya ves que no hace falta ser muy mayor para eso.

Entonces imaginé su edad. Supuse que tendría cuatro o cinco años más que yo. No se lo pregunté.

–Se me está torciendo estos días –dije para mí, pensando en Martina, sin darme cuenta de que hablaba en alto–, pero de eso no me apetece hablar, la verdad. Y además, no se puede comparar con un accidente.

–Pues sea lo que sea, seguro que tú también te estarás esforzando, ¿no? –dijo ya mirando al frente.

–Eso sí.

Cuando le dije que era la hora de entrar a trabajar, me pidió que la llevase de nuevo junto al tilo porque iban a recogerla ahí, y así volvimos a la sombra desde la que un rato antes había emergido su voz. Enfrente quedaba el pequeño embarcadero del balneario.

–Te he visto remando con una piragua –dijo.

E hizo una pausa antes de continuar:

–¿Me llevarías en ella por el río? Así podría ver algo diferente.

–Es que... No sé...

–No te preocupes, los celadores se encargarán de bajarme y volverme a subir. Solo necesitaré que remes tú –sonrió.

Dije que sí con la cabeza, sin estar seguro de haber hecho bien. Ella volvió a sonreír para despedirse y abrió de nuevo su libro mientras me alejaba.

La chica del sombrero de paja miró el reloj. Estábamos lejos ya del balneario y se había hecho hora de volver. Hice virar la piragua y nos dejamos llevar por la corriente río abajo, haciendo del remo ahora timón.

–¿Qué tal ha ido la rehabilitación? –pregunté.

Varios pájaros cruzaron el río sobre nosotros.

–Voy aceptando que no quedaré igual.

Miró a un lado para meter de nuevo la mano en el agua. Su imagen se reflejaba ondulándose en la superficie.

–Pero estoy mejorando. Quiero llegar a valerme.

–Pues el verano que viene remas tú.

Sonrió y volvió a mirar sobre la superficie del agua.

–¿Te quedarás al cine?

Aquella noche se proyectaba cine en el salón de juegos del balneario. La señorita Rebeca había contactado con el padre de João para encargarle una película clásica. Le pidió que propusiera tres títulos entre los que elegir, algo fino que pudiese gustar a todo el mundo. João me lo había comentado días atrás y, como todos los trabajadores podíamos asistir, pensé que era una ocasión inmejorable para hacer de aquello algo exclusivo entre Martina y yo. Le pregunté a João si habían elegido ya el título y, como me dijo que no, se me ocurrió procurar que fuese una película romántica que me ayudase en mis planes con ella. Pensaba que, cuando una película romántica nos emociona, imaginamos, sin querer, con quién podríamos vivir algo así. Y ahí iba a estar yo, al lado, sin necesidad de buscar más. Consulté al tío Julián. Dijo que, en primer lugar, él elegiría *Casablanca* y, si no, *Doctor Zhivago* o *Lo que el viento se llevó*, que eran historias de amor en medio de la guerra y gustarían a unos y otros, pero *Casablanca* mejor, porque no era tan larga. Y entonces se lo dije a João y él, a su padre. No sé qué otras películas le propusieron a la señorita Rebeca, el caso es que, al poco, en el panel de avisos del balneario apareció un cartel a todo color anunciando *Casablanca*. En él se veía a Humphrey Bogart e Ingrid Bergman melancólicos, con las mejillas en contacto, cada uno mirando hacia no se sabe dónde.

Próximos ya al embarcadero, vimos que esperaban los dos celadores de pie junto a la silla vacía. Comencé a palear hasta acercarnos a la orilla y, una vez allí, aseguré la piragua mientras ellos tomaban en volandas a la chica y la devolvían a su asiento. Luego los despidió mientras yo amarraba la barca y salía al entablado.

–Ven –dijo–, acércate, por favor.

Me quedé frente a ella.

–¿Me ayudas a incorporarme?

Inclinó el tronco hacia adelante y tomándola por debajo de los brazos la ayudé a alzarse hasta que quedó de pie junto a mí.

–Ahora suéltame, anda.

Di medio paso atrás.

Su rostro se tensionó con un gesto de enorme esfuerzo, del que extrajo a duras penas una sonrisa al mirarme.

–Ves, ya puedo mantenerme en pie.

Y los ojos se le fueron humedeciendo más y más hasta que una lágrima los desbordó y se abrió paso rodando por su mejilla y, al instante, empezó a temblotearle la cara y luego a estremecerse toda ella. Al ver su rictus de miedo, me asusté yo también y di un respingo para abrazarla antes de que se desplomase en el embarcadero. Apretada a mí, sentí que gimoteaba calladamente y, mientras acompañaba su cuerpo frágil suavemente de vuelta sobre la silla, a mí también se me humedecieron los ojos, aunque ella hizo como que no miraba y yo, por pestañear, supe que se había dado cuenta.

–¿Me llevas dentro? –dijo recomponiéndose el vestido.

Y empujé la silla camino del edificio, acompañados por el crepitar del todo uno.

En la distancia, junto a la entrada del balneario, Martina llevaba un rato observándonos.

25
EL GUATEQUE

En el banco del cementerio, junto a la abuela, continúo releyendo mi diario, el que escribí dirigiéndome a ella, mientras la luz anaranjada del farol ilumina su rostro acanalado, haciendo de las cárcavas de su piel geometrías más abruptas. Tararea una melodía para sí al compás de sus agujas de punto, suavemente, quizá para acompañar ahora este tiempo de silencio desorientado. Luego me mira pidiendo que siga en voz alta y, entonces, se despide del canturreo para ponerse a la escucha y recordar juntos aquel verano.

El nuevo corral de los Amézqueta, los pastores, está alejado del pueblo; junto a la pista que sube al hayedo. Seguro que puedes verlo desde ahí arriba, abuela. Tiene ventanas abiertas, ventilando al sur, por toda la fachada.

No sé decir cuántas ovejas hay. Serán unas cien, digo yo. Todas tan grandes, que antes de que las esquilen parecen, más que ovejas, llamas de esas que hay en el Perú.

Los amigos nos hemos colado varias veces para correr encierros delante de ellas. Las arrinconamos en un extremo y alguien las espanta por detrás. Los demás echamos a correr. Es muy divertido. No me podía imaginar la velocidad que coge una oveja asustada. ¡Y qué manera de brincar!

El primer día nos arrollaron a Vicente y a mí. Pasaron por encima igual que una avalancha. ¡Cómo se me clavaban las pezuñas por todo el cuerpo! Terminamos los dos llenos de moratones y las ovejas, sofocadas en mitad de la polvareda.

Ayer nos dio por repetir y, además de Vicente y Sergio, se unió João. Aunque vino con nosotros sin saber muy bien a qué.

A media tarde los Amézqueta nunca están, así que fuimos los cuatro al corral y nos colamos por la ventana después de comprobar que no había nadie. También esta vez teníamos asignada una ventana cada uno para salir escopeteados si los Amézqueta aparecían de sopetón. A João le vi muy nervioso. Al principio no le hacía ninguna gracia eso de meterse en el corral, pero enseguida dejó los remilgos y se puso manos a la obra con los demás.

En los encierros nos íbamos turnando: cada vez uno de nosotros espantaba a las ovejas dando palmadas y gritos. Las hacíamos correr de un extremo al otro y, justo al espantarlas, abríamos la 'langa' a medias (la que divide el corral en dos): así se aceleraban al pasar. Entonces corríamos delante de ellas y luego lo repetíamos en la otra dirección.

Llegó un momento en el que el polvo nos hacía toser tanto que tuvimos que parar y dejarlo reposar. También por las ovejas: estaban nerviosas y respiraban haciendo mucho ruido. Fue entonces, al dejar el guirigay, cuando oímos los ladridos del perro por primera vez y luego el ruido del cerrojo de la puerta.

«¡Los Amézqueta!», gritó Vicente. Y como si hubiese gritado eso de ¡ábrete sésamo!, el portón empezó a moverse a un lado haciendo un ruido como la estampida de una tormenta. Nos entró pánico y corrimos hacia las ventanas con los ladridos y los juramentos de los pastores en el cogote.

Ya nadie se acordaba de cuál era la suya y todos intentamos salir por la que quedaba más cerca. Eso nos hizo perder tiempo, pero, aunque de malas maneras –pisándonos unos a otros– al final conseguimos meternos por dos de las ventanas cuando el perro estaba ya dando saltos e intentando morder las últimas piernas que asomaban.

Corrimos por la pista, hacia el pueblo, como no hemos corrido nunca.

De repente se oyó el motor del Land Rover de los Amézqueta por detrás, persiguiéndonos. Entonces Sergio gritó: «¡Al bosque!», y dejamos la pista para meternos en el hayedo, sin estar seguros de si nos habían reconocido.

Cuando llegué a casa una hora después y vi en la puerta al cabo de la Guardia Civil con papá, me temí lo peor.

Fue como un relámpago: ¡zis!, ¡zas! Todavía tengo su mano inmensa de amasar pan marcada en la cara.

A Sergio, Vicente y a mí nos han castigado trabajando una semana entera en la granja, limpiando el estiércol; amontonándolo en un carro que tienen enganchado al Land Rover.

João ha tenido que irse del pueblo. El cabo de la Guardia Civil los ha echado del soto. No me he podido despedir de él ni disculparme por el lío en que le he metido, abuela.

Ahora, además, no sé quién va a hacer su papel en la obra de teatro. ¡Con lo que me costó convencerle!

Esa misma noche habíamos organizado un guateque en el taller de Vicente. No podía faltar. Me escapé en cuanto se acostaron mis padres, bajando desde el balcón por la cañería, con lo necesario en un petate colgando a la espalda, y llegué hasta el lugar discretamente, dando un rodeo por las calles adyacentes del pueblo.

Vicente había colgado del techo una bola muy grande cubierta de espejos diminutos, igual que la de una discoteca. Estaban pegados sobre un balón de playa, dijo. Luego la iluminó con un foco que fijó atornillado a la pared y se subió a una escalera para hacerla girar.

–¡Mira! –dijo.

El taller se llenó de luces rotando como si fueran un tiovivo de puntos blancos sobre las paredes, los dos tractores del fondo, el torno, la fresadora... Ya no parecía un taller: era una nave espacial.

–¡Jo, macho! Les va a encantar a las chicas.

Entonces Vicente le dio a un interruptor y se encendieron tres focos que había cubierto con celofán. Uno rojo, otro verde y el tercero amarillo. Con ellos se iluminó la pista de baile.

–Le he tomado prestado a mi hermano el tocadiscos –dije sacándolo del petate–. Sin pedir permiso. Me hubiera dicho que no, solo por fastidiar. Más vale que no le dé por abrir el altillo donde lo guarda.

A mi padre le vacié media botella de MG y la rellené con agua. Él nunca se daba cuenta. En cambio, con Ramiro no me hubiese atrevido a eso de ninguna manera. El ron salió de la panadería: mamá lo utilizaba para hacer trufas. Vicente y Sergio trajeron los refrescos y pacharán. De la comida se encargaban siempre las chicas: unos bocadillos, patatas de bolsa y cosas así.

João tampoco quiso perderse el guateque y vino desde Vilarcollar en bicicleta. Se habían trasladado allí y estaban instalados en el soto, junto al río.

Pusimos música de los Beatles mientras fueron llegando los demás, hasta que apareció la Bruji, después de cerrar la peluquería, y le faltó tiempo para cambiar la música. Siempre ponía su sello ahí donde iba. Sonó *Bailando* de Alaska y los Pegamoides a todo volumen. Eso nos animó a todos a bailar; también a Sergio, que estaba sentado en los asientos de desguace con la mayor de las Elizari en la penumbra, pero ella se puso de pie y le tiró del brazo para que se uniera al resto. Vicente y yo bailábamos con el vaso en la mano, desgañitándonos al cantar la letra de la canción. Él, como siempre, desmadejado con esos brazos largos que tenía. Sin mucho arte ninguno de los dos.

João, en cambio, observaba: a él no le gustaba bailar. Se sentía ridículo. Nos miraba desde uno de los bidones de aceite, apoyando los codos con el vaso en la mano. Yo, a decir verdad, no sabía si aquello le divertía. Imaginaba que sí porque no dejaba pasar una sola ocasión.

–«¡Tengo los huesos desencajados! ¡El fémur tengo muy dislocado! ¡Tengo el cuerpo muy maaaal! ¡Pero una graaan vida sociaaaaal!».

Martina, la mayor de los Elizari y la Bruji bailaban enfrente. Daba gusto ver cómo se movían al ritmo de la música, cantando también la letra y sin dejar de sonreír.

A la pequeña de las Elizari la vi subida al tractor que estaba más cerca, bailando sobre el morro del motor como una gogó, y entonces empezamos todos a jalearla dando palmas: «¡Eh! ¡Eh! ¡Eh!», mientras se contoneaba iluminada por los puntos de luz de la bola de espejos. Eran como luciérnagas flotando alrededor.

–«¡Bebiendoooo, me paso el día bebiendoooo, la coctelera agitando, llena de soda y vermut!».

Luego terminó la canción y seguimos de cháchara un rato con el regusto de aquel momento.

Yo había traído un disco de Santana que tenía mi cuñada, Marisol. Lo hice para bailar con Martina una balada que le gustaba mucho: *Samba pa' ti.* Así que dejé el vaso encima de uno de los bidones que nos servían de mesa y, al ver que Martina estaba a tiro, puse la canción. Pero en cuanto empezó a sonar y fui hacia ella, la Bruji me interceptó.

–¡Oooh, esta canción me encanta! ¡Venga, vamos a bailar!

Me cogió por las muñecas, llevó las manos a sus caderas y empezó a moverse al ritmo de la balada hasta que me acompasé con ella. La Bruji olía a viento de sábanas limpias.

Vicente empezó a bailar con Martina y Sergio con la mayor de las Elizari.

La Bruji se fue arrimando cada vez más y empezó a rozarme la cara con la suya; al principio como sin querer, pero luego la dejó pegada y me acariciaba el carrillo moviendo la cabeza de arriba a abajo. Se apretó mucho a mí. Yo no perdía de vista a Martina por miedo a que mirara e imaginase no sé qué, pero ellos estaban de espaldas, algo tapados por Sergio y la Elizari y yo, a partir de entonces me movía procurando seguir así, a cubierto.

¡Uf! ¡Qué bien olía la Bruji!

Cuando terminó la canción se desentendió de mí y fue al tocadiscos para volver a poner música animada. Había traído un disco de Radio Futura y otro de Queen. La bola de espejos seguía girando y llenando las paredes y a todos nosotros de puntos de luz blanca. Era precioso. Sonó una canción, luego otra. Yo, con la música y los cubatas me sentía capaz de todo. Fui a rellenar el vaso otra vez antes de acercarme a Martina. Bailaba con la Bruji, iluminada por los focos de colores.

Sergio puso entonces el disco de Queen. Vi que la pequeña de los Elizari había vuelto a subirse al morro del tractor para hacer de gogó ahora que la música se animaba de nuevo. Cuando me acerqué a Martina, sonaba *Dragon attack* y me puse a bailar enfrente. Sonrió, y yo, envalentonado, fui hacia ella para decirle algo al oído. Estaba decidido a darle un beso ahí mismo, sin esperar más y que pasara lo que tuviera que pasar, cuando de repente dejó de bailar, abrió mucho los ojos y se echó las manos a la boca. Miraba más allá de mí.

Para cuando volví la cabeza, la pequeña de los Elizari ya estaba en el suelo: se había caído del tractor. Fuimos hacia ella. No se movía. Había quedado inconsciente sobre el suelo desvencijada.

Entonces empezó a sonar la siguiente canción de la cara uno: *Another one bites the dust.*

26
EXCURSIÓN

El sábado me desperté en casa de mi hermano oyendo las voces de Ramiro y el estruendo de sus puños aporreando la puerta de mi habitación.

–¿¡Pero cuántas veces te hemos dicho que no le des moras al crío!?

Esta vez esperó a que abriese y, cuando lo hice, dio un paso al frente exhibiendo un pañal pestilente tintado de color morado que me acercó hasta la altura de la nariz.

–¡Dime! ¿¡Cuántas veces!? ¿¡Cuántas veces más hay que repetírtelo!?

Di un paso atrás tratando de zafarme de aquel amasijo, haciendo por apartarle el brazo con una mano.

–Solo le he dado a probar un poco de leche de moras: nada más.

–¡Pues ya ves! Menuda noche toledana nos ha dado el crío. A ti ya no sé cómo hay que hablarte.

Mi hermano dio media vuelta y se fue renegando, pero todavía se volvió antes de salir:

–¡Ni se te ocurra volver a darle ese brebaje!

Y es que el día anterior había dejado en el frigorífico un cuenco de leche con moras macerando y, antes de acostar a Gu, le di un sorbo para que la probase, pero le entusiasmó de tal manera que pidió más y más, hasta que terminó por beberse todo el cuenco.

Que no debía darle las moras lo supe unos días antes, cuando me lo llevé a pasar la mañana al río y cogimos de camino una buena cantidad. Resultaron ser demasiadas. Por la tarde le empezaron los retorcijones y mi cuñada, entre los lloros y el color de los pañales, pensó que tenía una hemorragia y fueron de urgencia con el coche a Estella. A su vuelta no tuve más remedio que dar explicaciones.

Cuando dejé de oír a Ramiro, bajé a la cocina para desayunar. Ya no quedaban moras macerando. El segundo cuenco, que procuré esconder en lo más profundo del frigorífico, había desaparecido, así que me calenté un vaso con cacao, lo tomé deprisa y salí de casa después de arramplar comida de la despensa, porque esa mañana habíamos planeado pasarla todos en la sierra: la mayor de las Elizari –a la pequeña no le dejaban todavía hacer deporte después de la caída en el guateque–, Sergio, Vicente, la Bruji, Martina y yo. João tenía que trabajar tres días en Miralbuena. Llevamos cosas para comer y alguna bolsa con idea de coger fresas: Martina se había ofrecido a hacer un pastel por la tarde y merendar en la trastienda del ultramarinos. Nos habíamos citado allí la Bruji, ella y yo para seguir trabajando en el decorado del escenario y terminar de pintarlo sobre los rollos de papel de embalar.

Salimos temprano y enseguida hice por caminar a solas con Vicente para tratar de convencerlo de que participase por fin en la obra de teatro con un papel muy corto. Con Sergio no lo volví a intentar, ya sabía que no daría su brazo a torcer.

–Es solo una frase, Vicente, nada más. Mira –se la enseñé escrita en una cuartilla–, tienes que decir solo: «¡Oh, un zafiro! ¡Qué fortuna! ¡Podré cumplir mi sueño!».

–Eres un cansa-almas, ¿sabes? –Y se paró de mala gana.

Me arrebató la cuartilla, la leyó y cerró los ojos.

–¡Oh, un zafiro! ¡Oh, un zafiro! ¡Oh, un zafiro! ¡Qué fortuna! ¡Qué fortuna!

Se quedó un momento pensativo.

–¿Y cómo sabré cuándo me toca?

–Pues, cuando Martina te dé el zafiro, chico. No tienes ni que aprenderte la frase anterior. Ya ves si es fácil.

Se metió el papel en el bolsillo de atrás de los vaqueros a regañadientes, cavilando todavía con la incertidumbre de no estar seguro de haber identificado todos los inconvenientes, pero no dijo nada más y lo di por incorporado a la compañía.

Conforme subíamos, Martina se hizo a un lado del sendero para coger fresas. Tenía la cesta a medio llenar. Viendo que nadie se quedaba atrás con ella, me dejé caer del grupo para poder estar a solas y, cuando retomamos la marcha, los seguimos a distancia, porque yo me encargaba de ajustar el paso para que fuera así. Saqué, además, la fiambrera de la mochila a fin de recolectar fresas yo también y cobrar distancia de los otros sin que se notase.

De camino le preguntaba por sus planes: por aquellos que me había confiado en las cartas durante el curso y que estaban aún en el aire, sin terminar de concretar. Quería seguir estudiando, de eso no tenía duda, y sus padres, además, la animaban a hacerlo, diciendo que, para continuar con el ultramarinos, siempre habría tiempo si quería. Pero ella no sabía todavía bien qué hacer: enfermería, medicina, farmacia, decía, y también estaba a vueltas con lo del teatro. De eso, sus padres no sabían ni palabra. Me hizo muy feliz que no hablase de las monjas: ni de las de Santa Ana ni de ningunas otras.

–¿Y tú? –preguntó.

De primeras no contesté. El tío Julián me había dado dos consejos: que hablase más bien poco de mí para darle pie a explayarse sobre sus asuntos; los que le interesasen, haciéndole preguntas para mostrar interés y que se sintiese escuchada, dijo. «Pero, además, otra cosa: tienes que divertirla –insistió–, sin eso, no funciona». Así que no contesté y, en su lugar, seguí preguntando hasta que se quedó parada y me interrumpió.

–Chico, no dices nada, estoy hablando yo todo el rato.

–Ya…, bueno, a mí me gusta escucharte.

Opté por contarle lo que había pasado esa mañana y días atrás al darle de comer moras a mi sobrino y, al escenificarlo, conseguí lo que a priori me parecía más difícil, no por ella sino por mí: hacerla reír, tanto que se paró en el sendero carcajeando con una mano en la frente.

–¿De verdad? –dijo–. ¡Menudo chandrío!

Y pensé que, al menos hoy, el tío se habría sentido orgulloso de mí.

Cuando se hizo la hora de comer ya habíamos llegado al llano de la carbonera, en lo profundo del hayedo. Dejamos las mochilas en el suelo y nos sentamos en círculo sobre la hojarasca con las piernas cruzadas, bajo la maraña de ramas que ocultaba la vista del cielo blanco del mediodía. Enseguida empezamos a sacar lo que traíamos cada uno para comer y a dejarlo en el medio, al alcance de todos. Lo que habían preparado las chicas resultaba tener mucha mejor pinta por sencillo que fuera; era siempre lo primero en terminarse.

Detrás de nosotros se oía golpear al agua que vertía la fuente desde el caño sobre las pizarras del cauce. Yo allí, bajo aquella cúpula entrelazada de hojas verdes, sin saber ponerlo en palabras, tenía el mismo sobrecogimiento que cuando entraba en la catedral de Tudela fuera de las horas de misa, con sus pilares enormes y sus arcos lejanos de medio punto; y la misma sensación de arropo que sentía al terminar el día acurrucado en la cama del internado, tapado hasta la cabeza.

Sergio desenrolló un rulo de papel satinado de carnicería.

–Esta es la última butifarra que nos queda en casa –dijo, y la depositó sobre su envoltorio en el suelo–. Espero que traiga mi padre más este fin de semana. Si es que viene esta vez, claro.

El padre de Sergio era propietario de una fundición en Barcelona. Fabricaban tapas de alcantarilla, sobre todo, pero también faroles, bancos de jardín y algunas cosas más.

–Podría decir la fecha de la última visita de mi padre sin mirar el calendario: solo contando las butifarras que me quedan. –Sonrió–. A la tía no le hacen feliz y las como yo todas.

Martina sacudió con la mano una hormiga que deambulaba ya sobre el papel satinado de la butifarra y dijo:

–¿Se lo has dicho?

–¿Qué?

–Que quieres que venga más, digo.

–De mil maneras.

Vicente sacó la navaja, cortó una rebanada de la butifarra y dijo:

–Bueno, no te quejes, que eres el único aquí que tiene una Vespino.

Sergio resopló sin decir nada y la Bruji cambió de tercio:

–¿Sabéis lo que he soñado hoy? –Y todos alborotados, carcajeando.

–Noooo, Bruji, ¡otra vez no!

A Adriana, la Bruji, le gustaba contar películas y, sobre todo, sus sueños. Siempre se acordaba de sus sueños. A mí me daba envidia, la verdad, porque, en las pocas ocasiones en que los recordaba justo al despertar, se me desmoronaban segundos después como un castillo de naipes, y me divertía a la vez porque siempre relataba situaciones disparatadas con mucha gracia.

–¡Sí, hombre, sí! –continuó sin hacer caso–. ¡Que salíais vosotros en el sueño! Mirad: viajábamos en una nave espacial hecha de chatarra, con *brabanes*, somieres de muelles, antenas de televisión... Asomaba también media cosechadora –dijo–. La nave iba a pedales y viajábamos por el espacio sideral de estrella a estrella, recolectando unos haces de luz solidificados. Nos los comíamos en ensalada, con espárragos, y se nos iluminaba la cara como una bombilla, a cada uno de un color diferente. Y es que resulta que gracias a esa ensalada sideral pedaleábamos sin cansarnos de galaxia en galaxia. Yo conducía, tú hacías los cálculos de la ruta –dijo mirándome a mí– y, Vicente, tú hacías el mantenimiento. Llevabas un mono blanco impecable.

Entonces nos echamos todos a reír porque el mono de trabajo de Vicente estaba siempre tan negro de grasa que casi no se reconocía el color original.

–Oye, Bruji, ¿y a qué sabe una ensalada sideral? –preguntó Sergio entre risas.

–¡A fabada asturiana! –se adelantó Vicente a contestar, tumbado bocarriba con las manos trenzadas bajo la cabeza.

La Bruji continuó incansable:

–Pues resulta que en la galaxia Melopea vive un viejo muy huraño que trabaja el huerto más grande de la constelación. Cultiva lechugas azul marino. Crecen dentro de unas cajas transparentes, cuadradas como un adoquín, para almacenarlas mejor unas sobre otras. También hay zanahorias del tamaño de una calabaza gigante y otras verduras de colores con forma de tirabuzón.

–Oye, Bruji, eso te lo inventas todo. Eso tú no lo puedes haber soñado.

–¡Pues claro que sí! –y continuó–. Allí compran comida los viajeros siderales: verdura fresca, adaptada a la fotosíntesis de la luz de las estrellas rojas y fucsia. De repente la nave se quedó sin potencia y hubo que llamar a la unidad de rescate de guardia, porque las naves espaciales a la deriva son víctimas de los piratas interestelares. Tuvimos que apagar todas las luces y nos volvimos invisibles en el negro de la galaxia. –Entonces la Bruji se calló y nos quedamos todos esperando.

–¿¡Cómo!? ¿Ya está? –preguntó Sergio volviéndose hacia la Bruji.

–¡Chico! ¡Qué le voy a hacer! Justo en la avería ha venido a despertarme mi madre.

–Oye, Bruji, ¿tú le cuentas tus sueños también a la gente que va a la peluquería? –dijo Sergio.

–A todo el mundo.

–¿Y los verdes también?

–Yo no tengo sueños verdes.

–¡Ja!

–¡Tú qué sabrás!

Después de oírle contar aquel sueño se confirmaron mis suposiciones. En su día le había pedido a la Bruji que se encargase de pintar el decorado y que hiciese algunos papeles cortos cambiándose de vestimenta, pero ese día se me hizo la luz: la Bruji tenía que ser la narradora de la obra, una especie de juglar dirigiéndose al público y moviéndose de aquí para allá en el escenario.

Cuando terminamos de comer nos tumbamos bocarriba sobre la carbonera, cabeza con cabeza cerrando un círculo y dibujando con los cuerpos esparcidos algo semejante a una estrella. Siempre hablábamos animadamente al principio de esas sobremesas mirando a las copas de los árboles, pero en cuanto el sopor se iba adueñando de nosotros, las voces se extinguían una tras otra hasta que solo quedaba el arrullo de fondo de las hojas cimbreándose en las ramas.

Aquella tarde Vicente empezó a roncar cuando todos los demás parecían estar ya dormidos y entonces oí a Martina chasquear con la lengua en el paladar para tratar de hacerlo callar. Solo seguíamos despiertos ella y yo.

–Martina –susurré.

–¿Qué? –contestó con la misma suavidad con que se arrullaban las hojas.

–Yo tampoco me puedo dormir. He traído el libreto. Si quieres podemos ensayar un rato mientras estos duermen. Así avanzamos un poco.

–Ah, vale.

Nos pusimos en pie con sigilo y remontamos unos metros la carbonera, alejándonos para no despertarlos, hasta que dimos con un pequeño rellano que se abría en el bosque.

–Vamos a empezar por aquí.

Y puse el dedo sobre el libreto, bajo la frase donde nos habíamos quedado en el ensayo anterior.

Martina reconoció enseguida la escena y empezó a revolotear extendiendo los brazos por entre los troncos de las hayas de alrededor. Yo comencé a recitar de memoria el texto del libreto y ella fue acercándose poco a poco, cerrando los círculos en torno a mí.

–*La pequeña golondrina tenía cada vez más frío, pero amaba ya demasiado al Príncipe para abandonarlo. Así que una tarde, sabiendo que iba a morir, quiso despedirse de él.*

–*¡Adiós, querido Príncipe! ¡Siento que me estoy muriendo!* –dijo Martina con voz conmovida–. *¿Puedo besarte la mano?*

Mientras pasaba de página, nos quedamos un instante en silencio. Solo se oía el rumor creciente de las hojas azuzadas en las ramas por una nueva ráfaga de viento y el de la hojarasca volteándose a la carrera sobre el suelo entre nuestros pies.

–*¡Pobre golondrina, te has quedado demasiado tiempo aquí, solo para ayudarme! ¡No, no me beses en la mano, vuela hasta mí y bésame en los labios, golondrina, porque te amo!*

Continué leyendo:

–*Entonces la golondrina, que se ha quedado acurrucada atorada por el frío, revolotea, pesadamente, alrededor del Príncipe hasta que llega a él y finalmente le abraza intensa y prolongadamente con sus alas, antes de besarle en los labios largamente, con ternura, entrega, sentimiento y gran pasión*

–¿Eso último dice el texto original? –sonrió.

–Sí, poco más o menos.

–Ya. Un poco exagerado me parece.

Martina, todavía algo escéptica, elevó el vuelo desde el tocón de un haya y siguió las instrucciones del guion al pie de la letra, volando pesadamente, hasta que llegó a mí y envolvió con sus alas el cuerpo del príncipe. Yo dejé caer las cuartillas al suelo –se habían convertido en un estorbo– y, ya con ambas manos libres, apreté su cuerpo contra el mío fuertemente, como queriendo que sus formas se estampasen en mí igual que una calcamonía y, cuando me pareció que había llegado el momento adecuado, hice el espacio suficiente entre los dos para culminar la escena con el beso preceptivo. Acerqué mi cara a la suya, concentrado en la visión de sus labios entreabiertos, pero Martina dejó de ceñirse al guion con el rigor debido e hizo un movimiento hacia mí que se asemejó a las maniobras de las golondrinas en el río cuando se abaten sobre la superficie para beber, la rozan apenas y remontan a toda velocidad: un visto y no visto.

–¿Ya está? –dije.

–¿Cómo que ya está?

–Oye, Martina, chica, que no es eso. A estas alturas de la obra el público esperará entre el príncipe y la golondrina... en fin, no sé... algo más, digo.

–Algo más... Ya. No sé. Pues igual tienes razón.

–Claro. La golondrina y el príncipe han descubierto que se aman. Han vivido muchas cosas en común y están ya muy muy unidos. Los dos han hecho grandes renuncias. Están entregando sus vidas, ni más ni menos.

–Algo más... –repitió–. ¿Y cuánto más?

–Pues no sé, un beso algo más creíble. Habrá que ir probando.

Entonces Martina puso los brazos en jarras, ladeó la cabeza y me miró achinando los ojos sin decir nada. Me pareció que sonreía con picardía, pero no estoy seguro porque aparenté mirar ya hacia otro lado. Me puse muy nervioso al sentir que me ruborizaba, así que aproveché para recuperar los papeles del suelo, y pensé que ella, al igual que la Bruji, sabía de cada pensamiento que se fraguaba en mi interior.

–Podemos hacerlo mejor –dije–. ¡Venga, vamos a repetir la escena!

Ella recuperó la posición inicial y volvió a revolotear alrededor, por entre las hayas, haciendo crujir bajo sus pies las ramas secas del terreno y, cuando se acercó al príncipe y este ya podía sentir de nuevo su perfume flotando alrededor:

–¡Eh, vosotros! ¿Dónde os habéis metido? Bajamos ya para el pueblo –gritó Sergio.

Y entonces la golondrina replegó las alas e interrumpió su vuelo; y a mí, oyendo emerger la voz de Sergio de entre los árboles, se me hizo presente la imagen de la madre de la Bruji despertándola de alguno de sus fantásticos sueños.

–Vamos, corre, que se van –dijo Martina.

27
LA CHICA Y EL RÍO

Al día siguiente la gobernanta nos cambió el turno del balneario a Martina y a mí y, en vez de servir en la comida, tocó servir las cenas.

Se lo dije a la chica del sombrero de paja, porque nos habíamos citado como en otras ocasiones para pasear en la piragua por la mañana, antes de comer y, al oírmelo decir, preguntó si me daría igual después de la cena y ver así el atardecer desde el río por una vez. Dije que sí, de modo que la víspera dejé mi piragua amarrada en el embarcadero para poder salir directamente al terminar el servicio.

A Martina, desde la costillada en Vilarcollar, no volví a oírle hablar del de la Bultaco. Hacía días que no merodeaba por el pueblo y, desde entonces, tampoco se dejó ver en el río. No estaba seguro de si ella le había mandado a paseo o no y, como seguía empantanado en un mar de dudas, atenazado por el miedo a precipitarme, bajé al río para hablar con el tío Julián, queriendo encontrar consejo sin aparentarlo.

Era entrada la tarde. Él acababa de regresar de las salinas y lo encontré sumergido en el río hasta el cuello, con el sombrero de cuero asomando sobre la superficie del agua como la cabeza de un cocodrilo al acecho. Yo lo miraba desde la orilla, sentado sobre los cantos rodados, mientras relataba las estratagemas que había desplegado con Martina y su aparente efecto en ella, esperando que el tío pudiese valorar mejor que yo el estado de las cosas.

–O sea que el fulano ese ya no asoma por aquí –dijo, por fin, tras una paciente escucha.

Braceaba en el agua hacia atrás, aleteando como una libélula algo perezosa.

–No.

Comenzó a hacer gárgaras mirando a las nubes y luego escupió el agua de vuelta al río.

–¿Y de la monja?

–Ni rastro.

–Pues si Dios te ha dejado el terreno libre habrá que actuar –dijo–. Por algo será. Él construye la casa, pero a nosotros nos toca poner los andamios –dijo carcajeando complacido. Y saludó al cielo con el sombrero en la mano.

A veces se me hacía difícil distinguir si el tío hablaba en broma o en serio y, a menudo, necesitaba unos segundos para concluir algo.

Luego vi cómo su dedo índice emergía de las profundidades para apuntarme.

–Yo no esperaría ni un minuto más, sobrino: se te va a pasar el tempero.

Me levanté y lo dejé allí, a remojo, yéndome del río con la determinación que me faltaba al llegar, y aproveché aquel impulso en la primera conversación que tuve con Martina esa misma noche en las gradas del frontón, cuando se fueron los amigos y nos quedamos solos antes de ir a cenar.

–Esa chica del balneario, ¿quién es?

–¿Cuál? –pregunté.

Sabía muy bien a quién se refería.

–A la que le echaste el vino por encima.

–Ah, sí, la del sombrero de paja. Es de Logroño. Lleva algunos meses aquí. Tuvo un accidente de coche.

–Pobre.

Se quedó pensando.

–¿Y de qué habláis tanto tiempo?

–No sé, de todo. Me pregunta por cosas en las que no he pensado nunca.

–¿Como qué?

–Si me había imaginado, al verla así, cómo cambiaría mi vida si estuviese en una silla de ruedas.

Asintió mirando al suelo.

–Parecen cosas que solo les pasan a los demás.

Martina se llevó con una mano la media melena por detrás de la oreja.

–¿Y de qué más habláis?

–A mí me impresiona su fuerza de voluntad. Dice que, teniendo un paraqué, se pueden aguantar carros y carretas.

–Tú también tienes fuerza de voluntad.

–Dice que, cuando uno es joven, cree que va a serlo siempre, y me he dado cuenta de que eso exactamente me pasa a mí.

–Ya.

Sonaron las campanadas de las nueve. Era la hora de ir a casa a cenar. Nos levantamos a la vez, en un gesto sabido que no requería explicación.

–Te tengo que decir una cosa, Martina –dije mientras echábamos a andar.

–¿Ah sí? ¿Qué?

–Pero mañana, sin prisa.

Puso los brazos en jarras y me miró achinando los ojos.

–Pero… ¿Me vas a dejar así?

–Es que ya sabes cómo es mi padre con la puntualidad.

–Entonces, ¿en el balneario? –dijo.

–Mejor aquí, en el paseo, a la noche. A las diez y media.

Asintió con la cabeza y se me quedó mirando.

–Te ha mejorado mucho la cara –dijo–, ya casi no tiene granos.

Me pasó la mano por la frente con un gesto que se asemejó a una caricia. Luego tomamos caminos separados.

Tras la cena temprana, al día siguiente, los celadores del balneario tomaron en volandas a la chica del sombrero de paja y la dejaron acomodada en la proa de la piragua frente a mí. Antes de marcharse arrojaron al centro de la embarcación uno de los salvavidas del embarcadero y, tras soltar el amarre, comencé a palear aguas arriba con la cadencia imprescindible para vencer la corriente.

A ella ese día se la veía radiante y enseguida supe por qué.

–Mira –dijo a poco de abandonar el embarcadero.

Levantó la falda lo suficiente para que le asomasen los pies desnudos.

Llevaba las uñas pintadas de rojo. Me enterneció constatar que, a pesar de la adversidad, en ella quedaba espacio para la coquetería.

–¿No ves nada?

Dejé de remar para fijarme mejor.

–Dos pies completos.

Sonrió.

–Fíjate bien.

Y entonces me percaté del sutil movimiento de los dedos de su pie izquierdo, subiendo y bajando trabajosamente, como las piezas blancas en un teclado.

–¡Jo! ¡Qué bien! ¡Enhorabuena! Eso sí que es una buena noticia.

Se cubrió de nuevo los pies con la falda.

–La mujer de la limpieza me dijo el día que llegué, en mi habitación, que había visto otros casos como yo, y que todos empezaban moviendo los dedos de los pies, luego la pierna... y al final del todo, el brazo. Pero que eso costaría más. Ella me dio más ánimo que los médicos, ya ves.

Cerró los ojos sosteniendo su sonrisa y queriendo sentir el arrullo de la naturaleza a su alrededor. A esa hora, los sonidos de la ribera remitían suavemente y todo se volvía quedo y vulnerable. Tan solo escuchábamos algunos chapoteos desperdigados en el río mientras ella observaba el atardecer a mi espalda, con los rayos de sol atravesando ya casi horizontales las copas de los árboles, entrecruzándose y llenando de destellos y sombras el aire y la superficie del agua.

Tardó en volver a hablar.

–¿Qué plan tienes esta noche? ¿Hay cine en el frontón? –preguntó.

–Hoy no. He quedado con una amiga, la que trabaja en el balneario.

Pensé que aquel atardecer se prestaba a las confidencias y deseé hablarle por primera de Martina. A menudo me resultaba más fácil confiar algo así a personas que no iba a volver a ver, quizás porque imaginaba que, con su marcha, el secreto desaparecía para siempre, como si se evaporase o no hubiese existido jamás, o quizás porque sabía que de esa manera no me sentiría juzgado nunca.

Vi que se había quedado hierática, con los ojos muy abiertos, mirándome sin expresión, y pensé por un momento si es que había dicho algo inconveniente. Pero no era así. Su cara comenzó a temblar y le emergió desde el interior un gruñido gutural que parecía ajeno a ella. Me asusté.

–¿Qué te pasa? –dije.

No hubo respuesta.

–¡Me oyes! ¿Qué te pasa? –repetí casi gritando.

Tampoco obtuve contestación y, al momento, empezó a convulsionarle el cuerpo y a vomitar, y la piragua a bambolearse más y más. Solté el remo y sujeté los laterales de la embarcación tratando de darle estabilidad, pero oscilaba a un lado y otro violentamente. La agarré por los tobillos y tiré con toda la fuerza de que fui capaz hasta tumbarla boca arriba en mitad de la piragua, para sujetarla con mi cuerpo, pero ya nos habíamos vencido demasiado hacia un lado y la barca volteó escupiéndonos a los dos en el agua.

Solo pensaba en no perderla. Continué abrazándola bajo la barca, sin saber cuál era mi orientación ni poder respirar, hasta que vi al contraluz, sobre mi cabeza, el salvavidas atrapado bajo la cavidad invertida de la piragua y, estirando un brazo me hice con él, metí la cabeza y, cambiando el brazo con el que la sostenía, pude ponérmelo y hacerla emerger. Estaba inconsciente.

La piragua se fue alejando a la deriva río abajo y nosotros viajábamos detrás: yo, agotado, respirando angustiosamente; los dos, dejándonos llevar. La abrazaba por debajo del pecho, sintiendo su respiración débil y el contacto extraño con aquel cuerpo flácido, inerte. Todo lo que pude hacer fue mantener su cabeza fuera del agua, mientras la corriente del río nos devolvía plácidamente al balneario, como si en un gesto de compasión hubiese querido llevarnos a casa en su regazo.

Al despejarse la vegetación de la ribera, apareció el remanso del embarcadero y al fondo, el balneario. Las luces del jardín estaban ya encendidas. Empecé a gritar con todas mis fuerzas a los paseantes que se movían entre los setos junto al río.

En ese instante sentí que la chica estaba recuperando la consciencia: gimoteaba confusa, tratando de volverse hacia mí sin conseguirlo, girando el cuello alrededor sin comprender, levantando la vista al cielo.

–Pero ¿qué ha sido…?

–Tranquila, ya está –susurré–. Ya está.

Enseguida se arremolinaron sobre el embarcadero un buen número de personas dando voces y órdenes cruzadas y, llegando a su altura, alguien arrojó el otro salvavidas del embarcadero, el que permanecía atado por un cabo, y tirando de él entre varios, nos recuperaron: primero a ella y luego a mí.

La silla de ruedas ya estaba dispuesta esperándola sobre el entablado. Acomodaron a la chica envuelta en una manta y un celador la empujó con premura camino del edificio.

Yo fui detrás de ellos, sin saber muy bien a qué, pero cuando atravesábamos el umbral, el médico llegó al encuentro y me pidió que los acompañase hasta la consulta. En un primer momento me hicieron esperar fuera y poco después salió el doctor cerrando la puerta tras de sí para que le explicase con detalle qué había ocurrido. Me escuchó con atención dando suaves cabezazos de asentimiento y, al terminar de explicarlo, me palmeó el hombro.

–Has actuado bien, chico. Enhorabuena –dijo–. Tu amiga ha sufrido un ataque epiléptico. Es frecuente en pacientes de este tipo. Está bien. Ha podido ser mucho peor.

Yo no quería marcharme sin verla.

–¿Puedo entrar?

Hizo un gesto con la mano para retenerme y consultar.

Entonces se oyó la campana de la iglesia con el toque solitario de la media y supe que Martina me estaba esperando en el paseo y que yo no iba a estar allá.

–Quiere que entres –dijo el doctor.

Y abrió la puerta de par en par.

28
FUEGOS ARTIFICIALES

Estamos en plenas fiestas, abuela. ¡Qué ganas tenía de que llegasen! Hoy te escribo desde mi habitación, pero subiré a verte sin falta en cuanto terminen.

Me encanta el desbarajuste de casa durante estos días: nadie pregunta a dónde voy o dejo de ir, con quién estoy o dejo de estar. Además, en fiestas papá parece otro. Me da la paga a diario y, a veces, cuando nos encontramos por la calle, se echa la mano al bolsillo y saca algo más de «lubricante», como dice él. Lo hace medio a escondidas porque a mamá todo le parece demasiado. Seguro que desde la loma puedes oír la música sonando a todas horas y ver los fuegos artificiales que van a echar esta noche. Tienen que estar muy chulos desde ahí arriba.

Ayer fue la carrera popular. Participamos Vicente, João y yo. A mí solo me importaba quedar bien delante de las chicas, la verdad (bueno, delante de Martina) y a ellos ganar como fuera a los de Salinas. En cuanto dieron la salida en la plaza, corrimos calle Mayor arriba detrás de ellos, atentos a que no se escapase ninguno. El caparra de la Bultaco se nos pegó por detrás (sí, el tío ese ha vuelto para la carrera). Llegamos al Mirador de la Peña y empezamos a bajar por el sendero hacia el río. ¡Menuda polvareda! Vicente adelantó a uno de los cuatro salineros, y cuando fue a por el siguiente (al que llaman el Limaco), el tío le arreó un codazo que lo mandó al suelo, pero Vicente se levantó muy rápido y siguió corriendo por atrás.

Entonces noté que me daba algo de flato y bajé el ritmo. João se adelantó y también pasó el tío de la Bultaco, con su pestazo a no sé qué. Y llegando al puente de piedra, resulta que Vicente apareció desde atrás como desbocado, me pasó en dos zancadas y se abalanzó sobre el Limaco. Fueron los dos al suelo. Yo pude saltar, pero uno de los salineros no, y se fue también al suelo. Seguí al de la Bultaco rodeando el farallón y sudando lo mío. ¡Qué zancada tiene ese tío! Por delante iban dos salineros, João y el caparra ese.

Yo solo pensaba en ganar al de la moto y me concentré en respirar bien, por lo del flato; en respirar y en Martina; en respirar y en Martina, y así todo el rato, buscando fuerzas. Vi a las chicas a cuarenta o cincuenta metros al final de la cuesta del ayuntamiento, y entonces corrí todo lo que me daban las piernas hasta alcanzarlo justo antes de llegar a la curva donde estaban ellas. Y en el momento en que empezaba a girar y miraba a Martina aplaudir y gritar, me metí en la gravilla de las obras (hay que ser tonto), derrapé y me di un talegazo contra el suelo que sonó como una bofetada y, ahí todo largo, vi cómo se alejaban los de delante y cómo pasaban los de detrás. ¡Vaya ridículo de mierda, abuela!

Todo el mundo gritaba para que me levantase, pero ya no tenía fuerzas para nada, y como ya no podía cogerlos solo quería poder desaparecer por una alcantarilla que tenía junto al cogote. Pero alguien se empeñó en ayudarme, y entre dos me plantaron otra vez en mitad del asfalto, así que no tuve otra que echar otra vez a correr, y justo me dio para ver cómo João levantaba los brazos por delante del de la Bultaco. Ese ha sido mi único consuelo. Yo llegué junto con un gordito de Miralbuena, que es todo pundonor.

Al rato leyeron con el altavoz el orden de llegada. El caparra quedó segundo. Vicente y el Limaco descalificados, y a João le entregaron el trofeo de cadetes y un salchichón. Pero los de Salinas de Baigorri, por no ganar, por lo de la descalificación del Limaco, o por lo que fuera, no hacían más que protestar al organizador y João fue con su trofeo y el salchichón, a ver qué pasaba y, nada más verle, lo insultaron, le dieron un empujón y se le cayó el trofeo y se partió en dos, y empezó a arrearles con el salchichón. Entonces fui yo, y también apareció Vicente, y el Limaco, que se volvió hacia él, y le dijo no sé qué, y pretendió alejarlo poniéndole la mano en el pecho, y «¡que a mí no me toques!», «¡que no me toques tú a mí!» y todo lo demás. Total, que en un visto y no visto, nos enganchamos todos a pelear y volví otra vez al suelo enmarañado con uno de ellos, haciéndome rozaduras sobre las otras rozaduras, hasta que vinieron varios a separarnos uno a uno. Con que así acabó la carrera, ya ves.

Bueno, ahora vienen a recogerme, abuela, ya te contaré el resto en otro momento, porque ahí no terminó la cosa.

Después del incidente y de pasar revista a los daños de la refriega, nos conjuramos para darles un escarmiento –uno que recordasen durante una buena temporada– esa misma noche, cuando terminase la música. Discutimos diferentes ideas y, finalmente, se decidió seguir adelante con una propuesta de Vicente. Para llevarla a cabo, dijo que tenía que bajar al taller y fabricar unos aparejos. Así que se fue, pero quedamos en reunirnos antes de que diese comienzo el baile, en el garaje de mi casa, para dejar allí las bicicletas y esos artilugios, que estarían, dijo, sin falta para entonces.

João tenía que trabajar toda la tarde en la barraca de las carabinas, así que guardó la bici en el garaje con antelación y, llegada la hora convenida, Vicente apareció pedaleando con tres listones de madera de poco más de un metro bajo el brazo, apoyados sobre el manillar y asomando por delante como la lanza de un mayoral. Dejamos todo junto a las bicicletas y salimos al Mirador de la Peña: el sitio desde donde estaba previsto lanzar los fuegos artificiales.

Había oscurecido y la noche estrellada de luna nueva se extendía con todo su vigor hasta el alcance de la vista, haciendo sentir el sosiego de los espacios infinitos, esos que parecen engullir todo lo terreno, con sus formas y sus sonidos, hasta hacerlo irrelevante y desaparecer. El mirador estaba vacío y silencioso, como si aquel espacio fuera en ese momento ajeno a la celebración y tuviese vida propia. Nos asomamos a la baranda del balcón para mirar hacia abajo, al rellano que antecede al desplome del farallón, donde había quedado instalada la batería de cohetes lista para su encendida. Descendimos por el acceso, en un extremo del paseo. La tenue luz cenital de las farolas de la baranda nos iluminaba y fuimos recorriendo la ordenada hilera de explosivos y sus sombras, de principio a fin, como oficiales pasando revista. Vicente inspeccionaba la disposición de las mechas, la secuencia de la explosión y me decía: «¡Ese!», y yo cogía el cohete; «¡ese!», y yo volvía a coger otro cohete. Así hasta siete, mientras Vicente cortaba cada vez una mecha aquí y la anudaba allá. Su padre y él habían participado en la instalación del andamiaje.

Los juntamos en un manojo y regresamos con el debido sigilo, atentos a que nadie nos viera meternos a la carrera en el garaje. Luego fuimos calle abajo camino del baile. Nos incorporamos cuando la música llevaba un buen rato sonando. Los Taboga interpretaban un tema de Mecano: *Me colé en una fiesta*, esa era la canción, y todos bailaban entusiasmados a pie de la orquesta: Sergio, las Elizari, Martina, la Bruji.

Miré alrededor y vi al tío Julián con el padre de Vicente, acodado en la barra que estaba instalada al aire libre y, al cruzarse nuestras miradas, hizo un gesto para que me acercase a ellos. Fui abriéndome paso entre la gente al tiempo que él se adelantaba a pedir un calimocho para mí. Llegué justo cuando Vicente padre se despedía dejándome su hueco en la barra junto al tío.

–Se va de mala gana porque han dejado de tocar rancheras –bromeó señalando a Vicente, sabiendo que todavía le oía.

Empujó con el dedo índice el ala del sombrero, inclinándolo hacia atrás.

–¿Y tú de dónde sales?

–Ya te contaré.

Me acercó el calimocho y, después de brindar, apoyamos la espalda en la barra para ver bailar a la gente: un vaivén de cabezas en movimiento que se extendía frente a nosotros, «con oleaje de fuerza tres», dijo.

Estiró el brazo para señalar con el botellín de cerveza que le colgaba de la mano y levantó la voz para hacerse oír por encima de la música.

–Es esa ¿no?, la morena. Martina, dijiste.

–Shhh. ¡No grites!

Y carcajeó mirando al cielo, como hacía siempre que yo daba importancia a algo que no la tenía para él.

–Te alabo el gusto, sobrino. Y dime, ¿has hecho progresos?

–Creo que algunos sí.

–¿Algunos?

–Bueno, esto es como un iceberg. Hay mucho trabajo que no se ve todavía.

–Me estoy empezando a preocupar.

–Pues no deberías. Sé lo que me hago.

–A ver, mírame. Pero ¿tú le has dado un solo beso?

–Esto es como un iceberg, tío. No me escuchas. Llegado el momento, ¡zas!, el vértice asoma.

–No doy crédito. Me parece que el iceberg eres tú.

La Bruji salió de entre la gente y me cogió las manos para arrastrarme hacia la multitud del baile.

–Me lo llevo –le dijo al tío.

No pude hacer otra cosa más que dejarme conducir hasta donde estaba con el resto del grupo. Habían formado un pequeño círculo para verse las caras mientras bailaban y me incorporé a él, al ritmo de una música discotequera que sonaba en ese momento.

Sergio parecía haberse animado. La Bruji se percató de que estaba observándolo y se arrimó para informarme, gritándome al oído, de que sus padres, los de Sergio, habían arreglado no sé qué que tenían pendiente, y que finalmente iban a venir unos días al pueblo. Comprendí su cambio de humor y me alegré por él, y así continuamos dos o tres canciones hasta que Los Taboga comenzaron a tocar una balada.

Martina estaba enfrente y no quise dejar pasar la oportunidad para acercarme y bailar aquella canción con ella. Sabía que esa balada de Santana le gustaba mucho: *Black Magic Woman*.

Al verme venir, dio un paso al frente y comenzamos a bailar agarrados: al principio solo escuchando la música, acompasándonos sin hablar; después yo, apretándome cada vez más a ella. Y conforme avanzaba la canción y escuchaba a Martina ronronearla con gusto sobre mi hombro, me preguntaba si, al disfrutar conmigo de esa melodía romántica que tanto le gustaba, su emoción por la música podría redirigirse hacia mí, hasta terminar por apropiarme yo de los méritos de aquella melodía.

Mientras era consciente de esa vaga intuición, sobre la que me prometí nunca hablar con el tío Julián, había transcurrido ya media canción, pero era una de esas baladas de Santana que parecían no tener fin.

–¡Qué bien hueles! –dije, por empezar con cualquier cosa agradable que fuese verdad.

Se separó lo justo para mirarme.

–Tú también.

Me había puesto la colonia de mi padre.

–Es Brummel –dije, aunque no me había preguntado por la marca.

Entonces hice por recordar el malentendido que habíamos tenido con la señorita Rebeca en el balneario tras uno de los primeros ensayos de la obra, el que hicimos en el jardín, cuando pensó que estábamos flirteando a la vista de todos encima de un banco. Resultó divertido y nos reímos. Me pareció que recordarlo era también una forma de incitarle a fantasear conmigo.

Se llevó una mano a la frente.

–¡Menudo rapapolvo!

Nos quedamos otro momento en silencio. Yo tenía su mano derecha en la mía y, llegando los últimos compases de la canción, la acaricié sutilmente con el dedo pulgar en una suerte de discreta invitación a hacer lo mismo, pero sin exponerme a un rechazo evidente. No respondió con la misma caricia, pero volvió a separarse lo justo para mirarme a los ojos y sonreír. No supe qué pensar.

La canción terminó y se apagaron las luces dando paso al descanso de la orquesta y al instante se oyó el primer cohete anunciando los fuegos artificiales, y todos nos desplazamos al Mirador de la Peña para presenciarlos desde allí.

Yo estaba muy intranquilo preguntándome si Vicente habría unido todas las mechas debidamente, pero la secuencia de las explosiones resultó a la postre perfecta, al menos en apariencia. Además, nadie de la pirotecnia debió percatarse de que faltaban siete cohetes entre la ingente cantidad que ascendieron al firmamento durante los quince minutos que duró el espectáculo. Pero solo pude respirar con tranquilidad al terminar, cuando la apoteosis final concluyó y un último cohete solitario dio por terminado aquel hermoso acontecimiento que tanto me ilusionaba y que en nada pude disfrutar esa noche. Luego, todos los espectadores volvimos a un mismo tiempo hacia el baile entre voces, murmullos y risas.

En el escenario los focos se encendieron de nuevo y Los Taboga retomaron sus instrumentos para interpretar una jota. Siempre evitaba bailarlas porque no conseguía hacer carrera con los pasos y me sentía ridículo, así que volví a la barra para pedirme otro calimocho y estar un rato de charla con quien me encontrase allí, pero la Bruji, que conocía mis limitaciones, volvió a salir de entre la gente para llevarme al baile.

–No, Bruji, no…

Me había cogido por la muñeca y tiraba de mí con la determinación que solo tenía ella.

–Sí, hombre, sí, que te enseño. Ya es hora de que aprendas.

Me dejé llevar de mala gana hasta que nos quedamos en un hueco del perímetro con algo más de espacio: ella, mostrándome los pasos lentamente y yo, tratando de reproducirlos con mi torpeza habitual. Pero la jota tampoco parecía tener fin y terminé por aprender a seguirla con cierta soltura al ritmo de la música.

–Bruji, eres un sol. Parecía imposible.

Al volver con el resto, pasamos cerca de los de Salinas de Baigorri y me fijé en sus caras, buscando en ellos los daños de la refriega: nada reconocibles con la iluminación de los focos. Seguimos bailando con el resto de los amigos una y otra canción hasta que la orquesta inició un popurrí de pasacalles, anticipando que el baile llegaba a su fin. Apuramos los últimos compases formando cadenetas, yendo y viniendo entre la gente, de un lado al otro, cantando las canciones de siempre, las que conocíamos todos, agachándonos, cambiando de sentido adelante y atrás, y haciendo volar los jerséis al compás sabido de la canción.

Los focos de colores se entrecruzaban, dibujando desde el escenario círculos de luces y curioseando entre el público. En cuanto la música cesó y se fue amortiguando el aplauso de despedida, Martina se volvió hacia mí.

–¿Quieres dar un paseo? Yo ya tengo bastante por hoy. Ni Adriana ni las Elizari quieren oír hablar de irse de aquí.

Levanté la vista. Las tres estaban junto a la barra del bar en torno a sus vasos de calimocho. Maldije el momento en el que me había citado con los chicos al terminar el baile.

–¡Jo! Me encantaría. El caso es que me he comprometido a cuidar de mi sobrino para que Marisol y mi hermano salgan a las fiestas. Lleva un rato solo, acostado en casa, y me da apuro quedarme más.

Mentí eligiendo un argumento de fuerza mayor, porque todo me parecía legítimo con tal de que no pensase que tenía otro quehacer mejor que estar con ella. Luego miré de reojo alrededor, algo sobrecogido, por si Ramiro y Marisol resultaban estar por ahí.

–Claro –dijo–. Pues entonces me voy a casa. Ya no puedo más.

–Vamos, te acompaño.

La cogí de la mano y abrí paso a través de la multitud, sabiendo que nadie podía percatarse. Ella se dejó guiar hasta que salimos de las apreturas y entonces la solté por miedo a que lo hiciese ella antes.

Seguimos calle arriba, alejándonos del gentío y del guirigay, caminando despacio hasta la puerta del ultramarinos, sin parecer querer llegar. Nos habíamos quedado solos.

Una vez allá, se volvió hacia mí de espaldas a la puerta. Jugaba con las llaves en la mano.

–Qué bien lo hemos pasado, ¿verdad? –dijo.

Y arrastró la media melena por detrás de una oreja.

–Ya lo creo.

Pasaron unos pocos segundos en los que solo pude sonreír y mirarla.

–Bueno. Pues nada, entonces hasta mañana, ¿no? –Volvió a llevarse la media melena por detrás de la otra oreja.

–Sí, eso, hasta mañana. –Y me acerqué aparentando querer besarle en la mejilla, pero encontrando al final del camino, en la comisura de los labios, ese espacio ambiguo abierto a la interpretación. Pareció no disgustarle–. Adiós.

Esperé a que desapareciese detrás de la puerta y luego seguí calle arriba hacia mi casa. «Pero ¿es que se puede ser más imbécil?». Fui maldiciéndome por no haberla besado de verdad.

Además de João y Vicente, solo Sergio estaba al corriente de nuestro destino inmediato. Él también formaba parte del plan, aunque no venía con nosotros.

Nos encontramos los tres en el garaje, recogimos los cohetes y los listones y descendimos iluminándonos con la dinamo de las bicicletas por las calles adyacentes hasta salir del pueblo. Sentía un cierto sofoco por la emoción, los nervios culebreando en el vientre y la ensoñación heroica por hacer resplandecer la justicia en nuestro pueblo. Me sentía tan importante como el protagonista de un *western*. Descendimos todo el trayecto hasta nuestro destino sin hablar, uno detrás de otro, y cuando llegamos al puente de piedra, frenamos, echamos pie a tierra, dejamos apoyados los cohetes y los listones y ocultamos las bicicletas entre la vegetación de la ribera.

Vicente había preparado aquellos largueros con cuatro argollas atornilladas en la madera: dos delante y dos atrás. Él fue el primero en hacer pasar la varilla de uno de los cohetes por las argollas del listón, a modo de ejemplo, una detrás de otra. Luego hizo lo propio con el segundo cohete y dejó el artilugio pertrechado sobre la hierba. Nosotros lo imitamos. Todos los cohetes eran iguales menos uno que tenía la cabeza de un diámetro mucho mayor y quedó aparte.

La noche era cerrada y apenas se reconocían las formas. El silencio quedaba interrumpido tan solo por el cri-cri de los grillos, el ulular intermitente de alguna lechuza y los susurros apagados de nuestras voces.

João sacó del bolsillo tres mecheros y los repartió. Encendimos sus mechas y continuamos soplando de tanto en tanto para mantener la brasa viva, sin dejar de mirar a lo alto, hacia el pueblo, al edificio de la Fonda Mediodía, cuyo tejado destacaba una altura sobre los de alrededor. Allí debía de estar Sergio, apostado en la ventana de su habitación para comunicarse con nosotros. Al poco vimos su señal: cuatro destellos de linterna, uno por cada salinero. Significaba que habían comenzado el descenso por la carretera en sus bicicletas. Nos ocultamos en el ribazo, tumbados sobre la hierba, dejando los listones apoyados en el firme del camino, de modo que los cohetes se elevaban medio palmo sobre el terreno.

Enseguida vimos las luces de sus bicicletas descendiendo por la carretera a gran velocidad; parecían estrellas desprendiéndose del firmamento. Volví a soplar la mecha. Sentía en las sienes el pulso acelerado del corazón y la respiración sin gobierno. «Atentos –dijo Vicente–, ya están ahí», y vimos acercarse sus luces camino del puente de piedra y oímos crepitar las ruedas de las bicicletas sobre el camino por encima de nosotros y enfilar después la recta hacia Salinas de Baigorri. Cuando ya habían superado nuestra posición y se iban alejando, Vicente dijo a media voz, con la suavidad del soplido con que se apaga una vela: «¡Ahora!», y encendió una detrás de otra las dos mechas de sus cohetes y salieron hacia ellos, pffiiiiiiiii, pffiiiiiiii, obedientes, igual que los torpedos de los submarinos de las películas de guerra, como a ras del agua, sin levantar altura sobre el camino, pero con una estela de fuego y un rebufo con olor a pólvora que les alcanzó al instante y les superó por un lado. ¡PUM!, ¡PUM!

Echaron pie a tierra desconcertados y se volvieron hacia nosotros ocupando el ancho del camino. No podían vernos. Yo avivé la mecha y encendí uno detrás de otro mis dos cohetes, pffiiiiiiiii, pffiiiiiiii, y vi dirigirse la estela de chispas hacia ellos. Uno impactó sobre la rueda de una bicicleta y se quedó haciendo caracoleos al borde del camino, chisporroteando a pocos metros de ellos antes de explotar: ¡PUM!, ¡PUM! Y entonces João encendió la mecha de los suyos, pffiiiiiiiii, pffiiiiiiii, y cobraron vida para agujerear el negro de la noche, alejándose con su estela hasta impactar de nuevo en las bicicletas: ¡PUM!, ¡PUM! Para entonces ya habían salido corriendo despavoridos en todas direcciones por las rastrojeras de alrededor y, al ver que en la espantada habían dejado las bicicletas abandonadas, João y yo corrimos hacia ellas para deshinchar las ocho ruedas. Luego soltamos las palomillas de las delanteras, las desmontamos, y volaron sobre los campos de rastrojo a ambos lados del camino, todo lo lejos que fuimos capaces.

Vicente, mientras tanto, cargaba el último cohete en su artefacto. Apoyó el listón vertical en el suelo para dirigirlo al cielo, hacia algún lugar entre las estrellas. Encendió la mecha, tomó distancia alargando el brazo y esperó: pffiiiiiiiiiiiii. El cohete ascendió describiendo un inmenso arco hasta terminar por alcanzar al final de su trayectoria una altura imponente: ¡PUUUUUUM! Era un cohete especial. Explotó en el firmamento con un fogonazo deslumbrante que iluminó las rastrojeras, dibujando la forma de un gigantesco geranio multicolor: rojo, blanco, verde y azul, que permaneció por unos segundos crepitando, suspendido en el espacio, como recreándose en él, y en ese instante pensé que ningún otro espectáculo podía representar mejor el júbilo que sentía en mi interior.

29
VAQUILLAS

El día grande de las fiestas amanecí en casa de mi hermano. Aquella mañana Ramiro y Marisol discutían en la cocina y, aun con la puerta cerrada, sus palabras airadas ascendían por el hueco de la escalera hasta mi habitación, entremezcladas con el olor a pan tostado y a café. Era habitual. Esperé algún tiempo leyendo en la cama a que amainasen sus voces y, cuando pareció que se había hecho silencio, bajé todavía en pijama a desayunar.

Seguían allí, en la cocina, sentados en torno a la mesa tomando café. Di los buenos días al entrar, pero estaban fraguando una nueva refriega y me miraron de refilón sin responder.

Ella le daba el desayuno a Gu –sentado a su lado sobre la trona–, pero vuelta hacia Ramiro ya en plena discusión, de modo que mantenía una cucharilla colmada de puré suspendida en el aire sin percatarse de que Gu seguía los vaivenes de su mano y estiraba el cuello tratando de alcanzar aquel señuelo esquivo, mientras agitaba los brazos y berreaba: «¡Guuu!, ¡Guuu!», reclamando atención.

Me senté con ellos. Quería desayunar rápido porque esa mañana habíamos previsto hacer el ensayo general de la obra en el balneario y queríamos empezar puntuales para ver las vaquillas al mediodía.

–Tu hermano es un desatalentado –dijo Marisol, retomando la tarea de darle el desayuno al niño.

Yo vertía la leche caliente del cazo en mi vaso.

–¿Por qué? ¿Qué pasa?

–¡Pues que está empeñado en salir a las vaquillas! –dijo gesticulando en el aire con la cucharilla del puré.

Y se volvió a Ramiro.

–¡Como si no tuviese responsabilidades!

Ramiro había desplegado el periódico frente a él y su voz emergió con severidad desde detrás de los papeles:

–He corrido en las vaquillas toda mi vida, desde que era como ese –dijo sin asomarse, moviendo el periódico hacia mí–, así que no pienso dejar de correr ahora.

Marisol puso los ojos en blanco y negó mirando al techo.

–¡Antes no tenías mujer, un hijo... y otro en camino!

Y entonces el periódico colapsó de sopetón entre las manos de Ramiro, que se quedó mirando perplejo a Marisol.

–¡Lo que has oído! –gritó mientras le daba otra cucharada al niño.

Gu se puso a llorar con su boca rectangular, dejando asomar los dos dientecitos nuevos.

–Enhorabuena –dije, a media voz, porque no sabía muy bien cómo actuar.

Marisol dejó otra vez en suspenso las cucharadas de puré:

–¡Un desatalentado!

Yo apuré el desayuno, dejé el vaso en el fregadero y salí de la cocina para prepararme y bajar al balneario.

Así me enteré de que iba a tener otro sobrino y Ramiro, de que iba a ser padre por segunda vez.

Desde el balcón de casa de Ramiro se veía la plaza en toda su extensión. No había mejor sitio para presenciar las vaquillas: primero, durante los encierros de ida y vuelta a lo largo de la calle Mayor, cuyo recorrido se alcanzaba a ver completo a un lado y al otro desde el voladizo; y, finalmente, al terminar, cuando el público y los corredores abandonaban la calle para presenciar los recortes en la plaza, que durante las fiesta quedaba rodeada en sus cuatro flancos por aquel tablado atornillado a dos alturas, hasta formar un gran coso cubierto de arena.

Gu observaba el desencajonamiento de las vaquillas desde el balcón, regocijado y dando palmas. Me encantaba verlo disfrutar, descubrir algo nuevo cada día y celebrarlo como si todo lo ordinario a su alrededor fuera en realidad excepcional y ocurriese solo para él, para su regocijo. Se maravillaba cuando las vaquillas emergían desde el camión como si surgieran del sombrero de un mago: una, dos, tres, cuatro… y descendían por la rampa una detrás de otra hasta pisar la arena, desconcertadas, mirando a un lado y al otro y restregando con sus pezuñas la arena de delante atrás. La primera era colorada y corniveleta; la siguiente, también; la tercera, negra como una tormenta, con cara de mala y los cuernos retorcidos: uno para arriba y otro para abajo.

Gu introducía la cabeza entre los barrotes queriendo alcanzarlo todo, señalando con un dedo a los animales para que yo no me perdiese lo que él acababa de descubrir.

–La rojilla, Gu: esa tiene cara de malas pulgas.

Me miraba boquiabierto, asomando sus dos dientecitos y con las babas escurriéndose por su barbilla hasta hacerla brillar. Luego alargó un brazo para señalar a la negra.

–Uy, esa tiene mala sombra, Gu: esa tiene que ser de cuidado.

La banda de música, en una esquina del tablado, comenzó a interpretar el primer pasodoble. Todos en la plaza coreamos el estribillo al unísono: *No te vayas de Navarra.*

También Marisol y Lucía, vestidas de blanco y rojo, cantaban en el balcón y se movían al son de la música. Gu, con la faja debajo de su barriga de niño, las remedaba, algo sorprendido de verlas así, como quien ve bailar a los gigantes desde abajo: a la reina y al rey africano, quizás.

El tablado alrededor de la plaza se llenó con los colores de una vidriera. El rojo y el blanco amalgamados, brillando con los destellos del mediodía. Las voces convergían en un solo rumor de entusiasmo y la sombra de la torre de la iglesia se deslizó a hurtadillas hasta asomar sobre la plaza.

Los primeros mozos pisaban ya la arena, apoyados en el tablado, dando pequeños saltos y estirando las piernas. Vicente entró en la plaza con su cuerpo desmadejado y se apoyó en los tablones junto a un burladero. A él le dejaban salir a las vaquillas; a mí, aún no. Ramiro y sus amigos, en el otro extremo, también dispuestos, hablando entre ellos, dándose ánimos.

Cuando la banda anunció con clarín y redoble de timbales la primera vaquilla, la plaza se silenció. Surgió violenta desde la oscuridad de los chiqueros y el rumor creció a medida que correteaba sobre la arena mostrando sus hechuras, curioseando en los vallados hasta terminar por detenerse en el centro de la plaza para mirar alrededor. Era colorada y corniveleta.

–¡Esta parece más lista que el aire! –dijo Lucía.

Los mozos salieron al primer recorte con precaución, citándola desde la distancia, y ella, fresca como estaba, hizo por alcanzarlos hasta que tuvieron que encaramarse al tablado de un brinco.

–La tienen que cansar, Gu.

Y él señalaba a la vaquilla con las dos manos.

–¡Guuu, guuu!

Vicente estuvo observando sus querencias y finalmente corrió hacia ella. Se arrimó desde un lateral acelerando la carrera hasta su testuz y curvó a última hora la espalda para esquivar los pitones. La plaza respondió entonces con alivio y aplaudió al unísono ese primer lance apurando las distancias. Luego otros mozos le siguieron corriendo para ofrecerse, uno tras otro, haciéndola rotar sobre sí misma como un carrusel.

La banda comenzó a interpretar *Marcial, eres el más grande*. Todos cantaban. Marisol y Lucía volvieron a moverse al ritmo de la música y Gu las miraba bailar.

Junto al coso reconocí el sombrero del tío Julián, que observaba con los brazos apoyados sobre el tablón del vallado al lado de la iglesia.

Los amigos de Ramiro se habían ubicado a distancia, distribuidos alrededor de la vaquilla, que miraba a un lado y a otro, alerta en mitad de la plaza. El primero, Echeverría, inició la carrera hacia ella citándola con el brazo, pendiente de su arrancada, pero la vaquilla se quedó inmóvil y él terminó por dejase llevar al trote hasta el vallado. El segundo era Díaz de Cerio: inició la carrera desde el lado contrario, ciñéndose más, y entonces la vaquilla lo buscó con ahínco y fue enconada tras él hasta que Díaz desapareció con un brinco tras el vallado.

Marisol no quería mirar: se tapó los ojos en cuanto vio a mi hermano en la arena y le escuché remugar por lo bajo: «¡Será desatalentado!».

Ramiro encaró a la vaquilla e inició la carrera hacia ella por un lateral buscando provocar su arrancada, pero solo hizo amago de seguirlo y no continuó. Entonces, mi hermano buscó otra posición en la plaza y desde ahí la volvió a citar.

Marisol escuchaba los sonidos de la plaza con la cara tapada.

Salió a la carrera de nuevo y esta vez la vaquilla respondió. Se encontraron en el medio de la plaza y Ramiro arqueó la espalda esquivando su derrote. Pero de repente la plaza gritó con horror y Marisol se apartó las manos de la cara y descubrió que Ramiro había resbalado sobre la arena y estaba tendido de espaldas en el suelo. Oí a mi lado su grito tardío uniéndose a la sucesión de voces de espanto en la plaza. La vaquilla empitonó a Ramiro. Gu se asustó y no acertaba a sacar la cabeza de entre los barrotes del balcón. Gritaba con desesperación, pero ninguno se ocupó de él. La vaquilla estaba aventando a Ramiro sin dejarlo caer: una, dos, tres veces. Las piernas y los brazos se agitaban desgobernados en el aire. Cayó por fin sobre la arena y quedó descompuesto, al albur. Los mozos revolotearon como golondrinas alrededor citando a la vaquilla, pero no se dejaba distraer y lo buscó de nuevo, lo empitonó otra vez y lo volteó arrojándolo dos metros más allá. Ramiro ya no se movía.

La plaza gritaba con voces agudas, con impotencia.

El tío Julián cruzó la barrera. Le vi correr hacia la vaquilla con grandes zancadas. Saltó por detrás sobre ella y quedó a horcajadas aferrado a su cuello con las piernas. La vaquilla dejó de buscar a Ramiro. Agitaba la cabeza queriendo zafarse del tío una y otra vez, asido a ella como un gangarro, pero él había pasado los brazos por debajo de los cuernos y tenía las manos anudadas en un puño sobre su testuz.

Marisol presenciaba la escena desde el balcón, aferrada al barandado con medio cuerpo en voladizo. Gritaba descontrolada. Lucía le cogió el brazo. Gu no dejaba de llorar.

La vaquilla no conseguía liberarse y se agitaba rotando sobre sí junto al cuerpo inerte de Ramiro. En un instante, al humillar en una de sus sacudidas, el tío Julián giró el cuerpo con un movimiento brusco, retorciéndole el cuello por los cuernos y venciéndola con su peso hasta hacerla caer de costado en la arena. Mantuvo girada la cornamenta del animal, inmovilizándolo mientras cuatro personas recogían a Ramiro y lo llevaban en volandas hacia la enfermería. La cabeza le colgaba, su camisa blanca estaba ensangrentada y hecha jirones.

Marisol y Lucía salieron del balcón. Yo consolaba en brazos a mi sobrino, que se me aferraba al cuello. Estaba sudoroso, y los últimos coletazos de su llanto sonaban trompicados. Seguí mirando en dirección a la enfermería, junto a la puerta de chiqueros. La ambulancia aguardaba con el portón trasero abierto y mucha gente se arremolinaba alrededor. Pronto sacaron a Ramiro en una camilla cubierto hasta el cuello con una sábana y lo introdujeron en el vehículo. Marisol también subió. La sirena giraba y sonaba sobrecogedora. La multitud de alrededor hizo paso y el coche salió por la calle Mayor con su sonido de angustia reverberando apremiante en las fachadas mientras se alejaba. Luego apareció el Renault 8 de mis padres haciendo sonar la bocina y abriéndose paso entre la gente para seguir a la ambulancia camino de la capital.

Sonaron de nuevo el clarín y los timbales mientras cerraba el balcón.

Era la segunda vaquilla.

30
LA ESPERA

Aquella noche, después de acostar a Gu en casa de mis padres, Lucía y yo nos sentamos en el sofá del salón, junto al teléfono, a esperar noticias de Ramiro. Teníamos pocas ganas de hablar y menos aún de hablar sobre cualquier otra cosa, como si aquella situación no dejase margen para la distracción, para cualquier pensamiento que fuera ajeno a lo que estábamos viviendo. A ratos nos levantábamos en silencio, ella o yo, para deambular por la habitación o asomarnos a la barandilla del balcón y mirar las luces dispersas despuntando en la oscuridad.

No sonaba el teléfono.

–Ramiro es fuerte –dijo Lucía cuando cruzamos las miradas–. Si algo tiene, es eso: que es fuerte.

Pensé por primera vez que su envergadura se asemejaba más a la del tío Julián que a la de papá. Su anchura de hombros, la altura, aunque menos musculoso, eso sí.

–Con lo tozudo que es, si se empeña en vivir, vivirá.

Pasadas dos horas, Lucía fue a la cocina para traer algo de comer y regresó con una bandeja de sobras recalentadas. La mesa había quedado preparada con el mantel y los platos desde el mediodía, para cuando terminasen las vaquillas. Comimos con parsimonia, como si se tratase más de un entretenimiento que de una necesidad.

Y entonces sonó el timbre de casa. Lucía se levantó para contestar. Descolgó el auricular: «¿Quién es?», y tardó en volver a hablar. «¡Julián!», la oí decir por fin y, tras otro silencio a la escucha, lo hizo subir.

El tío apareció llenando el hueco de la puerta bajo el dintel. Llevaba un brazo vendado, ya que al soltar a la vaquilla, que tenía zafada sobre la arena, no pudo evitar que se revolviese contra él y le diera un puntazo, explicó. Se sentó con nosotros a la mesa para esperar noticias. No quiso comer.

A la una sonó el teléfono y me apresuré hacia la entrada para descolgarlo. Era papá. Ramiro acababa de salir del quirófano y lo llevaban a la unidad de vigilancia intensiva. Estaba mal, dijo, inconsciente, solo con un resquicio de vida. En la operación le habían restañado las hemorragias y ahora quedaba ver su evolución durante la noche. Me dijo que se iban a quedar en Pamplona y que nos llamarían de nuevo por la mañana.

Cuando terminé de reproducir las noticias, el tío se despidió y bajó camino del río. Nosotros fuimos a dormir dejando las puertas abiertas para asegurarnos de poder oír el teléfono.

Ramiro permaneció varios días en el hospital, aferrándose al último resquicio de vida con que llegó, a punto de morir desangrado por las dos cornadas que había recibido (una en el muslo y la segunda, en el costado) y luego, otras dos semanas más, ya fuera de peligro, recuperándose también de las fracturas de varias costillas y dos vértebras que le había ocasionado el revolcón. Lucía y mi madre se turnaban para acompañarle durante las noches, mal durmiendo en una butaca de la habitación, porque Marisol, como ya le pasó durante el embarazo de Gu, no estaba para casi nada.

Cada día, después de que saliese el pan del horno, papá viajaba con mi cuñada a Pamplona para ver a Ramiro y recoger a quien hubiese pasado la noche allí. Yo dedicaba la mañana a despachar en el mostrador de la panadería, y por la tarde me hacía cargo de mi sobrino y en alguna medida también de Marisol, ayudándola con sus recados.

Un día de agosto, tal y como había anunciado mi padre la tarde anterior, apareció por la calle Mayor, lentamente y apenas sin dejarse sentir, la ambulancia que traía de vuelta a Ramiro. Dejaron a un lado la casa de mi hermano y continuaron calle arriba hasta detenerse en la puerta de mis padres. Cuando sacaron a Ramiro y quedó a la vista, fuera del vehículo, vi que tenía una pierna todavía vendada y el tronco inmovilizado con algo parecido a un corsé. Lo trasladaron entre dos sanitarios hasta su habitación porque no podía tenerse en pie. Estaba delgado, algo encogido, y lo envolvía un halo de desamparado que parecía empequeñecerlo aún más. Quedó en su habitación de soltero, y luego la ambulancia marchó calle abajo, silenciosa, hasta desaparecer.

Cuando entré a verlo por primera vez, Ramiro me pareció un ser tan inofensivo que en aquel momento dejé de sentir la inquietud que sentía por lo que pudiese decirme, por recibir de él esas humillaciones con las que a menudo me mortificaba. Sin embargo, él se abstuvo de retomar aquel juego que tanto parecía haberle divertido hasta entonces y pensé que, quizás en eso, habíamos cambiado los dos ya para siempre.

–¿Duele? –pregunté.

Él se acomodaba en la cama con tiento para no concitar el dolor. Contestó al terminar la maniobra:

–A ratos.

Estaba incorporado sobre unas grandes almohadas en las que ahora apoyaba la espalda. Nos mirábamos de frente el uno al otro. Yo nunca sabía de qué hablar con mi hermano, pero en aquel momento no me incomodó estar en silencio ante él. Me parecía que el tiempo discurría con una cadencia nueva: sin apremio.

–No sé cómo voy a quedar –dijo.

–Pues tiene pinta de que bien. Eso dice papá, que para la siembra en octubre estarás como siempre.

Ramiro no tenía sensibilidad en las piernas.

Él giró la cabeza para quedar pensativo mirando por la ventana.

–Ya veremos.

Luego volvió la cara y preguntó por las fiestas, por cómo habían salido, por mi trabajo en el balneario y la panadería. Quiso también saber de João, de la situación en la que quedaba su familia tras el fallecimiento del padre. No era la primera vez que me preguntaba sobre cuestiones relativas a mi vida, pero sí fue la primera vez que sentí que lo hacía con un interés real, que me escuchaba y que sus preguntas no eran tan solo la antesala de un discurso propio. Y quizás por eso lo vi con ojos nuevos y, cuando todavía no había terminado de hablar, hice lo que no había hecho nunca. Me acerqué a él, todavía incorporado en la cama sobre las almohadas, y lo abracé.

Lucía entró en la habitación con una bacinilla. Mi hermana se había hecho cargo de los cuidados de Ramiro en casa mientras mamá estaba en la panadería. Se le veía una soltura que supuse adquirida en el hospital. Me pidió que saliese y que hiciese el favor de traerle una toalla, un barreño con agua caliente, jabón y una esponja. Hice lo que me ordenó y, cuando volví, ella me esperaba en la puerta. Le entregué lo que traía y entró de nuevo para asearlo. Tenía la sensación de que Lucía nos había interrumpido, dejando nuestra conversación a medias. Me dio pena y esperé fuera a que terminase con la intención de retomarla.

Tardó en ocurrir. Desde el otro lado de la puerta les oía hablar, sin comprender lo que se decían, en un diálogo que parecía no tener final. Intercambiaban palabras con la alternancia de un partido de pelota: acelerando una frase y su réplica como si jugasen en los cuadros alegres del frontón, y luego, con un pelotazo atrás, la conversación se ensanchaba y alcanzaba el ritmo ralentizado del juego entre zagueros. En ningún momento les oí discutir. Cuando finalmente la puerta se abrió, hice ademán de entrar, pero Lucía se interpuso.

–Ahora no –dijo–. Déjalo estar.

La puerta quedó entreabierta todavía un instante, y desde ahí vi a Ramiro tumbado con la cabeza vuelta de nuevo hacia la ventana.

Mis padres tardaron en llegar a casa por la noche. Cenamos los últimos espárragos de la temporada Lucía y yo, solos en la cocina, uno frente al otro.

–¿Por qué no me has dejado entrar? –dije llevándome una cereza a la boca–. A la habitación de Ramiro, digo.

Me podía la curiosidad.

–Anda algo revuelto –dijo–. Era mejor dejarlo solo.

–Ya. –Llevé el hueso desde los labios en el puño hasta al plato–. ¿Y de qué habéis hablado?

–Pues de todo.

–¿Cómo que de todo?

–¡Chico, pues de todo!

Y como insistí, erre que erre, y ella estaba cansada al final del día, terminó por conceder que habían hablado de su marcha a Zaragoza, de cómo se habían distanciado, del rechazo que había sentido mi hermano por ella, entonces y a su regreso, de sus celos, por ser Lucía el ojito derecho de nuestro padre.

–¡Pues vaya!

Me costaba imaginar a Ramiro hablando así, tan dócil, tan mantudo.

Y cuando terminó con el aseo, mi hermano le pidió perdón y le dio las gracias por atenderle como lo estaba haciendo a pesar de haberla ignorado, de haberla tratado tan mal.

Lucía recuperaba con sus dedos finos el hueso de la última cereza de entre los labios. Lo depositó delicadamente en el borde de su plato de postre.

–Estaba llorando. Por eso no te dejé entrar.

31
UNA CONFESIÓN

Días después, estando en la alameda del río, me pareció reconocer el Renault 8 de mamá descendiendo por las revueltas de la carretera. Yo volvía de estar con João en el río cogiendo cangrejos, y pedaleaba ya camino de casa con la bolsa de los reteles colgando del manillar y una maraña de cangrejos revolviéndose en el fondo. Era bien entrada la tarde y me pudo la curiosidad, porque lo habitual después de cerrar la panadería era que mamá subiese a casa para hacerse cargo de Ramiro, todavía escayolado en su habitación, y dejar que Marisol se marchase a acostar a Gu.

Me quedé esperando para ver llegar el coche y, cuando estuvo a la altura del puente, se desvió por el camino de tierra que bajaba al río, a más velocidad de lo habitual, levantando una enorme tolvanera tras de sí y balanceándose de un lado y otro como abandonado a su suerte. El sol, ya sobre la línea del horizonte, me deslumbró y no pude reconocerla, de modo que para salir de dudas continué también yo por el desvío hasta llegar al puente.

El coche había quedado donde muere la pista, aparcado en un lateral con los cristales empañados por el polvo del camino. Era el Renault 8 de mamá.

Dejé la bicicleta en el suelo y, junto a uno de los pilares, me asomé al escenario del río. A lo lejos, estaba el tío Julián tendiendo la ropa entre dos árboles del soto, y mi madre caminaba en dirección a él, haciendo grotescos equilibrios sobre el cascajo para no torcerse los tobillos. El tío, al oírla llegar se volvió, tomó la blusa del tenderete, se la puso y esperó a que llegase, pero ella se detuvo a dos metros de él y comenzaron a hablar desde esa distancia sin que yo pudiese saber de qué. Miraba los gestos de uno y de otro, escasos al principio, pero luego vi a mamá abriendo los brazos, señalando al pueblo, señalándole a él, gesticulando en casi todas las direcciones mientras el tío continuaba inmóvil, como una enorme roca de aluvión, dejándola hablar. Luego mi madre renunció a sus gestos, se tapó la cara con las manos y así pasaron un tiempo inmóviles, cada uno en su lugar, hasta que vi al tío Julián dar un paso al frente. A ese primer paso le siguió un segundo y, con el tercero, llegó hasta ella y en el mismo lugar, de pie sobre el cascajo del río, se abrazaron. No quise ver más. Retrocedí, cogí la bicicleta y me marché.

Ahora, en el cementerio recoleto, junto a mi padre, en esta noche queda de luna llena, las estrellas parecen retraerse como un invitado discreto, algo timorato, brillando distantes sin querer importunar, para dejar que sea ella la que, suspendida en el aire como una niebla sutil e ingrávida, llene el espacio de su luz lechosa, para dejar que sea ella la que habite el firmamento a sus anchas en esta madrugada tramada con recuerdos. De pie, frente al inmenso astro, hoy con hechuras de gigante, mi padre se anuda los dedos a la espalda y su perfil negro se inscribe en el de la luna, eclipsándola como otro planeta que juega también a orbitar. Le escucho decir pausadamente que todo tiene su tiempo y su sazón y que es bueno cultivar la lucidez para elegir el momento en el que hablar de lo que no se ha mentado hasta entonces, de algunas verdades que quisiéramos que no lo fueran y que nos desasosiegan macerándose en la clandestinidad.

Así fue como hablaron mi madre y él, por segunda vez, sobre el secreto que guardaban, mientras Ramiro era operado en el hospital y transitaba como un funambulista por la angosta frontera de la vida. Ese día decidieron confiarlo a quienes primero les correspondía saber, dice ahora mi padre, y por eso bajó mamá esa tarde al río, para confirmarle al tío Julián lo que ya sospechaba: que mi hermano era en efecto hijo suyo. De pie, sobre el cascajo, debió entender su desesperación al comprobar que había desaparecido sin la menor idea de cómo quedaba ella atrás: varada sobre la arena como una barca en bajamar.

En el río, a la sombra de aquella alameda intercambiaron frases pendientes, razones, reproches, lamentos, hasta que, por fin, encontraron descanso en el perdón.

Mi padre se ha vuelto para mirarme y para dejar que las palabras vayan depositándose en mí y encuentren acomodo. Siento su mano sobre el hombro, y así dejamos prolongarse el silencio algo más, aplicado en el alma como un bálsamo fresco, y escucho entonces tan solo el ulular intermitente de un autillo en la distancia. Nuestras figuras eclipsan ahora de refilón a la luna que viaja siguiendo su curso, y los tejados azulean unos, blanquean otros, mientras las sombras se abaten alargadas arrastrándose alrededor.

Entonces retoma la palabra con la misma cadencia, recordando el día en el que entraron mi madre y él en la habitación de Ramiro, todavía convaleciente. No era la hora habitual, tampoco lo era que fueran a verle juntos en comitiva.

–Ramiro, hay algo que debes saber –dijo mi padre, adelantándose después de saludar.

Él lo miró imaginando desgracias al igual que cuando escuchaban los partes de las amenazas de granizo en el transistor. Pero fue mi madre la que avanzó hasta la cabecera de la cama para atusar su cabello y acariciarle. Ramiro se apoyaba incorporado sobre almohadones.

–Gracias a Dios que estás vivo, hijo –dijo hablando casi para sí misma. Luego le besó en la frente–. No quiero ni pensar qué hubiera pasado de no haber estado Julián allí.

Al oírlo, Ramiro dejó de mirarla y giró la cabeza hacia la ventana.

–Eso dicen todos.

–También los médicos han hecho lo suyo, hijo.

Entonces intervino mi padre:

–Julián estará todavía unos días en el pueblo. Podemos hacerle venir cuando termine en las salinas si quieres.

No se movió. Continuó con la mirada difuminada en el paisaje de fondo todavía un tiempo hasta que se volvió hacia ellos.

–¿Habéis venido los dos para decirme eso?

Se miraron antes de responder.

–No –replicó mi padre–. Hemos venido a hablar de otra cosa: para contarte algo que ocurrió hace tiempo y que ahora toca dilucidar.

Ramiro se recompuso enderezándose entre los almohadones y agudizó la atención.

–Es sobre ti, Ramiro –mi madre continuó–. Queremos que sepas que cuando tu padre y yo nos casamos, yo ya estaba embarazada. –Hizo una pausa tratando de elegir las palabras–. Entonces era novia de Julián, ya lo sabes. Ocurrió poco antes de que desapareciera. Él no estaba al corriente de eso. –Hizo otra pausa y lo miró fijamente–. Tu padre es él, Ramiro. Tu padre es Julián.

Así le confiaron a mi hermano lo que remotamente sospechaba desde que fue capaz de encadenar los pensamientos como un adulto, desde que alguien le habló de la boda malograda de nuestra madre con Julián, y de su marcha abrupta como un polizón agazapado en la clandestinidad de la madrugada. Ramiro me lo confesó tiempo después. Quiso creer que nuestro padre se había casado con mamá impulsado por un deseo oculto que en aquella confusión pudo ver la luz, pero ahora sabía que el run-run que flotaba alrededor suyo era cierto: que Iturbe el Carbonero se prestó para dar encaje al quebranto que su hermano había dejado atrás. «Cosas de los pueblos», quiso pensar entonces al intuir vagamente los pensamientos ajenos. Nadie se había atrevido a decirlo delante de él.

Cuando terminaron el relato, volvió de nuevo la mirada a los cristales de la ventana para escrutar sus pensamientos.

–¿Lo sabe Julián?

Mi padre contestó:

–Lo sospechaba. Ahora ya lo sabe.

Y le hablaron de la enfermedad que consumía sus pulmones y le arrancaba la vida a jirones día a día.

–El verano que viene no estará –dijo por fin mamá.

Ramiro quedó en silencio.

–Si quieres, podemos avisarle para que venga. No tienes que decidirlo ahora. Piénsalo.

Mi madre le besó la frente y salieron de la habitación.

La luna se ha elevado sobre nuestras cabezas como un farol chino ascendiendo solitario por el firmamento a sus anchas. Ilumina el sendero ahora que paseamos sobre la hojarasca camino del hayedo para sentir su frescor, y mi padre mira al suelo mientras responde a mi pregunta que sí, que la abuela Javiera fue a verlo a casa por la tarde el mismo día que Julián desapareció, para explicarle las circunstancias en las que quedaba mamá y que Julián desconocía, y para averiguar si había manera de contactar con él. Pero no la había. Tampoco a su hermano mayor le había dejado razón en la nota de despedida, una nota plegada sobre la mesilla, bajo el bolígrafo, como si indicase así que la última palabra estaba ya escrita. Aquella noche fue para Iturbe, el Carbonero, una noche de vigilia. Bajó en coche a la estación, despertó a Gaveiras para conocer el destino de Julián y condujo durante la noche hasta Zaragoza. Allá lo buscó esa misma madrugada por los tugurios que quedaban abiertos y, ya de mañana, comenzó a llamar a cuantas pensiones encontró en la guía telefónica, pero en los dos días que estuvo allí no pudo dar con él. Cuando decidió que había perdido su rastro, emprendió el camino de vuelta a casa remugando la situación e imaginando qué podría hacer él, hasta que creyó haber encontrado la respuesta.

–Julián no va a volver, Javiera.

La abuela servía café en la mesa camilla, junto a las cristaleras del balcón. Asintió con la cabeza.

–Quizás es mejor así –dijo ya respaldada en la silla, con la taza acariciándole los labios–. Él está hecho de otros mimbres y Raquel no lo ha sabido ver.

–Va a ser difícil para vosotras, Javiera. Mi intención es ayudar.

–Nos apañaremos. Tú no tienes culpa de nada.

–Tu hija es una mujer especial. Yo, además de compañía, necesito alguien que gobierne la casa, que me ayude en la administración, en la panadería... Es buen momento para formar una familia. Me gustaría casarme con ella, Javiera. Con el tiempo, quién sabe.

Y la miró intentando vislumbrar en su rostro algún gesto interpretable que no encontró.

–¿Qué te parece?

La abuela entornó los ojos y volvió a llevarse la taza a los labios, dice mi padre. Lo hacía siempre que sopesaba algo y pretendía dilatar el tiempo antes de responder.

No le disgustó la idea.

–¿Y tú? –dijo finalmente.

–A mí me parece bien, ya te digo. Si ella quisiera.

Guardó silencio.

–No tienes ninguna obligación, Iturbe.

–Ya lo sé. –Mi padre tomó un dulce solo para tener algo con que ocupar las manos–. ¿Qué crees que dirá?

La abuela Javiera apuró el café como siempre que estaba ya determinada a algo, y luego se desentendió de la taza depositándola en la bandeja.

–Hablaré con ella y lo sabrás.

Llegado a este punto, mi padre se levantó y la abuela lo acompañó hasta el umbral.

–Iturbe –dijo–, eres un buen hombre.

Mi madre accedió, en primer término, a verse con él por las tardes durante tres días consecutivos. No se comprometió a más. Paseaban al final de la jornada, cuando remitía el calor, descendiendo por el camino del Mirador de la Peña hasta las sombras de la alameda, dándose tiempo y sosiego, recorriendo allá la trocha que bordea la margen del río entre enormes carrizos y brezos antes de retornar al sendero que asciende trazando pacientes vaivenes hasta el pueblo. Casi al atardecer, con la brisa templada que entregan los campos bajo el ocaso, mi padre la acompañaba a casa de la abuela y se despedían allí. No les costó trenzar la conversación de forma natural y experimentar una sintonía creciente que prolongó el tiempo establecido, de tres a siete días y luego a diez. Retrasaron también la hora de vuelta a casa y, abarloados en un banco del mirador frente al perfil apaisado del horizonte, veían desdibujarse su forma en el atardecer. Ahí sentados dejaron emerger las primeras confidencias: palabras esparcidas en el aire a media voz, como incipientes puntadas hilvanando sus vidas en una historia común, mientras veían a los murciélagos en su ir y venir atravesando la oscuridad. Al concluir el décimo día desde el comienzo de sus encuentros, en ese mismo banco, ella le dijo que sí, que se casaría con él, y comenzaron a organizarlo todo con la misma celeridad. La boda se celebró dos semanas después, en la iglesia de Nuestra Señora de la Asunción.

El frescor del hayedo se hace sentir, ahora transportado por vaharadas de viento poniente que bambolean con docilidad los penachos de las copas. Mi padre se adentra en el interior del bosque hasta confundirse con los sol y sombras y desaparecer, como si regresase a casa, como si ese hubiese sido siempre su verdadero hogar, mientras yo me siento sobre el musgo seco de un tocón carcomido a concitar los recuerdos que surgen sin querer.

El tío Julián golpeó con los nudillos sobre la puerta entreabierta de la habitación de Ramiro. Lo vi entrar descubriéndose y dejando la hoja vuelta tras de sí. Era mediodía. Habían transcurrido cuatro días desde la conversación con mis padres y mi hermano lo había hecho llamar.

–¡Hombre, el legionario! –le oí decir.

Sonó conciliador. Quise escuchar el tono con que Ramiro continuaba la conversación, pero desde fuera solo alcanzaba a oír el rumor difuso de sus voces y terminé por irme al salón. Estuvieron juntos hasta que se hizo la hora de comer y, en algún momento, transcurrida la primera hora, comenzaron a oírse a cada momento las carcajadas de uno y de otro, atestiguando que el resquemor de Ramiro hacia el tío Julián se había diluido, como un miedo nocturno con el amanecer. Y me pregunté si el resentimiento que había mostrado hasta entonces hacia él, era verdaderamente producto del abandono sufrido por nuestra madre, como hacía ver, o respondía al íntimo sentimiento de haber sido abandonado con ella.

Cuando entré para llevarle la comida a mi hermano, el tío Julián estaba sentado sobre una silla con el respaldo frente a él y las dos manos elevadas, asidas en los extremos como si se tratase de unos cuernos, reproduciendo la maniobra con la que sometió a la vaquilla hasta hacerla caer en la arena. Vi que mi hermano llevaba en un dedo de su mano izquierda el anillo del tío. Tenía una inscripción en sánscrito grabada alrededor: «Dios sobre todo». Ya no tuve dudas: Ramiro se había reconciliado con él. Interrumpió la conversación al verme llegar con un plato de ensalada en la bandeja. Miró al plato y luego a mí: «¿Otra vez forraje?».

32
EL PRÍNCIPE FELIZ

La puesta en escena de la obra de teatro tuvo lugar al final de las fiestas. Martina había propuesto hablar con el concejal de festejos para que se incluyese la representación en el programa, pero cuando lo hicimos, resultó ser demasiado tarde: los folletos estaban ya imprimidos en unas gráficas de Estella. No obstante, todo el pueblo estaba al corriente: la señorita Rebeca había encargado carteles con una foto del balneario a todo color y grandes letras, anunciando al grupo de teatro joven de Achar de Lóquiz junto al título de la obra que iba a ponerse en escena: *El Príncipe Feliz*, de Oscar Wilde. Los hizo colocar en los comercios, en los bares, en el tablón de bandos del ayuntamiento y en cada fachada donde había un cruce de calles, de modo que, el día de la representación, el aforo previsto en el salón de juegos del balneario se quedó escaso y hubo que añadir varias filas de sillas a las ya previstas. Me impresionó ver tanto público. No esperaba que aquello interesase más que a nuestros familiares y a una docena de padres con hijos pequeños. Así que, conforme veía que el teatro se llenaba, me iba poniendo más y más nervioso, preguntándome si habríamos ensayado bastante, si para los muchos adultos presentes la representación podría resultar ñoña y nosotros, ridículos, y por encima de todo me preguntaba si es que toda esa gente no tenía nada mejor que hacer.

Los niños se fueron sentando sobre el suelo, en la parte delantera, y los mayores, en las filas de sillas plegables que había hecho poner la señorita Rebeca a lo largo de aquella sala. El escenario quedó montado junto al piano la tarde anterior, con el magnífico decorado de la ciudad que había pintado la Bruji, un pequeño pedestal para la estatua del Príncipe Feliz y un cordel de lado a lado con argollas de las que colgaban las cortinas del telón.

Cuando pareció que el público se había acomodado y que los murmullos comenzaban a remitir, respiré a fondo, buscando recuperar algo de la calma perdida, y salí frente al escenario con la intención de dar la bienvenida y presentar la obra a los asistentes. Para entonces, la señorita Rebeca ya se había sentado al piano. Lo hice con brevedad, y cuando terminé y concluyó luego el público su aplauso de réplica, comenzó a tocar las primeras notas de introducción con el telón todavía sin descorrer. Yo me subí al pedestal.

El caso es que la señorita tocaba y tocaba, recreándose al piano como si no quisiera dejar pasar la ocasión que se le brindaba de exhibir sus habilidades de concertista. Nosotros empezamos a cruzar miradas de desconcierto: Vicente, Martina, la Bruji, y yo, hasta que, por fin, bajó el volumen de las notas y le hizo a la Bruji el gesto con la cabeza que esperaba para empezar la representación. Ella salió vestida de arbusto –o algo así– al centro del escenario en dos zancadas, descorrió el telón a un lado y arrancó con su papel de narradora mirando a los niños y gesticulando como solo ella sabía hacerlo.

–La estatua del Príncipe Feliz se alzaba sobre una alta columna, desde donde se dominaba toda la ciudad. Era dorada y estaba

recubierta por finas láminas de oro; sus ojos eran dos brillantes zafiros y en el puño de la espada centelleaba un enorme rubí púrpura.

Yo estaba de pie sobre el pedestal con un brazo en jarra y la otra mano en la empuñadura de la espada. Me picaba mucho la cara, toda cubierta con las envolturas doradas de varias tabletas de chocolate. Desde mi pedestal veía las cabezas orientadas a nosotros como un inmenso campo de girasol, y entre el público, en un lateral, resultaron estar los energúmenos de Salinas de Baigorri: los mismos que habían atacado a João unos días atrás.

La Bruji continuó:

–*Una noche llegó volando a la ciudad una pequeña golondrina.*

Y Martina apareció por la puerta que daba al comedor agitando sus alas de cartulina, y comenzó a revolotear por el escenario.

–*Sus compañeras habían partido para Egipto seis semanas antes* –dijo la Bruji–, *pero ella se había quedado atrás, porque estaba enamorada de un junco.*

Después de mucho ir y venir, conseguí convencer a João de que se disfrazase de eso: de junco, con la promesa de que no tendría que pronunciar una sola palabra, que todo lo que tenía que hacer, mientras una golondrina le rondaba, era encorvarse de un lado a otro como si le empujasen ráfagas de viento. Él no había asistido a ningún ensayo. Accedió a ponerse unos pantalones verdes de cazador que trajo Martina y lo envolvimos desde la cintura hasta la cabeza con papel marrón de embalar hasta formar algo parecido a un cilindro del que sobresalía un palo de escoba, sujeto con las manos desde el interior. Parecía un junco, la verdad.

Y entonces Martina se acercó a donde estaba João, lo rodeó dos veces y se quedó frente a él y frente al público.

–*¿Tú me quieres, querido junco?* –Y volvió a rodearle una tercera vez–. *No dice nunca nada* –continuó Martina mirando al público con gesto compungido–, *además debe ser bastante infiel, porque siempre coquetea con la brisa. ¿Vas a venirte conmigo?*

–*Pero el junco* –recitaba la Bruji–, *negó con la cabeza porque le tenía mucho apego a su hogar.*

El público seguía muy atento a la representación: no se oía ni una sola voz, ni una sola tos, ni ninguna otra cosa, hasta que la golondrina estableció conversación con el príncipe y este le pidió ayuda para hacer llegar las riquezas que lo vestían a los más necesitados.

–*Oh, pequeña golondrina* –le suplicó el príncipe–, *allá abajo, en una callejuela, hay una casa miserable, pero una de sus ventanas está abierta y dentro de la habitación hay una mujer sentada detrás de la mesa. Está demacrada y llena de arrugas, y sus manos acribilladas a pinchazos porque es costurera. En un rincón de la habitación está su hijito enfermo. Tiene fiebre y pide naranjas. Pero la mujer solo puede darle agua del río. ¿Podrías llevarle el rubí del puño de mi espada?*

Y Martina arrancó el rubí del puño de la espada y fue agitando los brazos para volar hasta donde estaba Vicente, que asomaba su cabeza, cubierta con un pañuelo, por una ventana del decorado.

Y los niños, testigos de semejante acto de generosidad, comenzaron a aplaudir celebrándolo espontáneamente, y se conoce que aquella reacción inesperada debió envalentonar a Martina, porque en ese momento se apartó del libreto, vino hacia mí, arrancó una tira del papel dorado que me cubría la cara y, sin decir palabra, fue revoloteando a donde estaban los niños sentados sobre el suelo.

–¡A ver, niños! El príncipe quiere regalar esta lámina de oro a alguien del pueblo y nos tenéis que ayudar. ¿Quién creéis que la necesita para algo muy, muy, muy importante?

Y entonces algunos niños levantaron la mano, disciplinados, con los dedos apuntando al techo, y Martina señaló de entre ellos a una niña llena de lazos y tirabuzones rubios.

–Dime tú, Isabelita, ¿a quién le regalarías esta lámina de oro?

E Isabelita respondió con voz atiplada:

–¡Para mi abuelito, que se ha quedado sin dientes y necesita comprarse unos nuevos!

El público carcajeó y el abuelito de la niña, que se llamaba Pedro –pero era conocido como Petrof o el Ruso, por ser veterano de Stalingrado– y que estaba sentado algo más atrás, levantó el único brazo que le quedaba operativo reclamando su lámina de oro.

Y entonces uno de los chavales de Salinas de Baigorri voceó desde su sitio señalando al junco, ahora inmóvil sobre el escenario, ajeno ya a cualquier brisa.

–¡Dáselo al gitano ese para que se compre una pastilla de jabón y deje de apestar!

No sé cómo supieron quién estaba dentro del disfraz. El caso es que João, que veía a través de dos orificios que había a la altura de sus ojos, salió corriendo hacia el que le había insultado y reventó junto al agresor, rompiendo primero con los brazos el embalaje que lo encorsetaba, y rompiendo acto seguido el palo de escoba que sostenía sobre la cabeza del salinero. Se formó un gran alboroto de voces, ruidos de sillas en el que sobresalía la voz de João gritándoles una y otra vez con acento portugués:

–¿¡Quién quiere más!? ¿¡Quién quiere más!? –Dirigiendo la mirada a cada uno de ellos.

Y como nadie quería más, los otros dos de Salinas de Baigorri se llevaron al amigo ensangrentado hacia la salida, mientras João los seguía amenazando con el palo a media altura, fuera de sí:

–¿¡Quién quiere más!? ¿¡Quién quiere más!?

Luego terminó de quitarse los restos de su embalaje y salió. Se marchó al río y no volvimos a verle aquel día.

Entretanto, la señorita Rebeca había hecho sonar algunos acordes al piano para apaciguar los ánimos, y el alboroto se fue reconduciendo, de modo que continuamos la representación con la golondrina repartiendo entre los más pobres las riquezas del príncipe hasta que ya no quedó nada que repartir y la misión de la golondrina llegó a su fin.

–*La pequeña golondrina tenía cada vez más frío* –narraba la Bruji, mientras Martina se encogía abrazándose a pie de la estatua–, *pero no podía abandonar al Príncipe porque lo quería ya demasiado. Hasta que una tarde, comprendiendo que iba a morir, quiso despedirse de él.*

–*¡Adiós, mi querido Príncipe! ¡Ha llegado mi final!* –dijo Martina con voz conmovida–. *¿Me dejas que te bese la mano?*

No se oía ni un solo ruido en el patio de butacas.

–*¡Pobre golondrina, has pasado demasiado tiempo aquí solo para ayudarme! ¡No, no me beses en la mano, vuela hasta mí y bésame en los labios, golondrina, porque es mucho, mucho, lo que te quiero!*

Y entonces Martina se acercó con un volar esforzado y me besó antes de desplomarse sobre el pedestal, pero ni siquiera sentí sus labios porque aún me quedaba envoltorio de chocolate por la cara.

–*En ese instante se escuchó un crujido ronco en el interior de la estatua* –continuó la Bruji.

Y Vicente le dio un martillazo a un orinal de latón que tenía detrás del decorado.

–*¡Se le había quebrado el corazón!* –Y la Bruji, se cubrió la cara con las manos llena de espanto.

–*Y como el Príncipe había perdido su esplendor después de distribuir entre los pobres el oro que lo cubría* –los niños parecían hipnotizados–, *mandaron derribar la estatua para fundirla y hacer con ella una nueva, con la figura del alcalde.*

Y mientras hablaba la Bruji, el tío Julián apareció en escena y empezó a pasearse por el escenario inspeccionándolo todo. Eso desde luego no estaba previsto. Yo seguí su deambular con el rabillo del ojo preguntándome por dónde podría salir. Llevaba un sombrero de papel de periódico cruzado sobre la cabeza como el de Napoleón: la barriga abultando con un cojín bajo la camisa, y se había agenciado la mitad del malogrado palo de escoba a modo de vara de mando. Y pensé entonces que estaba haciendo ver que era un personaje del cuento: el alcalde.

–¡Hola, Príncipe! –dijo por fin.

La Bruji se dio la vuelta para ver qué pasaba.

–¡Señor alcalde! ¡Qué bien tenerlo aquí!

Me señaló con la vara de mando.

–Lo vamos a fundir, alteza –añadió.

–Vaya, ¡qué faena!

Y, sin mediar más palabras, dio un paso al frente, me enganchó por la cintura y se echó al hombro la estatua del Príncipe Feliz –tampoco eso estaba previsto, pero nadie se percató–. Como sí estaba previsto que a Martina la cogieran en volandas, para llevársela delicadamente del escenario, entre unos y otros nos hicieron desaparecer con paso solemne por la puerta del comedor, al son de una música de réquiem que interpretaba ahora la señorita Rebeca.

Ya solo quedaba la Bruji en escena.

–Pero el corazón de plomo del Príncipe Feliz no quería fundirse y lo tiraron al basurero: al basurero donde yacía el cuerpo de la pequeña golondrina.

La Bruji hizo una pausa para dejar sonar más de aquellos acordes fúnebres y, cuando terminaron, cambió su tono de voz y se volvió jovial.

–*Pero entonces…, Dios le dijo a uno de sus ángeles que le trajera las dos cosas más hermosas que encontrase en la ciudad.* –Hizo silencio y supe en ese instante que también ella había decidido abandonar el libreto.

–*¿Y sabéis que le llevó?* –preguntó a los niños.

Y ellos volvieron a levantar la mano compitiendo por contestar: «¡Yo! ¡Yo! ¡Yo!».

–¡Tú, Miguelito! ¿Qué crees que llevó el ángel?

Miguelito contestó pronunciando sílaba a sílaba.

–¡Un na-ran-ji-to muy gran-de!

–*¡Claro que sí!, le llevó un Naranjito del mundial, enorme como un balón de playa, y además le llevó el corazón de plomo del Príncipe Feliz partido en dos, y el cuerpo de la pequeña golondrina. ¡Y desde entonces vivieron allí todos juntos, felices para siempre!*

La Bruji concluyó en todo lo alto, con su voz asemejándose a las que emitían los vendedores del mercadillo de los jueves, y después se quedó inmóvil con los brazos elevados, mirando al techo mientras la señorita Rebeca arrancaba con una alegre polka y Vicente corría el telón.

Los espectadores prorrumpieron en vítores y aplausos entusiasmados hasta hacerlos sonar al unísono junto con sus pataleos sobre la tarima a ritmo del piano, de modo que la reunión se convirtió en un jolgorio. Volvimos al escenario trotando por orden de aparición, y cuando creíamos estar todos, excepto João, es decir, Vicente, la Bruji, Martina y yo, llegó el tío Julián también al trote y se puso junto a nosotros para recibir los vítores correspondientes, llevándose con gesto afectado la mano al corazón. Hicimos una, dos, tres reverencias abrazados por la espalda y terminamos saliendo al ritmo de la polca camino del comedor. Estábamos exultantes por el éxito. La señorita Rebeca vino a darnos la enhorabuena y nos invitó a un refresco. Había mandado instalar una barra en el exterior, a la sombra de la fachada, y los adultos fueron saliendo para tomar el aperitivo mientras el jardín se llenaba de niños correteando entre la vegetación.

Vicente y la Bruji no fueron a cambiarse de inmediato, pero a mí me picaba la cara y no aguantaba más el calor del disfraz. Martina quiso ir también al vestidor para deshacerse de las alas de cartulina. Entramos juntos.

–¡Jo, qué bien! ¿No? –Me miró ensanchando su espléndida sonrisa.

Estaba radiante.

–Mejor imposible. Me ha gustado esto del teatro. Te lo tienes que pasar muy bien con el grupo del internado.

Yo me sentía exultante a pesar del incidente de João, que en ese momento parecía haber desaparecido de mi memoria como si no hubiese existido jamás. Colgué la casaca en un perchero del vestidor y tiré los restos del papel dorado que aún me cubrían la cara.

–Además, con el piano ha quedado genial –dijo–. Ya me gustaría a mí tocar así.

Martina llevaba el pelo recogido en un pequeño moño y toda su figura se perfilaba con precisión: reproducida por las mallas y una camiseta negra, ceñida, de manga larga.

–¿Me ayudas a quitarme las alas? –dijo girándose para ofrecerme la espalda.

Estaban sujetas con imperdibles, desde el cuello a la cintura.

–Claro.

–Tu tío es un personaje –dijo girando el cuello sin poder llegar a verme–. No hay otro como él: puede salir por cualquier lado. Cuando lo he visto aparecer en el escenario, casi me muero.

El primer imperdible me obligó a agacharme y permanecer junto a las curvas de su trasero un buen rato, contemplando de cerca su perfección. Los alambres se me escurrían entre los dedos al presionar.

–¡Pues sí que te cuesta, chico!

–Es por no pincharte –dije–. Sí, mi tío es increíble. Me encantaría parecerme más a él.

–¿En qué?

–Nunca deja de ser él.

Iba soltando los imperdibles cada vez con menos destreza, de abajo arriba, mientras aspiraba su fragancia a jabón de Marsella. Martina extendía la palma de la mano para recibirlos y luego cerraba el puño.

–No te muevas –le dije–. Con estos cacharros me pincho siempre.

No era verdad, pero necesitaba seguir hablando para calmar los nervios.

–¿Te has fijado en los niños? Ni pestañeaban –dijo–. Se lo han pasado fenomenal.

Cuando terminé por fin de soltar el último imperdible de las alas, tenía ya mi cabeza a la altura de la suya, junto a sus orejas menudas adornadas con la delicadeza de las perlas, junto a aquel cuello despejado que emanaba elegancia y sobriedad, como si fuese otro aroma que viajase con ella a todas horas, inherente a la piel. Ahí estaba yo: al lado de su cuerpo proporcionado, hermoso, nuevo.

Nos quedamos un momento callados.

Percibí que, en medio de ese silencio, Martina exploraba algo nuevo que le emergía del interior, como si se sirviese de ese tiempo para observarlo, para discernir su naturaleza y adjudicarle nombre. Dejé caer las alas de cartulina al suelo. Tomó de entre mis dedos el último imperdible y, cuando cerró la mano la abracé desde atrás con suavidad, como si con ello le informase del valor incalculable que tenía para mí, de que era algo único: un bien escaso que pretendía atesorar. Y entonces la besé en el cuello y allí permanecí un tiempo cobijado en ella y ella, en mí. Martina se dejó abrazar. No dijo nada. Después recorrí con una caricia su costado sinuoso, desde los hombros a la cintura, hasta que nos volvimos el uno hacia el otro compartiendo ya un silencio domesticado; un silencio propio. Sostuve las mejillas entre mis manos y me acerqué a sus labios entreabiertos. Cuando contactaron con los míos, extendió el puño y los imperdibles sonaron contra la cerámica del suelo como sonaba la música celestial de la puerta de su ultramarinos al abrirse.

33
DESPEDIDA

El tío Julián alargó su estancia en el pueblo hasta principios de septiembre.

Después de perder su trabajo en el Unteshwari Mata, y terminadas las fiestas, se marchó a Bilbao para contactar con otras navieras. Pasó unos días fuera, tres o cuatro nada más y, cuando regresó, estaba ya comprometido con una compañía danesa de barcos portacontenedores, para trabajar en el mantenimiento de las instalaciones. Embarcaba el primer miércoles de septiembre rumbo a Ciudad del Cabo, dijo, solo días antes de que yo volviera a Tudela para comenzar mi penúltimo año en el internado. Su marcha me entristeció como no me había entristecido nada desde la muerte de la abuela, pues, en mi fuero interno, sabía que no volvería a verlo más.

La víspera pasé buena parte del día solo, pensando en el tío, haciendo presentes los momentos más especiales junto a él, releyendo sus cartas, aquellas que había ido enviando en sus periplos por el mundo y que tanto me habían ayudado a abrir mi universo angosto, a sembrar de deseos el menguado horizonte que podía vislumbrar. Atesoraba aquellas cartas con veneración, como si entonces ya supiera que mucho después volvería a ellas buscando en su interior algunos destellos de luz que iluminasen mis pasos. El tío era especial, pensé, pero además conseguía hacerme sentir que yo también lo era.

Mis padres habían insistido para que se quedase a vivir en el pueblo. Lo dijo mamá en una sobremesa en la que saqué el tema de su marcha buscando encontrar la manera de evitarla. Todos en casa estábamos al corriente de su enfermedad, incluida Lucía, a la que se lo había contado también, pero a nadie más, porque ese era el deseo del tío. Aquellos días papá le propuso arreglar entre los dos la cabaña del Saso, al otro lado del río, a pie de nuestro viñedo, para que se quedase allá como a él le gustaba estar: sin los ahogos de una población, pero con un techo para el invierno. Él dijo que no, que muchas gracias, que ya no sabía vivir de otra manera que trashumando y que, si recalaba en un sitio, terminaba más pronto que tarde por desafinarse como un instrumento olvidado a su suerte. Esa expresión le gustaba. La repetía a menudo. Papá insistió, finalmente, en que le viese un especialista en Pamplona para contrastar el diagnóstico del servicio médico de la naviera, pero él también se negó diciendo que el informe no dejaba lugar a la duda: no había margen de error.

Después de cenar, esperé en mi habitación a que se acostaran mis padres y luego bajé al río para pasar la última noche con él, y despedirme.

Llegué a la playa de cantos rodados cuando ya había oscurecido y solo el eco de las toses del tío Julián revelaba su presencia bajo el puente de piedra, rompiendo junto al croar de las ranas el murmullo continuo del agua. Debió de oír mis pisadas acercándose sobre el cascajo, porque enseguida vi su figura aparecer al contraluz de la luna creciente. Llevaba la lámpara de aceite apagada en una mano; en la otra, la botella de orujo cogida por el gollete, y al hombro se había echado una manta, aquella sobre la que nos solíamos sentar en la hierba que lindaba con la alameda cuando no había relente. Ese día lo había, pero nos sentamos igualmente sobre el terreno mullido que empezaba a impregnarse de la humedad de la noche.

Conforme se me fue acostumbrando la vista a la oscuridad, las estrellas comenzaron a multiplicarse, a ganar en intensidad y a proyectarse expandidas en el fondo oscuro de la noche. Nos habíamos propuesto repasar lo aprendido y finalizar la instrucción esa última madrugada, recorriendo las principales estrellas de la constelación del zodiaco que estaba pendiente: Pegaso. Fuimos desplazándonos por la cúpula celeste de oriente a occidente con celeridad, en un juego de preguntas y respuestas pautado, a ritmo de diapasón, con el haz de luz de la linterna hurgando en la oscuridad. Y cuando terminamos el repaso, el tío señaló un cuadrado en el interior de Pegaso, y fue nombrando pausadamente sus estrellas una tras otra como si recitase un mantra sufí.

–Alpheratz, Scheat, Markab, Algenib –y, desplazando la luz a los extremos, terminó–, Enif y Mirach.

Repetí dos veces el mantra imitándole como si lo recitase desde lo alto de un minarete, y a mitad de la tercera repetición abandoné.

–Markab– dije por último antes de callar.

No insistió. Apagó la linterna entendiendo que no me apetecía seguir, que quizás había llegado el momento de hablar de otras cosas, e hizo ademán de pasarme la botella de orujo, pero la rechacé.

–¡Quédate, tío! –dije sin más.

Él rio hacia adentro, y su risa sonó como áridos molturándose en una tolva, hasta que dos toses cortas y secas la interrumpieron. Tapó la botella, la dejó sobre la manta y me restregó la mano por la pelambrera.

–Se ve que últimamente te gusta cambiarme los planes.

Le pedí cerillas porque quería encender la lámpara y vernos las caras.

–Queda poco aceite –dijo mientras me las entregaba.

–Necesitarás alguien que cuide de ti, tío.

Se abrazaba las rodillas mirando en dirección a la Osa Mayor, quizás a la estrella polar.

–Siempre me he cuidado solo, sobrino. Me apañaré.

Tomó otro sorbo de aguardiente y dio un viraje a la conversación.

–¿Y tú? ¿Qué quieres hacer cuando termines? –preguntó–. Es tu penúltimo curso, ¿no?

La luz naranja de la lámpara le iluminaba con el mismo ángulo con que se repartían las sombras por su cara.

–No sé; aún lo estoy pensando.

–Pues es mejor considerar –dijo.

–¿Qué?

–Con-siderar.

Me giré demandando una explicación y entonces me dijo algo que no he olvidado hasta hoy: que considerar significa moverse con las estrellas, elevarse hasta ellas y mirar desde donde están, desde arriba, desde donde no hay límites.

Eché mano a la botella de orujo para darme tiempo a comprender. Solo me mojé los labios. Él hizo una pausa antes de seguir y yo, con la botella en alto, continué a la escucha.

–Lo contrario trae angustia –dijo–, que viene de *angustus*: angosto en latín; de cuando reducimos nuestro mundo, lo que alcanzamos a ver.

E hizo el gesto de juntar los dedos índice y pulgar hasta casi tocarse. Pensé que, si algo había hecho en su vida, había sido cumplir aquello a rajatabla. Luego sugirió que hablase, por encima de todo, con profesionales de cada ocupación que considerara, que me imaginase en un trabajo u otro, en una forma de vivir o en otra y que, haciéndolo, estuviese atento a lo que vibraba por dentro, a qué resonaba más, porque se trataba, dijo, de elegir lo que pudiese hacerme sentir más vivo.

Aquella madrugada se confundía el croar de las ranas con el chirriar de los grillos, ambos interpretando sin descanso una partitura compartida, como si tampoco ellos quisieran dormir. El relente se hizo intenso y terminamos por cubrirnos la espalda con el extremo de la manta. Entonces fui yo el que cambió la conversación para hablarle de Martina, para contarle cómo habían sido los días con ella después de la representación, cuando todo cambió, y decirle lo que ya sabía, que nunca había sentido nada igual y que ojalá no hubiese, para eso, final. Él volvió a restregarme la mano por la pelambrera y, por fin, nos fuimos a dormir.

Tumbados ya bajo el puente, nos dimos las buenas noches.

El agua gorgoteaba sorteando las rocas y precipitándose en los pequeños saltos del río y su rumor se amplificaba reverberando en las bóvedas de piedra. Entonces tuve el impulso de volver a hacerle la pregunta que una vez dejó sin responder y que siempre había pospuesto buscando un momento propicio.

–Oye, tío.

–¿Qué?

–Dime. ¿Por qué abandonaste a mamá?

Sopló haciendo vibrar los labios hasta que se le acabó el aire de los pulmones y luego dejó pasar unos segundos antes de hablar.

–El caso es que a veces nos da por perseguir lo que nos gustaría querer y dejamos lo que queremos de verdad

–contestó–. Ojalá me hubiese dado cuenta antes, pero fue a última hora, cuando nos íbamos a casar.

–Y te fuiste sin más, a escondidas.

–Debí hacerlo mejor. No encontré el valor.

Aquella declaración de cobardía me acercó todavía más a él. Fue como encontrarnos de una manera nueva. Hacerlo ahora también en la debilidad.

No dijimos nada más y nos dormimos espalda con espalda oyendo restregarse las ramas de la alameda.

En el mostrador de la cocina mamá había dejado preparados dos bocadillos envueltos en papel de aluminio y fruta para el viaje del tío Julián. Lo habían invitado a comer a modo de despedida, pero antes, Ramiro y él dedicaron la mañana a pasear sin otro quehacer que el de estar juntos y recuperar, imaginé, algo del tiempo perdido. El tío empujó la silla de ruedas a lo largo del mirador, de las callejas del barrio bajo en torno al farallón, viendo desde allí los campos mochos de cereal, la alameda y los viñedos, y luego subieron dando un largo rodeo hasta retornar a casa y unirse a nosotros. Se les veía disfrutar juntos en la antesala de su partida.

A las dos y media el reloj dio paso a la bendición y esta, al comienzo de aquella comida especial. Disfrutamos a pesar de estar impregnada de un tono lastrado de despedida que todos nos esforzamos por mitigar. El tío Julián estuvo relatando anécdotas de sus viajes que nos hicieron reír y hablando de curiosidades de todo tipo hasta que mamá lo interrumpió cuando empezó contar a qué sabían los gusanos de seda, los huevos de hormiga y los saltamontes fritos. «Escríbenos –dijo mi padre a los postres– y vente cuando tengas oportunidad». Tras tomar café, el tío hizo ademán de marcharse; metió en el equipaje lo que había preparado mi madre para el viaje y se despidió de Ramiro con un abrazo, sin dejar que mi padre o mamá lo llevasen a la estación. Prefirió caminar y marchó calle abajo con el petate cruzado a la espalda.

El Estrella del Sur partía a media tarde. Yo hice tiempo para que el tío llegase, y un rato después seguí sus pasos en bicicleta camino de la estación: quería darle allá el último adiós porque no me resignaba a dejar que pasaran sus últimos minutos en el pueblo lejos de él.

Cuando llegué, lo vi a pie del andén hablando con Gaveiras, junto al tren, que esperaba ya en las vías recibiendo a los viajeros, a pocos minutos de partir. Al verme aparecer se despidieron con un apretón de manos y vino hacia mí. Yo no sabía si hablar o callar; me pasaba a menudo cuando aspiraba a decir solo aquello que reprodujese a la perfección mis sentimientos o lo que quería expresar. Opté por callar. El buen ánimo del tío contrastaba con el mío. Estaba sonriente, contento.

Me restregó la mano por la pelambrera.

–Te diré a dónde escribir –dijo.

Y entonces Gaveiras lo llamó para que subiese al tren. Nos dimos un largo abrazo y cuando llegó a su fin, echó la mano al sombrero, se descubrió y lo encajó en mi cabeza con dos toquecitos, y, con ese gesto, supe que se despedía de mí para siempre.

–¿A dónde vas? No embarcas, ¿verdad? No te han contratado en ninguna naviera –le dije mientras él caminaba de espaldas acercándose a la puerta del vagón.

Sonrió y alzó al mismo tiempo una mano. Esa era su forma de contestar sin que pareciese que lo hacía. Dio media vuelta y subió.

El silbato de Gaveiras sonó largo y agudo y el tren avanzó desperezándose con lentitud mientras abandonaba el andén. Me quedé de pie, viendo cómo la oscuridad del túnel engullía hasta el último vagón.

En la distancia, el Estrella del Sur pasó junto a la alameda, agitando las ramas como la sacudida de una galerna, y el agudo silbido que anunció su paso se fue extinguiendo en la lejanía con la misma suavidad con la que el verano había llegado a su fin.

34
REGRESO AL CEMENTERIO

Los días de luna llena me gusta subir por el camino que lleva a la sierra y, desde la altura, junto al muro del cementerio, mirar el pueblo a mis pies, envuelto en una luz blanca de luna, en esa bruma lechosa que parece flotar y apenas deja perfilarse las formas de las fachadas y los tejados en el fondo azul marino de la noche.

Nuno Ferreira y Gaveiras se han acercado y, al verlos, rememoro el día en que el padre de João murió y la abuela Javiera lo amortajaba sobre las losas frías del mármol de los Iturbe. Todavía tumbado, bajo el cielo estrellado, escuché las palabras contrariadas del feriante lamentando el desamparo en el que dejaba a su familia; y es que la abuela Javiera le había preguntado por ellos mientras se aplicaba en recomponer su maltrecha humanidad. Y entonces contó Ferreria que a la Margaida le tenía dicho lo que debía hacer el día que faltase porque, aunque no contemplaba que sucediese de esa manera, tan a contrapié, siempre había supuesto que su joven mujer le sobreviviría. João me lo dijo al terminar el modesto entierro de su padre, cuando bajábamos por el sendero con el crepitar de las pisadas y le pregunté por sus planes: que les tenía dicho que, si algo ocurría y los niños no tenían la edad de valerse, llamasen a uno de sus primos de Castelo Branco para que fuera a recogerlos y condujera el carromato de vuelta a su Portugal natal. Allí los atenderían, dijo.

Me ofrecí para que llamaran desde casa con el debido sosiego, pero la Margaida rehusó diciendo que usaría la cabina telefónica del ayuntamiento, que para eso estaba allí. Esa noche solo pude pensar en aquella familia: en la Margaida, reclinada haciendo la colada junto al río con Thiago a su vera en el capazo; en Fátima, chapoteando regocijada en el agua, y en mi amigo João, imaginando cómo podrían ser sus vidas a partir de entonces. Y con esas imágenes apareciendo y alejándose intermitentemente, me terminé por dormir.

–Los Ferreira, sin el padre, no van a poder seguir con el cine ni con la barraca de las carabinas –le dije a Lucía por la mañana compartiendo el desayuno. Ella quebraba las galletas en pequeños trozos y los arrojaba en la taza de café sin levantar la vista–. La madre no tiene carné para conducir el carromato y se conoce que vendrán a buscarlos de Portugal.

–Qué faena, la verdad. –Hizo una pausa en la que pareció continuar con el pensamiento en ellos–. Aunque, vete a saber, igual es mejor, para que se queden en un sitio y los críos vayan a la escuela como los demás.

Levantó la cabeza para mirarme y yo asentí.

Pensé entonces en nuestro padre. En él madrugando a diario para empezar con las tareas de la panadería: amasar, preparar el hojaldre de las ensaimadas y el resto de la bollería. Lucía llegaba al despacho apenas media hora antes de abrir, cuando ya empezaba a salir el pan del horno y había que llevarlo al mostrador.

–A primera hora papá tiene mucho que hacer. Haría falta alguien que le ayudase, ¿no? Así no necesitaría madrugar tanto y podría librar algún día.

Se quedó callada mientras revolvía el café y rescataba con una cucharilla algún fragmento reblandecido de galleta para llevárselo a la boca, y luego contestó:

–Trabajo hay, y la panadería da, pero ya sabes cómo es papá: ha de hacerlo todo él.

–Podría contratar a João. Es vivo y seguro que aprendería rápido. –Y cuando me miró de nuevo, continué–. ¿Por qué no les dices a los papás?

–¿Yo?

–A ti te hacen caso.

Volvió a quedarse pensativa haciendo tintinear la cerámica con los giros de su cucharilla.

–Sí, hablaré con ellos.

Lucía no necesitó esforzarse para convencer a mis padres; bastó que uniese cabos delante de ellos para tener su aprobación. Ese mismo día habló, además, con las monjas de Santa Ana y apalabró un empleo para la Margaida como limpiadora en el asilo, con idea de que fuese aprendiendo las tareas propias del cuidado de los ancianos. Pero cuando bajó a la alameda para contárselo, con la alegría interior de quien es portador de buenas nuevas, ella le agradeció de corazón sus esfuerzos y luego declinó. Dijo que solo quería volver a casa con los suyos, nada más, que aquellos años y aquel lugar le habían traído demasiado sufrimiento y que, aunque su marido y el hijo mayor quedaban enterrados en el pueblo, solo quería alejarse de allí. Había hablado ya con los parientes de Portugal y les esperaba de un momento a otro.

Así fue. Una mañana desaparecieron de la alameda sin dejar rastro. Cuando bajé al soto ni siquiera se reconocían los restos chamuscados de la hoguera que los concitaba a las horas de comer. Era como si nunca hubiesen existido. No pude despedirme de João y me quedé sin saber, siquiera, si él había hecho por buscarme para decir adiós. Siempre quise creer que había sido así, pero ya nunca volví a saber de él.

Gaveiras dice saber que ha llegado su tiempo: que la Santa Compaña está al caer y que se incorporará a ella como uno más. Por eso aparta el farol a un lado, para evitar incómodos reflejos mientras otea el horizonte y busca desde este altozano el reguero de sus luces horadando una cavidad en la oscuridad de la noche, avanzando al ritmo pautado de una comitiva solemne, y afina también el oído esperando que el viento anticipe las notas graves del miserere que los envuelve o del tañido espaciado de una campana estremeciendo el aire alrededor.

Ha entregado el farol a Ferreira con la solemnidad que emana de los uniformes para que sea ahora él el que guíe a los difuntos en la confusión de la muerte, en las búsquedas pendientes, de lo que quedó incomprendido o sin conclusión, y Ferreira, que parece conocer de antemano su misión, apunta una suave reverencia de respeto antes de hacerla suya.

La luna llena recoge las sombras del soto para depositarlas ordenadamente sobre la superficie del río, que fluye sin sobresaltos cumpliendo con una rutina sabida, exhalando un rumor de frases continuas, reflejando destellos sobre las escamas de su piel.

Mi padre observa los lejanos álamos que se alinean a ambas márgenes como penitentes apremiados por el viento, inclinados en un gesto de avance como queriendo zafarse de sus raíces para acompañar al agua en su fluir o, cuando menos, para verla alejarse sin vuelta atrás, deseando prolongar su eterna despedida.

Dice haber aprendido a esperar, a dejar que lo que ha de ser se fragüe según su naturaleza, según el pulso de la esencia que lo habita. Ahora ve pasar las estaciones, el ciclo lunar, los eclipses y los cometas, y se solaza viendo el germinar de los campos de cereal, observándolos crecer verdeando hasta dar fruto, y piensa en la bondad de dejar fluir la vida y contemplar. Oteando el horizonte, aguarda lo que tenga que llegar sin empantanarse en la impaciencia, sin el culebrear de las entrañas propio de cuando sus deseos se hacían esperar en el devenir del tiempo o cuando lo que debía llegar no terminaba de hacerlo, dice. Dejó de suponerle a la vida un trayecto lineal de sucesos salpicados como estaciones de tren con nombre propio y habla de sus vericuetos y meandros, de lo que subyace invisible haciendo fermentar la realidad sin apenas dejarse sentir. Dice haber aprendido a buscar y hallar las tenues llamadas que lo orientan cada día y a abandonarse en ellas confiadamente, con las certezas que surgen del corazón.

Así, en su compañía, paso la última página del diario que escribí en el ochenta y dos y, sentado junto a la abuela, en el banco del cementerio, miro ahora su cuerpo abatido sobre la labor con las agujas frotándose una contra la otra como en lances de esgrima, con la disciplina propia de un saber ancestral, y le veo engranar sus pensamientos con la cadencia de las agujas de punto, como si los tricotase al mismo tiempo que tricota el ovillo de su regazo. Tira del cordel de sus recuerdos y parece desplazarlos de aquí allá, al igual que conduce la lana desde sus dedos a las agujas, reubicándolos donde les corresponde estar, confiriéndoles un orden nuevo. Mira tejer a sus manos hábiles, como si dispusiesen de vida propia, y se abandona a ellas dejándolas hacer, como se abandona confiada al latir solemne del corazón. Desentraña de tanto en tanto el ovillo de su vida –desde los tramos más próximos hasta las revueltas más escondidas–, sin prisa, hora tras hora, día tras día, para mí. Y en ese peregrinaje de vuelta atrás, transita los recuerdos más vacuos y los más densos, los que pretenden emerger alegres burlando su tiempo y los que quisieran no surgir jamás, empantanados en oscuros reductos de dolor.

Y me imagino que el hilo de lana va cambiando de tono y de color y se vuelve azul marino con la enfermedad que le pudrió por dentro consumiéndola hasta la muerte, verde claro, después, al recordar el nacimiento de sus nietos, abriendo en ella espacio a la sorpresa, a instintos desconocidos; o verde oscuro, por la marcha abrupta de Julián dejando a su hija desarbolada y sin razón de ser. «Qué bien se portó el Carbonero», dice para sí, como si ahora yo no la oyera. «Qué amargo es dejar cometer errores a los que quieres», dice después. Y yo sigo escuchando e imaginando los tonos ocres del hilo durante su duro trabajo en el caserío, en los campos de espárrago y los viñedos, y el color de la lana se vuelve gris cuando habla de la partida del abuelo a la guerra, estando ella encinta del hijo que perdió, de su retorno, desahuciado por la enfermedad y el desánimo, de su muerte prematura e infeliz de la que nunca se pudo hablar, y del nacimiento póstumo de su hija, de mamá: destello de luz en la oscuridad.

Deja ahora la labor sobre el banco y se reclina en el respaldo buscando perspectiva, como quien da un paso atrás y juzga por bueno lo que barrunta con un cabeceo de aprobación, quizás habiendo llegado a algo largamente buscado, y me habla de las decisiones bien tomadas, de aquellas discernidas, libres de la ansiedad del acierto o del error, y de que solo merece la pena consumir la vida iluminando la oscuridad: que está en su esencia, como está en la esencia del aceite de la lámpara de Gaveiras el transformarse en resplandor.

La abuela retrocede así hasta donde los recuerdos pierden su forma y el color cuando el último ovillo se ha consumido. Luego se incorpora atusando los pliegues del vestido de arriba abajo y vuelve a tomar el jersey que ha tejido para dejarlo colgar frente a mí y comprobar que sus hechuras sirven a las mías. Sonríe dando por bueno el trabajo y me lo entrega doblado con mimo, legándome algo de su propio ser, y yo siento que me han edificado entre todos como un puzle en el que cada uno ha donado la pieza que tenía reservada para mí. Entonces, la abuela vuelve la espalda y la veo alejarse junto a mi padre, ingrávidos los dos sobre la hojarasca, confundiéndose con las demás sombras de la luna, y se acercan al bosque hasta diluirse entre los troncos plateados del hayedo con la discreción de la brisa que toma por ellos la palabra, exhalando entre las ramas un suave rumor de despedida.

ÍNDICE

Esta edición de *El pulso de las estrellas*,
de Carlos Erviti, obra ganadora del
XLIV Premio de Novela Felipe Trigo,
se terminó de imprimir en Sevilla,
el 2 de abril de 2025